Michel Déon

de l'Académie française

Madame Rose

roman

Albin Michel

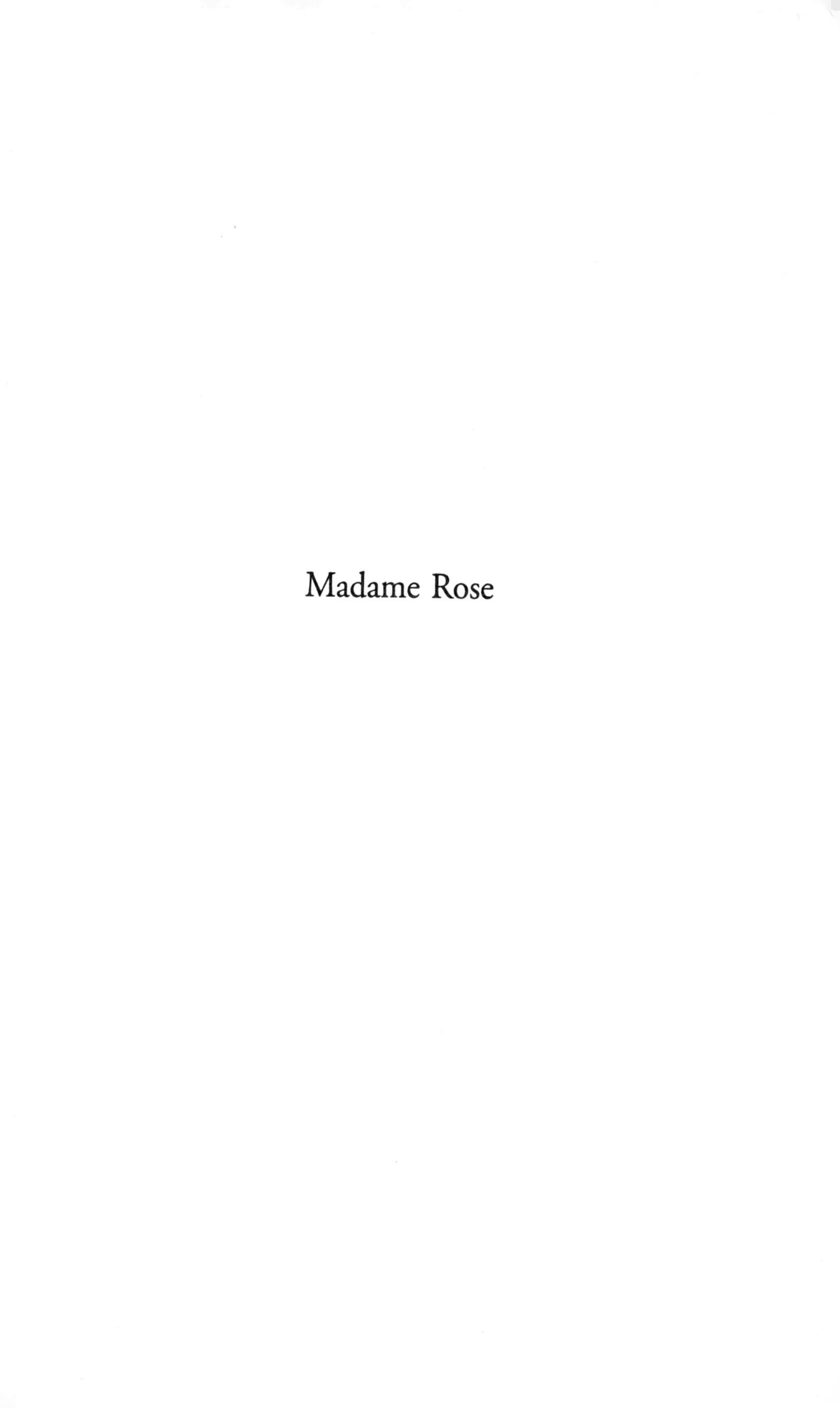

Madame Rose

Michel Déon
de l'Académie française

Madame Rose

ROMAN

Albin Michel

IL A ÉTÉ TIRÉ DE CET OUVRAGE :

Soixante exemplaires sur vergé blanc chiffon, filigrané,
des Papeteries Royales Van Gelder Zonen, de Hollande,
dont cinquante numérotés de 1 *à* 50,
et dix, hors commerce, numérotés de I *à* X.

22, rue Huyghens, 75014 Paris

ISBN broché : 2-226-10426-7
ISBN luxe : 2-226-10455-0

Madame Rose se levait tard, vers trois ou quatre heures de l'après-midi. Elle glissait entre deux pages un marqueur en ivoire gravé d'une rose modestement penchée sur sa tige, posait livre et lunettes sur la table de nuit, ôtait son bonnet de dentelle découvrant un crâne ridé à peine couvert d'un duvet grisâtre hérissé de mèches hagardes. Dans la zone d'ombre, hors la lampe de chevet, une perruque noire, joliment bouclée, attendait sur une tête de bois en forme d'œuf qu'un jour Brancusi, en veine de plaisanterie, avait grossièrement creusée d'orbites aveugles, d'un nez carré, d'une bouche entrouverte sur des dents argentées.

– Chacune son tour ! ricanait Madame Rose se coiffant de la perruque et laissant nue la tête lisse et chauve du présentoir.

Après un coup d'œil rapide dans un miroir à main, elle sonnait. Saïd entrait le premier, en tunique et jodhpurs blancs. De sa calotte brodée dépassait une courte mèche tressée maintenue par un ruban. Dans la chambre aux rideaux tirés, son noir visage luisait comme un masque d'ébène aux yeux de verroterie. Lucie le suivait, écartait les épais rideaux cachant la fenêtre dont elle ouvrait les battants et repoussait les volets.

– Quel temps fait-il ? demandait Madame Rose.

Lucie, le buste sur l'appui, se contorsionnait pour examiner la mince bande de ciel au-dessus de la cour : « Très beau. Assez beau. Gris. Il pleut. » Si elle disait : « Il neige », Madame Rose s'écriait : « J'espère bien que non ! » avec une véhémence telle que la neige s'arrêtait de tomber ou, plus exactement, Lucie s'empressait de fermer les battants voilés de tulle opaque.

– Je plaisantais !

– Vous vous croyez toujours dans votre pays de fantômes ! A mon âge, vous comprendrez qu'on n'aime guère l'idée d'un linceul.

Lucie tournait vers Madame Rose un visage de porcelaine que le modeste jour entré dans la pièce tapissée de livres colorait de teintes pastel : le bleu admirable de ses yeux fardait ses paupières, ses lèvres brillaient d'un éclat orangé. En bonne fille des neiges, elle avait la blondeur de l'or fin.

Assise dans son lit, Madame Rose levait les bras pour enfiler la robe de chambre chinoise tendue par Lucie. Saïd pouvait alors écarter la courtepointe, couvrir les jambes squelettiques aux énormes genoux gonflés par l'arthrite et soulever dans ses bras la vieille momie qui l'agrippait par le cou.

– Je ne suis pas trop lourde pour vous ?

Un large sourire dévoilait les incisives jaunes dans

le sombre visage. Saïd feignait de la balancer comme sur un tremplin et de l'envoyer dans les airs.

– Attention ! criait Lucie effrayée ou feignant de l'être pour jouer le jeu.

– Maît'esse, tu es légè'e... légè'e comme une plume d'oiseau...

Il variait selon les jours dans les limites de son vocabulaire : comme le pollen, un pétale de bougainvillée, l'écume de la mer, un papillon dans la brise printanière...

Elle ne pesait guère plus. Saïd la portait jusqu'à la salle de bains, l'asseyait sur le rebord de la baignoire déjà remplie d'une eau mousseuse. Madame Rose prenait la température en plongeant la main.

– C'est bien, laissez-moi.

Il sortait à reculons et Lucie la déshabillait, l'aidait à glisser dans le bain. Seule émergeait la tête couronnée de sa perruque bouclée.

– Mon chapeau !

Lucie lui tendait un canotier de gondolier à la paille jaunie par les années. Dans l'apesanteur de l'eau, Madame Rose retrouvait sa jeunesse, soufflant sur la mousse envolée en grappes qu'elle écrasait entre ses paumes. Elle parvenait même, prétendait-elle, à remuer ses jambes endolories.

– Attendez, attendez, Madame, attendez, je vous en prie, attendez que je vous aie savonnée.

– Dépêchez-vous, Lucie, je meurs d'envie.

La jeune fille lui brossait le dos avec un gant de crin, passait une éponge douce sur le buste et les poches flasques des seins.

– Hervé de Belair, qui vécut dix ans en Indochine,

disait que j'avais une poitrine de congaï. Vous voyez ce qu'il en reste ! Profitez de la vôtre, ma petite, profitez-en pendant qu'il est encore temps.

Dans ses paumes ouvertes, elle prenait de la mousse et soufflait des bulles irisées avec une joie enfantine.

– *Bubbles, bubbles !* Tout est chimères... C'est fini ? Je ne tiens plus...

Lucie s'écartait, masquant sa répugnance. Madame Rose fermait les yeux et se soulageait. Un frisson de plaisir passait sur son visage creusé de ridules verticales autour de la bouche, en pattes-d'oie aux commissures des yeux.

– Sortez-moi vite de là... c'est dégoûtant...

La jeune fille la soulevait par les aisselles, l'asseyait sur le rebord de la baignoire et l'enveloppait d'un peignoir à la pochette armoriée, un griffon en équilibre sur un globe et la devise : « Si je veux, je peux. » Souvent Madame Rose soliloquait en caressant du doigt la broderie.

– Il ne voulait guère et ne pouvait guère plus. Et modérément généreux, avec ça ! Il fallait se servir soi-même. Un peignoir. Le lendemain, il téléphonait du Cap-Martin : « N'auriez-vous pas, ma chère, par erreur, emporté mon peignoir ? » « Oui, Anatole, je l'ai volé. Par amour. Pour avoir l'illusion, le matin au sortir du bain, que vous me serrez dans vos bras puissants... » En mourant, il m'a tout de même légué sa maison du Cap avec les meubles et les tableaux, mais rien, pas un œuf, pas un quart de beurre dans le réfrigérateur, pas de papier dans les cabinets, pas un savon dans les salles de bains, pas une bouteille de champagne dans la cave. J'ai préféré vendre tout de suite... Je vous ennuie ?

– Oh ! non, Madame.

– Vous êtes bien élevée, mon enfant. Que fait Monsieur votre père ?

– Il est conducteur d'autobus à Québec.

– Conducteur d'autobus ! Quelle coïncidence ! Ce doit être un bel homme... Vous ai-je déjà raconté que mon « premier » était précisément conducteur d'autobus, mais pas au Canada, c'est trop loin. A Paris, Jean-Baptiste Couvert... Il était malheureusement trop jaloux. Vous voyez ce que je veux dire : pas partageux. Méfiez-vous des jaloux. Ils empoisonnent la vie de leurs amantes. Et vous, Lucie, qui a été le premier ?

– Il n'y a pas encore eu de premier.

– Ainsi, je suis pouponnée par une vierge pure et radieuse. Quel luxe ! Je vous augmente.

– J'appelle Saïd pour qu'il vous porte dans la chambre. Il a eu le temps de faire le ménage et d'aérer.

– Pas trop aérer surtout... Ça donne la couperose... Allez le chercher. Je suis très bien assise. Pas de risque que je tombe.

Lucie habillait Madame Rose : ample pantalon ou longue jupe de satin noir qui cachaient le martyre de ses articulations, corsage de soie grège, émeraude à l'index gauche, deux gouttes de rubis en boucles d'oreilles. Un toquet de velours, inspiré de celui du jeune homme pensif de Raphaël, remplaçait le canotier. Le rouge donnait plus de sensualité aux lèvres trop minces et le mascara de la profondeur aux yeux rieurs.

– Malgré vos soins, ma chérie, vous ne ferez croire

à personne que j'aie pu être belle. Je ne l'ai jamais été. J'avais autre chose qu'il est impossible de définir... Oh ! pas ce que vous imaginez ! Dans ce domaine, les survivants vous raconteront combien je restais réservée et, en fin de compte, peu coopérative. Non, cette autre chose inexplicable, c'était une différence. Même Sam, le duc de Worshire, me disait : *« My dearest, you have the knack ! »* Intraduisible ! Il est vrai qu'avec les Anglaises on n'est pas gâté ! Quelle heure est-il ?

– Cinq heures moins cinq.

– J'espère qu'il ne sera pas en retard. J'ai horreur de ça. Conduisez-moi au salon, je verrai arriver sa motocyclette.

Lucie poussait le fauteuil roulant jusqu'au salon où une large baie vitrée donnait sur la rue Guynemer et le jardin du Luxembourg. Saïd écartait le rideau et la pièce s'éclairait, meublée art déco des années vingt-cinq par un ami banquier pour une très jeune Rose qu'il avait perdue en même temps que sa fortune lors du krach américain. La jeune fille que l'on appelait alors Rosette (ce qui la mettait en fureur) avait conservé le mobilier et sauté dans d'autres bras.

– Je n'aime rien tant que le modern' style, disait-elle si on s'inquiétait de son goût attardé. Il se démode si vite que l'on croit avoir vécu un siècle, et quand ce modern' style revient – puisque les décorateurs n'ont plus d'imagination et que tous les vingt ans ils nous resservent des plats réchauffés – on est grisé d'avoir échappé à un naufrage. De toute façon, il ne faut pas de livres dans un salon. Pour beaucoup, ça jette un froid. Et les indiscrets abondent qui relèvent les noms des auteurs et les titres. En deux minutes, ils savent qui vous êtes et ce que vous pensez. Non ! Les livres sont cachés dans ma chambre et ceux qui, aux temps anciens, ont eu le privilège d'y accéder se préoccupaient peu de mes lectures. Ici, je ne tolère que mes portraits. Une vingtaine seulement. Avec les portraits, vous savez ce que les artistes pensent de vous. Pas un n'a la même idée. Je suis vingt fois une autre. Quel rapport y a-t-il entre ma bobine peinte lisse et vernie par Kisling et mon profil de face par Picasso ? Modigliani m'a dotée d'yeux bleus, son idée fixe, et regardez-moi : j'ai toujours eu les yeux verts criblés d'éclats de noisette. Matisse m'a dessinée au fusain devant une cage de perruches... Matisse rime avec malice... Van Dongen m'a couverte de faux bijoux et je ne porte depuis mes trente ans qu'une émeraude à l'index et deux rubis pour boucles d'oreilles. Derain m'a bronzée comme une fille des Îles et je suis née à Bagnolet. Vous savez combien je déteste rester au soleil. On m'a toujours photographiée, à Cannes comme à Deauville, protégée par une ombrelle. Je ne viens dans ce salon qu'en fin d'après-midi, à l'heure où l'ombre des marronniers s'étire et s'éloigne de moi. Il y a une minute de grâce quand, dans le jardin du Luxembourg, les mères courent après leurs enfants pour les couvrir d'un manteau, les étrangler sauvagement avec un cache-col et les coiffer d'un balaclava comme s'ils allaient dévaliser une banque. Très émouvant. Je n'ai pas connu cette étouffante tendresse, dans mon enfance...

A peine fut-elle installée au salon à sa place favorite, guettant par la fenêtre l'arrivée de la motocyclette noire et chromée de son visiteur, que Saïd grattait à la porte.

– Entrez, Saïd.

Il passa seulement la tête.

– Maît'esse, aujou'd'hui c'est Monsieur le cousin Gaston ?

– Qui voulez-vous que ce soit d'autre ? dit-elle agacée bien que ce fût un rite de poser la question et que, s'il ne l'avait pas posée, elle l'eût provoquée.

– Alo's je p'épa'e le ouisti, l'eau à gaz et les salés gâteaux. Pas de glazons...

– Et mon thé ! Tu oubliais...

– Je taquinais, Madame Rose.

Il poussait déjà la porte avec la table roulante : un joli service anglais, des tasses de Minton, une théière en argent à col de cygne. Lucie disposa les napperons, beurra un toast qu'elle couvrit d'une fine couche de marmelade de Dundee.

– Je crois qu'il est cinq heures deux ou trois, dit Madame Rose. Il a dû lui arriver quelque chose. Notre jeune parent n'est pas homme à me faire perdre du temps.

A cinq heures cinq, Monsieur le cousin Gaston sonna. Dans sa combinaison de cuir noir, avec son casque rouge à pois noirs qui ne laissait apparents que le nez et le menton pris dans la jugulaire, il avait des airs de gros scarabée ou de martien.

– Tu es en 'etard, Monsieur le cousin Gaston, dit

Saïd le menaçant du doigt. Ta dame Rose est fou'ieuse.

– L'ascenseur est en panne. Préviens le gardien, j'ai dû monter quatre étages. A la fin du XXe siècle, c'est inadmissible.

Il ôta son casque que Saïd épousseta avec respect d'un revers de manche. D'un geste énergique, Gaston tira sur la fermeture à glissière de sa combinaison qui s'ouvrit comme si un habile chirurgien l'incisait avant de l'écorcher, révélant la mince silhouette d'un jeune homme en costume de tweed.

– Accroche ma combinaison à un cintre. Un cintre, tu entends ? Pas une patère. Hier, je suis parti avec une bosse dans le dos. Comment va-t-elle ?

– Comme une rose.

Gaston haussa les épaules. Il désapprouvait les familiarités de Saïd avec Madame Rose comme avec lui-même. A plusieurs reprises, il s'en était expliqué avec elle :

– En les tutoyant, je les mets dans la même classe de la société que moi. Je les élève au rang d'hommes libres. En me tutoyant, ils me diminuent et je ne suis plus qu'un esclave comme eux.

– Vous avez de la chance d'être de gauche ! Moi, j'aurais tant voulu ! Hélas, malgré des efforts méritoires, je n'y suis jamais parvenue et j'ai bien peur qu'il soit trop tard pour que vous me convertissiez. Je suis de la branche pauvre, vous de la branche favorisée, et les bons Pères ont veillé à votre éducation. C'est toute la différence...

Saïd ouvrit la porte à deux battants :

– Madame Rose, c'est ton ami, Monsieur le cousin Gaston qui a monté les quat'e étages à pied pou' te visiter.

Elle tendit la main que Gaston baisa.

– Vous êtes bien essoufflé pour un jeune cousin !

Il raconta : l'ascenseur en panne, les quatre étages, un tapis d'escalier auquel manquaient plusieurs tringles, l'absence du gardien d'immeuble...

– Je n'ai pas aperçu votre motocyclette.

– Vous ne pouviez pas. Il y a de tels encombrements que je roule sur les trottoirs.

Saïd versa le whisky dans un grand verre décoré d'une rose.

– Tu peux doubler, dit Gaston. Les temps sont durs.

– Et dire que je n'en sais rien ! soupira Madame Rose.

– Vous ne lisez que les journaux qui flattent vos passions, vous n'écoutez les radioteurs que s'ils ont une jolie voix, vous refusez de regarder la télévision. Que le monde s'écroule dans la misère et l'horreur ou avance à grands pas vers un avenir meilleur, et vous n'en saurez rien.

– Pour que le monde s'écroule, il faudrait qu'il soit encore debout.

Gaston leva les yeux au ciel. Chaque fois qu'ils abordaient la politique, la séance tournait à l'aigre. S'il répondait, elle s'exaspérait et le priait de prendre la porte. Le lendemain, Lucie téléphonait en le suppliant de revenir.

Il brandit son verre à l'intention de Saïd qui s'inclina la main sur le cœur et quitta le salon.

– Je ne sais jamais si cet Indien se paye ou non ma tête.

– Ce sont là les mystères de l'Orient, dit Madame Rose. De quoi parlons-nous aujourd'hui ?

– Si vous le permettez, j'aimerais revenir sur votre enfance.

– Encore !

– Vous m'en avez déjà donné plusieurs versions que je ne parviens pas à fondre en une seule.

– Autant dire que je suis une fabulatrice.

Gaston n'y voyait aucun inconvénient. L'exactitude et la vérité ne l'obnubilaient pas. Il ne l'écoutait que pour son plaisir et peu importait que les souvenirs de ceux qui avaient connu Madame Rose à un moment de sa vie la contredissent parfois même férocement. Quel crédit accorder à des vieillards dont la mémoire s'embrouillait et la méchanceté mondaine s'exacerbait à l'approche de la fin ?

– Vous venez de me dire que vous êtes née à Bagnolet. Il y a un mois à peine, c'était à Nice et, il y a trois mois, à Bordeaux. En somme, vous n'aimez pas Paris.

– J'ai dû confondre.

– Un peu facile. Et quelle année ? Inutile de me répondre ou de me gifler. De toute façon, j'enlèverai dix au chiffre que vous me donnerez.

– Insolent ! J'ai grande envie de vous mettre à la porte.

– Faites-le, je vous en prie. J'adore, le lendemain,

entendre la voix suppliante de Lucie me jurer que tout est oublié, que je dois revenir d'urgence.

– Je ne vous donnerai pas cette joie. Bas les pattes ! Lucie est vierge. Elle me l'avouait il y a peu. J'ai même décidé de l'augmenter. Enfin... raisonnablement. Il ne faut pas lui monter la tête. Son père n'est que conducteur d'autobus à Québec.

– Voilà une belle carte de visite. Elle mérite mieux.

– Vous avez quelque chose contre les conducteurs d'autobus ?

– Je ne suis ni contre ni pour. Il me semble vous avoir entendu raconter dans un moment d'abandon qu'à seize ans vous empruntiez plus souvent que nécessaire le Madeleine-Bastille et aviez succombé aux charmes athlétiques de son conducteur, un certain...

Madame Rose prit un air absent et but sa tasse de thé pendant que Gaston la scrutait sévèrement, le sourcil froncé.

– ... Jean-Baptiste Couvert, dit-il. C'est bien ça ?

– Qui sait ?

– Vous avez même, ce jour-là, volé à l'argot une expression qui m'a enchanté.

– Et peut-on entendre sans rougir cette expression argotique que vous me prêtez ?

– « Il a eu mon berlingot. »

Madame Rose daigna sourire.

– Je l'avais oubliée. C'est imagé.

Saïd passa la tête par la porte entrebâillée.

– Madame Rose n'a besoin de 'ien ?

– Si. Envoyez-moi Lucie.

Elle apparut en blouse blanche, le front ceint d'un bandeau bleu comme ses yeux...

– Lucie, ma chérie, méfiez-vous ! Ce jeune homme, Monsieur le cousin Gaston, comme dit Saïd, désire votre berlingot.

– Un berlingot ? Je ne sais pas ce que c'est.

– Un bonbon. Très exactement un bonbon.

Le visage de Lucie s'éclaira d'un exquis sourire et elle plongea la main dans la poche de sa blouse pour en extraire un bonbon à la menthe qu'elle tendit à Gaston.

– Merci, dit-il, c'est un commencement.

– Gaston, je vous interdis de convoiter cette créature de rêve. Elle est destinée à quelque géant blond, coureur de fond et docteur ès lettres. Pas à un cynique, et peut-être même débauché, comme vous. Lucie, mon enfant, disparaissez des yeux de ce tentateur.

Lucie se retira sans regret. Lors des visites de Gaston l'écrivain, elle profitait de sa tranquillité pour avancer sa thèse.

– Voyons, dit Gaston, restons sérieux. Vous aimez trop dérouter. Je cherchais votre âge. Vos portraits donnent quelques repères.

Il se leva pour se diriger vers le Balthus éclairé par un spot. Une date suivait la signature.

– Restez assis ! cria impérativement Madame Rose. Les dates vous obsèdent ! Je les hais !

– Oui, je comprends, mais Balthus est celui qui vous a le mieux peinte comme on vous imagine d'après votre légende. Cocteau, lui, a eu le tact de ne pas dater son dessin.

– Nous ne savions pas quel jour, quel mois, quelle année nous vivions. Le seul souvenir que je garde est la terrasse de l'Hôtel Welcome à Villefranche, et Jean, un grand cahier de papier Canson sur les genoux, me dessinant. Il était jaune comme un Chinois. Tout l'hôtel empestait l'opium. Il n'y avait que la terrasse de respirable. Je voulais poser et il me commandait, au contraire, de bouger sans arrêt. C'est le jour où, paraît-il, j'ai le plus ressemblé à la comtesse de Noailles. Vous connaissez ? Espèce d'ignorant...

– Un peu... Trop sucré pour mon goût. J'ai retenu quelques rimes abominables, style : aromate et tomate, croire et poire. De la poésie de jardin potager.

Madame Rose rit franchement. Elle gardait mauvais souvenir de la poétesse qui, à leur unique rencontre, avait snobé une jeune femme entretenue.

– Parlez-moi des poètes qui furent vos amis.

– Toujours à vous vendre des plaquettes avec l'air de vous faire une faveur. Pour me tenter ils demandaient à leurs copains, Picasso, Braque, Matisse ou Juan Gris de peindre de petites choses dans les marges. Tout ça prenait beaucoup de place et il fallait encore s'extasier. Je jouais le jeu. Il y en a une armoire pleine dans ma chambre. La plupart du temps, on ne comprend rien à cette poésie.

– J'aimerais tant voir ces trésors.

– Si ça vous amuse ! En attendant, puisque vous êtes là à ne rien faire que m'écouter, beurrez-moi donc un toast et ajoutez-y une mince pellicule de marmelade d'oranges.

– Lucie fait cela sûrement mieux que moi.

Elle le voyait venir à cent pas.

– Non ! Elle travaille à son absurde thèse. A ces heures, on ne la dérange pas pour rien.

– Oh !... pour le plaisir des yeux !

– Je finirai par croire que vous ne venez pas pour me tenir compagnie et m'entendre parler de notre famille, mais pour cette blonde et trop sérieuse nymphe. C'est une enfant.

– Une enfant très développée. Physiquement, j'entends.

– Quelle époque d'obsédés sexuels ! Quand je compare ma jeunesse à la vôtre, je me fais l'effet d'un parangon de vertu et de décence.

– N'exagérons rien !

Madame Rose ferma les yeux pour retrouver les images de son ascension si méritoire, cette montée depuis le « rien » jusqu'au « tout » qu'une fois acquis elle avait dédaigné avec superbe. Ce « rien », elle avait réussi à l'effacer au point qu'elle-même l'oubliait sauf quelques épisodes dont personne au monde ne lui arracherait l'aveu.

– Que savez-vous de la jeunesse d'aujourd'hui ? dit Gaston. Vous ne voyez personne, vous ne sortez que la nuit.

Peu avant minuit, Saïd la prenait dans ses bras comme une jeune épousée et la descendait rue Guynemer où attendait une limousine aux vitres fumées. Peter – le chauffeur qu'en son langage d'autrefois elle appelait son « mécanicien » – ouvrait la portière. A deux, ils glissaient Madame Rose sur la banquette arrière et lui couvraient les genoux d'un plaid. La limousine, d'un noir de corbillard, démarrait sans bruit, abandonnant sur le trottoir un Saïd toujours anxieux, agitant le bras en un au revoir auquel manquait seul un déchirant mouchoir blanc. L'art de conduire de Peter, prudent à l'extrême, lui valait, le jour, quand il faisait des courses pour la maison, des quolibets qu'il essuyait sans broncher : « Alors, Bamboula, on dort ? », de la part des coursiers et des infernaux livreurs de pizzas qui circulent comme des frelons dans les encombrements. La nuit, il redoublait encore de prudence, ce Peter né en Alabama, déserteur de l'armée américaine, sauvé de l'extradition par le général Barry S. et donné à Madame Rose comme on donne un esclave. Un demi-siècle à Paris, connaissant la ville mieux qu'un vieux Parisien, ne parlant pas plus de vingt mots de français bien que marié à une Bretonne de Plougastel-Daoulas, père de trois enfants (un professeur de latin-grec, une coiffeuse, un cambrioleur), Peter vénérait Madame Rose. Un casque de courts cheveux frisés blanchis par l'âge charmait un bon visage aux grosses lèvres et au nez épaté par une brève carrière de boxeur dans l'armée. « Tout à fait le prédicateur du *Green Pastures* de William Keighley, redingote en moins », disait Gaston grand amateur de cinéma américain. Si elle le lui demandait, Peter chantait en conduisant, ses longues et belles mains aux ongles mauves tapotant le volant pour l'accompagner : *Oh ! What a Beautiful City, Were You There ?*

– Where are we going, Ma'am ? Not the cemeteries, I hope. It's too, too sad...

Elle disait tantôt : « Au hasard, Peter... » ou « Aux jardins » ou « Aux fontaines », parfois, les jours de grande mélancolie, en effet, « Aux cimetières. » Elle aimait aussi le Palais-Royal ou la place des Vosges. Peter arrêtait la voiture devant le Théâtre-Français ou rue de Birague, prenait Madame Rose dans ses bras et tournait sous les arcades autour du jardin ou du grand square sur lequel planait l'ombre hugolienne. Les rares attardés se retournaient sur l'étrange couple d'un chauffeur noir en leggins, costume sombre, cravate blanche et casquette à visière, portant religieusement une vieille poupée qui chantonnait d'une voix grêle : « *Jericho, Jericho...* » accompagnée en sourdine des « Pam, pam, pam... » de Peter à la belle voix de baryton. Les murs ne s'effondraient pas et Madame Rose souriait à l'idée que si son porteur n'était pas, lui aussi, atteint par le nombre des années, ils auraient fait sept fois le tour des merveilles de Paris et peut-être Paris entier ne serait plus qu'un tas de ruines, un sublime décor d'opéra. Devant les grilles des grands parcs, Monceau ou les Tuileries, Peter s'approchait aussi près que possible des entrées closes et baissait la vitre arrière. Madame Rose restait parfois près d'une heure à guetter les jeux d'ombre dans le feuillage, les nappes de lune sur les pelouses, le secret des allées mystérieuses, toujours muettes, guettant les illusoires fantômes d'un passé enfui. Peter faisait les cent pas dehors, grillait une cigarette, se raclait discrètement la gorge, comptait les voitures de passage en trombe, phares allumés, réveillant le mortel boulevard de Courcelles qui retombait lourdement dans le silence jusqu'à l'arrivée d'un car de police. Le car freinait, opérait un demi-tour et s'arrêtait à hauteur de la limousine. Peter s'approchait, soulevait poliment sa casquette, tendait ses papiers : « Madame Rose », disait-il avec majesté. Les policiers se cassaient en deux pour voir à l'intérieur la dame empaquetée dans son plaid, le visage jaune, émacié sous le large béret de velours. D'un bar miniature en acajou, elle tirait une gourde en argent, deux gobelets et offrait une lampée de cognac.

– Pour passer la nuit, Messieurs les gardiens de la paix.

Etonnés de s'entendre appeler « gardiens de la paix » – encore du vocabulaire perdu –, ils se donnaient du coude, soulevaient leurs képis et buvaient cul sec le cognac cinq étoiles.

A la porte des cimetières, elle marmonnait des noms : « Bonne nuit Patrick, adieu Toto, bonsoir Alba... le temps ne vous paraît pas trop long, j'espère ? Un peu de patience, je ne tarderai plus... Et toi, mon pauvre Ahmed, supportes-tu cette grosse dalle sur ta maigre poitrine de chamelier ? Trop lourd, je sais... Pas de ma faute. Je voulais juste du sable comme chez toi, du sable très, très léger. » Elle aimait bien le Père-Lachaise. A la porte de l'avenue Gambetta, si on restait assez longtemps, des lumières clignotaient entre les tombes et on entendait distinctement des sifflets dès l'aube, bien avant l'ouverture des grilles quand le cimetière sortait de sa torpeur. Le vent des arbres, les reflets des lampadaires de l'avenue, les merles réveillés ? Pourquoi détruire ce mystère ? Le Père-Lachaise était le plus vivant des cimetières de Paris. Madame Rose s'ennuyait au cimetière du Montparnasse : trop plat, trop encombré, trop géométrique. Elle y avait deux amis dans la division juive : un poète et un inventeur raté, les deux tellement fauchés qu'elle avait payé leurs concessions, et si timides l'un et l'autre qu'ils s'étaient suicidés en priant qu'on excusât leurs amours. A certains retours du passé, Madame Rose ne trouvait pas d'autre médecine que le ricanement : « Je vous ai bien eus ! Je suis encore là ! Emmerdez-vous ! J'irai ailleurs et vous le saurez trop tard. Fini de me maquereauter ! » Peter qui, par bonté naturelle, détestait ces sarcasmes sans les comprendre, embrayait et s'éloignait, fuyant l'écho de ces malédictions :

– *Don't talk like that to the dead, Ma'am. They will be after you soon, the naughty dead, and pull you by the feet !*

– Me tirer par les pieds ? Vous voulez rire, Peter ! Mes pieds resteraient dans leurs mains. Mes jambes sont complètement pourries. De la charpie...

Il ne comprenait pas et proposait un tour aux fontaines. Madame Rose avait une passion pour le square Lamartine, en bas de l'avenue Henri-Martin. Peter sortait de la limousine avec une bouteille Thermos et revenait remplir un verre d'eau qu'elle savourait avec des clappements de langue :

– La meilleure de Paris ! Rien de tel avec une flûte sortie du four la minute d'avant. Où sont passés nos boulangers et ces divines odeurs de fournil exhalées par les soupiraux ? Et les mitrons tatoués, en gilets sans manches ! Peter, c'est la décadence ! Nous rentrons.

– *Yes, Ma'am, it's time.*

Saïd attendait sur le trottoir dès le lever du soleil et reprenait son bien. Lucie déshabillait Madame Rose et l'assistait dans la salle de bains, puis la couchait.

– Je vous ai fait attendre, ma pauvre chérie !

– Non, Madame, je travaillais. La nuit, tout est si calme !

– Vous abîmez vos yeux pervenche.

– Et vous, Madame, qui lisez si tard !

– J'ai beaucoup dormi autrefois, et plus souvent seule qu'on ne le croit. Je faisais provision de nuits blanches pour quand je serais vieille. Voilà que c'est arrivé et je peux dépenser mon capital de nuits blanches. S'il en reste quand je vous quitterai tous, en larmes bien sûr, je léguerai, à vous fille des grands espaces blancs, quelques-unes de ces nuits. Par testament ! Faites-m'y penser cet après-midi. Nous appellerons le notaire.

La blonde et angélique Lucie l'écoutait divaguer, cherchait un livre sur les rayons de la bibliothèque :

– Les *Mémoires d'outre-tombe* ?

– Propose-t-on pareil endormoir à une femme de mon âge ?

– *Un amour de Swann* ?

– J'ai connu Proust en 1920. Trois fois. Il m'a parlé de tisanes et de fumigations qui guérissaient tout. Plutôt gentil, un peu raseur. Il prétendait que s'il m'avait rencontrée plus tôt, il aurait conçu tout autrement le personnage d'Odette. Plus ou moins pute ? Je n'ai pas compris ce qu'il voulait dire. Donnez tout de même.

Elle tendait son front au baiser de Lucie et chaussait des lunettes demi-lune.

– Bonsoir, Madame.

– ... 'soir.

Dix minutes plus tard, Lucie revenait sur la pointe de ses pieds nus et la retrouvait si profondément endormie qu'elle pouvait, sans la réveiller, lui ôter ses lunettes, enlever avec délicatesse la perruque et poser le bonnet de dentelle sur le crâne misérable. Le livre restait ouvert, abandonné sur le drap dans le creux laissé par les cuisses exsangues. D'ici deux ou trois heures, Madame Rose, qui ne dormait jamais plus, reprendrait sa lecture à la page marquée par la lame d'ivoire à la rose gravée.

– Qu'est-ce que je sais de la jeunesse d'aujourd'hui, ou, plutôt, que sais-je, comme dit Lucie qui parle un français de bonne race appris de sa mère. Ce n'est pas elle qui oserait, comme vous hier, lancer un : « C'est quoi pour vous l'existence de Dieu ? » Horrible, mon garçon, proprement horrible ! Vous avez grand besoin d'une liaison de quelques mois avec une grammairienne qui vous fera la leçon au saut du lit.

– Quel ennui !

– Je l'ai cru, je me suis trompée. J'ai beaucoup aimé cet épisode.

– Est-ce qu'on peut... pardon... peut-on savoir qui était ce séduisant grammairien ?

– Son nom ne vous dirait rien. Un chercheur. Toujours plongé dans les livres dont il m'a donné le goût. Il passait ses journées à la Bibliothèque nationale. Le soir je lui faisais sa tambouille et il corrigeait les devoirs qu'il me laissait le matin avant de partir.

Elle resta rêveuse un instant à l'évocation de ces journées insolites dans sa vie gâtée. Le nom ne dirait rien à Gaston, mais, surtout, il lui échappait, il n'était même pas sur ses lèvres. Oh ! pas perdu pour toujours... De temps à autre, elle le retrouvait grâce à une homonymie et aussitôt affluaient les images : la chambre d'étudiant donnant sur la place de la Sorbonne, le rideau de cretonne pour cacher le réchaud à gaz, la cuvette et le broc qu'on remplissait à un robinet sur le palier, les cabinets à mi-étage, l'attente trépignante quand la constipée du quatrième s'y enfermait, les pigeons qui frappaient du bec aux carreaux de la fenêtre, les odeurs, les terribles odeurs de frichti.

– Il faut savoir donner aux pauvres, dit-elle poursuivant son rêve à voix haute. Dommage que l'amour soit inhabitable.

– Et vous l'avez quitté ?

– Il aurait eu une salle de bains et des W.-C. particuliers que j'y serais peut-être encore. Mais voilà, j'avais déjà goûté au superflu et on a toujours envie d'en reprendre.

– Je suppose qu'après votre départ il s'est suicidé.

Madame Rose poussa un cri d'horreur manifestement faux.

– Mon cher cousin Gaston, vous déraillez... ! Mon grammairien ne s'est pas suicidé. Il s'est seulement plaint que je ne lui aie pas indiqué où se trouvaient les allumettes. Pendant plusieurs jours après mon départ, il a bu son café froid et mangé des sandwichs. La chance a voulu qu'une marchande de sandwichs du Boul'Mich' tombât amoureuse de cet homme perdu. Les femmes du peuple ont souvent des vocations d'infirmières. Elle est venue s'installer à ma place encore tiède. Elle y est restée. En fait, j'étais seule à aimer. Il avait l'esprit ailleurs. Son nom m'échappe, mais pas l'image de sa haute et maigre silhouette, ses costumes aux coudes et aux genoux luisants, son visage innocent et le lorgnon qui, le soir, quand il se couchait près de moi, laissait des rougeurs à la naissance du nez. Les grammairiens d'aujourd'hui portent-ils encore des lorgnons ?

– Il n'y a plus de grammairiens parce qu'il n'y a plus de grammaire. Cela dit, vous êtes brouillée avec les dates et ce n'est pas tout à fait involontaire. Les repères me manquent. Ne vous souvenez-vous pas qui était président du Conseil ou, à tout le moins, président de la République quand vous étiez Mimi à la fenêtre mansardée de Rodolphe donnant la becquée aux pigeons ?

– L'ai-je jamais su ? Soyez bon : sonnez que Saïd vienne allumer quelques lampes. Nous sombrons et votre verre est vide.

Point besoin de sonner. Saïd apparaissait si on se contentait de penser à lui. Il allumait des lampes qui éclairaient les bustes de Madame Rose et de Monsieur Gaston, laissant dans l'ombre rampante les visages, l'un si jaune qu'on eût dit, malgré ou à cause des fards, d'une hépatique, l'autre coloré par le vent de la course à moto et l'alcool. Saïd se mouvait en silence avec des grâces de chat domestique. A peine entendait-on le glissement de ses babouches blanches sur la moquette.

– J'aime bien que vous buviez, dit Madame Rose quand ils furent de nouveau seuls. Dans dix ans, vous aurez du ventre, du rouge aux pommettes, un nez lie-de-vin. Les dames n'y sont pas insensibles. Tous les beaux hommes croient que leur physique attire les femmes. Bien au contraire ! Chaque fois que je m'y suis laissé prendre, c'était une rapide déception. Il n'y avait rien derrière la façade. Parlez-moi des laids. Ils sont la séduction même. On a l'impression de franchir un obstacle, de se vaincre soi-même et on découvre un trésor. Vous êtes bel homme, Gaston. Autrement dit, vous n'avez aucun intérêt pour des femmes comme moi. Dans ma jeunesse, je vous aurais peut-être accordé une nuit. Pas plus d'une nuit. J'ai su cela très tôt et, si j'étais prête à succomber aux fallacieuses apparences, je n'avais qu'à me répéter : quelle tête ferai-je demain, au réveil, à côté de cet imbécile, un champion de quelque chose ?

Gaston dessinait bien, avec même une certaine férocité. Un carnet sur les genoux, il croquait les mimiques de Madame Rose et la comédie jouée par ses mains gonflées de rhumatismes, tapotant nerveusement le bouton électrique qui manœuvrait l'inclinaison du fauteuil orthopédique. Intimidé au début, il s'enhardissait et s'amusait à la provoquer. Elle explosait ou se défilait adroitement.

– Où étiez-vous pendant la Deuxième Guerre mondiale ?

– La guerre ! Patrick Laguerre ! s'exclama-t-elle, heureuse de retrouver soudain un nom qui, un instant auparavant, lui échappait. Je crois que cet individu lunaire – oui, principalement lunaire – faisait très bien l'amour. Oh ! pas de furias... pas de fioritures... non, des choses simples et agréables. Avant Ahmed si passionné mais persuadé par le Coran que les femmes sont de simples réceptacles à foutre, je trouvais à Patrick de belles délicatesses. Cher Gaston, pensez-y avec vos conquêtes ! Le respect laisse peut-être des déceptions mais aussi des souvenirs inoubliables. Les mains de Patrick n'avaient touché d'autre outil qu'un porte-plume. A peine avait-il un petit cal au majeur de la main droite. Le respect, le respect ! Il n'y a que ça. Le lendemain d'une nuit d'amour, à un dîner de vingt personnes, regardez-vous les lèvres d'une femme sans évoquer soudain le plaisir que cette bouche maintenant occupée à mâchouiller une tête d'asperge vous a donné quelques heures auparavant ? Oui, je sais... on oublie. Tous les amants le font et l'oublient. Que dessinez-vous ?

– Vous le savez.

– Rajeunissez-moi. J'ai horreur d'être si vieille, impotente, moche, radoteuse. Oui, vieille, si vieille qu'en votre présence je ne le supporte plus. Allez-vous-en ! Je ne veux plus jamais vous voir, mais revenez demain.

– Encore un mot sur cet épisodique Patrick Laguerre. Qu'avez-vous ressenti en le quittant sans cérémonie ?

– On se félicite trop tôt d'un renoncement qui tourne vite au regret et décourage d'autres renoncements. Et maintenant, partez. Je crois qu'il pleut. Roulez doucement. Comme Peter qui prend si grand soin de moi. Allez-vous-en...

Gaston se leva.

– Ne donnez-vous jamais un soir de grâce à Lucie ?

– Jamais. Que ferais-je sans elle ? Et que ferait-elle sans moi ? Ôtez-vous cette idée de la tête. Courez le jupon, c'est bon pour la santé, mais courez ailleurs. Lucie sort le matin pour un cours de sémantique à la

Sorbonne. Comme tous les Canadiens, elle adore les arbres. L'après-midi, quand vous me mettez à la torture, je la vois, de la fenêtre, traverser la rue, pénétrer dans le Luxembourg. Aux premiers marronniers, elle s'arrête et les caresse d'un revers de main.

– Quel aveu ! Elle est en manque. Pas besoin d'avoir lu Freud pour savoir que l'arbre est un symbole phallique.

– Mon pauvre garçon ! Voilà où mènent les mauvaises lectures. Que diriez-vous si je vous accusais de circuler à moto pour libérer votre sexualité défaillante ? J'ai toujours l'impression, quand je vous vois arriver de Montparnasse, que vous êtes une grosse bête en rut, écartelant les bras de votre victime et l'étouffant entre vos cuisses. Laissez Lucie en paix. Le matin, mes jours de bonté, je demande à Peter de la conduire au Bois de Boulogne pour ce qu'elle appelle son « jogging ». Il m'a dit qu'elle met un short et marche au pas gymnastique dans les contre-allées. La limousine la suit au pas. Le Bois est toujours peuplé d'exhibitionnistes, de malades en imperméables déboutonnés, un journal déployé devant eux qu'ils soulèvent au passage de ma belle Atalante. Pour montrer quoi ? Un truc minable, une pendouille pas du tout engageante, une insulte à la beauté féminine. Laissez en paix ma vierge blonde. Allez-vous-en... je vous ai assez vu aujourd'hui. Je fatigue.

Saïd aidait Gaston à enfiler sa combinaison de cuir, à tirer sur les languettes réticentes de la fermeture à glissière. Gaston prétendait, en vain chaque fois, dire au revoir à Lucie, mais l'Indien respectait la consigne.

– Mademoiselle de compagnie l'éc'it son liv'e sur la langue.

Il tirait une vilaine langue violette.

– Monsieur le cousin Gaston, tu la ve'as demain. Ce soi'... un bec la Québécoise.

Il appréciait tellement son à-peu-près qu'il le servait chaque jour en arborant un généreux sourire complice bien que Gaston semblât peu l'apprécier et partît furieux ou déçu, condamné à rêver de Lucie sans la respirer. Du trottoir opposé, il levait les yeux vers le quatrième étage et la grande baie éclairée, rideaux ouverts. En ombre chinoise, se dessinait un bras balancé pour un au revoir somme toute malicieux et affectueux. Paris absorbait Gaston et sa moto à l'heure où Saïd prenait Madame Rose dans ses bras et la portait jusqu'à la salle à manger meublée chippendale, un cadeau déjà ancien du duc de Worshire. De généreux admirateurs successifs avaient offert pour les murs des natures mortes hollandaises de Wilhem Claes Heda et Jan Jansz Van de Velde, quelques porcelaines de Delft et des candélabres manuélins. Assise à l'extrémité d'une table à l'ovale allongé qui aurait pu réunir une douzaine d'invités, Madame Rose faisait face à Lucie. Les couverts étaient dressés sur des napperons bleus brodés de dentelle de Venise sur lesquels scintillait l'argenterie française. Saïd, cuisinier et maître d'hôtel, les servait, Madame Rose la première, la jeune fille ensuite, et se retirait dans l'angle le plus obscur de la pièce. On ne voyait plus que le costume, les gants, le calot blanc et l'éclair, blanc aussi, des yeux d'un nouvel homme invisible, le magicien d'une secrète cérémonie. Le silence planait sur les premières minutes du dîner. Madame Rose approchait de ses narines une rose thé piquée dans un vase à col de cygne devant son assiette, et donnait le signal en plongeant sa cuillère dans le potage, aussitôt imitée par Lucie. Le potage terminé, Madame Rose levait un doigt et Saïd, d'une carafe en cristal, remplissait les verres d'un bordeaux dont il murmurait le nom et l'année comme une prière.

– Gaston m'épuise, disait enfin Madame Rose après une gorgée.

– Vous devriez arrêter.

– Et mourir ?

Lucie prenait – ou, peut-être, feignait de prendre – tout à la lettre.

– Jamais !

– Je plaisantais.

Pour dîner, elle imposait que la jeune fille s'habillât et la pourvoyait en robes décolletées et tailleurs du soir. « Je ne veux pas en face de moi d'une garde-malade. D'ailleurs, je ne suis pas une malade. La vie continue. Ne me jugez pas sur les apparences. » Paralysée de timidité au début, Lucie prenait de plus en plus d'aisance, goûtait au plaisir de dévoiler ses épaules et de se décolleter généreusement. Elle oubliait son Québec natal où la famille Lafleur dînait dans une cuisine à carreaux blancs décorés de lapins, canards et poules, servie à la louche par la mère, l'image du père fatigué de sa journée, le menton dans l'assiette, lapant à grand bruit une soupe de légumes qui laissait des filaments dans sa grosse moustache tombante. Madame Rose contemplait la jeune fille avec bonheur, voyant dans ce miracle de grâce, éclatant de fraîcheur et de santé, un miroir magique qui la reflétait en pleine jeunesse bien qu'elle n'eût jamais été blonde, sauf occasionnellement, par caprice, pour dérouter un homme qui s'habituait trop à elle. Cette créature venue d'un pays de neige et de lacs, de grandes forêts vertes, elle la façonnait à sa ressemblance depuis un an, lui corrigeait de mauvaises habitudes : la cuillère qu'il fallait approcher par le travers, les coudes au corps, le pain auquel on ne touchait pas dans sa soucoupe ronde, le petit doigt collé à l'annulaire et l'index tendu sur l'envers de la lame des couteaux, le rouge à lèvres qui ne laisse pas d'ignobles traces au bord du verre. Ne pas repousser son assiette après la dernière bouchée, reposer les couverts joints quand on a terminé ! Peu à peu, Madame Rose avait vu s'épanouir devant elle, taillée dans la dure matière nordique, une élève fort douée, pour conclure, en fin de compte, que les signes extérieurs, la comédie des gestes étaient une convention à la fois dérisoire et tragique. Dérisoire parce que les gens du monde la trouveraient naturelle et ne s'en apercevraient même pas, et tragique parce que les autres, stupéfiés par cette métamorphose, rejetteraient la jeune fille comme n'étant plus des leurs. Saïd sortait de l'ombre et changeait les assiettes. Son geste enveloppant, à droite puis à gauche, surprenait encore Lucie qui croyait, les premières fois, que l'Indien mimait un enlacement sous le regard complice de sa maîtresse. Madame Rose grignotait quelques bouchées de viande ou de poisson, une cuillerée de riz au safran, refusait le fromage avec dégoût. Son visage s'éclairait d'une joie enfantine quand Saïd revenait de l'office avec une variété infinie de glaces parfumées que Peter passait chercher l'après-midi chez les grands traiteurs parisiens. Ce festival de glaces rappelait à Madame Rose des souvenirs pas toujours véridiques et souvent confus. On y décelait l'ombre d'une très, très ancienne frustration.

– Ce sont mes madeleines proustiennes, disait-elle. Je revois mes débuts dans la grande vie, le premier de mes désirs miraculeusement satisfait et les hommes gonflés de vanité à l'idée d'avoir découvert une faiblesse dans une femme-enfant. Il faut savoir leur procurer ces satisfactions. Ils tombent aussitôt dans le panneau. Je n'étais pas la plus belle, mais j'aimais les glaces. On avait peu à craindre de moi. Je les ai bien eus ! La grande vie ! Ce n'est pas forcément ce que je vous souhaite, mais si ça vous tombe dessus sans que vous l'ayez voulu, au moins serez-vous préparée. Vos yeux parlent encore trop d'innocence, ma petite. Il importe de leur prêter du mystère en fardant vos paupières. Très peu. Un soupçon. Vous êtes un pastel de La Tour, pas un Gauguin.

Elle buvait un dernier verre de bordeaux et Saïd la portait dans le salon où, abandonnée à son fauteuil orthopédique, elle se laissait aller à un petit somme d'une demi-heure. Sans la vie qui l'animait dans la journée, le visage de Madame Rose ressemblait de plus en plus à celui d'une momie mais fardé, barré du sévère trait noir des sourcils. De légers et brefs tics agitaient les joues, plissant la bouche ouverte sur une denture encore superbe, une denture de carnassier. De son sommeil elle sortait comme si le temps s'était arrêté respectueusement pendant qu'elle rêvassait. Lucie, assise sur une chaise basse auprès d'elle, entamait sa lecture. Elle lisait bien. De temps à autre Madame Rose l'interrompait :

– Ce Fabrice del Dongo est un oiseau sans cervelle. Plus j'y pense, plus je le trouve inepte et catastrophique. C'est entendu, il est joli garçon, il monte bien à cheval, il ferraille courageusement mais sa bataille avec Giletti n'est guère à son honneur. On dirait plutôt d'une bataille entre chiens de rue. Giletti est un comédien de troisième ordre, un danseur de corde. On ne se bat pas avec ça ! L'épopée de Waterloo est proprement pitoyable. Politiquement, on n'imagine pas plus stupide que Fabrice. Il met tous les siens dans l'embarras. Seuls le comte Mosca et la Sanseverina sont admirables. J'aurais tout donné pour être la Sanseverina, mais sans sa grosse poitrine...

– Nulle part Stendhal ne dit qu'elle a de gros seins !

– Non, évidemment, mais cela va de soi. On ne peut l'imaginer qu'ainsi. Croyez-moi, ce sont des lolos débordants, superbes, qui fascinent les hommes. Le prince Ranuce-Ernest IV n'en dort plus. Il veut absolument les voir de près, les caresser, jouer avec. Une fois lui suffit, il n'y reviendra plus. Clélia Conti n'a que de ridicules fraises. Qu'elles attirent à ce point la passion de Fabrice est bien la preuve de sa bêtise. J'espère, ma petite, que la nuit vous dormez sur le dos et gardez un soutien-gorge. Préservez ces trésors, je ne cesse de vous le répéter. Les hommes ne prêtent guère attention à autre chose.

– Je veux être professeur de français à l'Université Laval. Mes « lolos », comme vous dites, Madame, ne me serviront pas à grand-chose. Les professeurs portent la toge.

– Vous avez le goût du sacrifice. Nous en reparlerons. Reprenez votre Stendhal. J'en dis du mal parce que je l'aime. Chez aucun autre je ne retrouve un tel bonheur d'écrire. C'est notre grand lyrique. Reprenez à Fabrice disant : « Je n'ai que ce que je mérite, je me suis frotté à la canaille ! » C'est lui la canaille ! Voilà peut-être d'où vient son irrésistible charme.

Un peu avant minuit, Saïd portait Madame Rose dans la salle de bains où Lucie assistait l'infirme qui disait :

– J'ai perdu la pudeur des fonctions intimes. Une fois que l'on a bien été obligé de passer par-dessus cette honte, on s'aperçoit que ce n'est rien, que ça s'oublie dans la minute. Vous ne vous souviendrez pas uniquement de moi sur le trône, j'espère ? Il y a des moments plus glorieux dans nos journées. Voilà, c'est fait. Appelez Saïd.

Peter attendait en bas dans la limousine.

Un jour, Madame Rose se montra d'une humeur d'ange. Le fin soleil du printemps baignait les frondaisons du Luxembourg et un autocar de « Paris by day » à l'impériale bondée de chantants Ecossais en kilt venait de passer sous la fenêtre.

– Qu'y a-t-il ? demanda-t-elle à Gaston. On me

cache tout. Nous étions en guerre avec l'Ecosse, ils ont gagné, envahi la France et visitent Paris comme les Allemands en 1940 ?

– Demain, c'est France-Ecosse au Parc des Princes. Vous n'avez jamais assisté à un match de rugby ?

– Ah ! ce n'est que ça ? Non, jamais. En revanche, j'ai connu un Ecossais.

– Connu ? Vraiment connu ?

– Non. Un amour éthéré. Ça vous amusera peut-être, il signe une époque. Enfin... le seul d'une certaine importance. Un amour né au Harry's Bar.

– Vous n'avez quand même jamais « fait » les bars ?

– Imbécile ! Est-ce que j'ai une tête à ça ? Non. A l'époque, on achevait souvent les nuits au Harry's Bar ou aux Halles. Au Harry's Bar, quand j'arrivais, il y avait déjà, installée toujours à la même table, une vieille petite Anglaise, d'une maigreur d'allumette dans un strict tailleur bleu nuit, la figure plâtrée, coiffée d'un tricorne plutôt audacieux en cet endroit, la lèvre mince soulignée par un rouge au fluor. Elle arrivait vers les dix heures du soir et restait jusqu'au petit matin, fumant cigarette sur cigarette, assise à *sa* table devant un cocktail qui durait la nuit. Le cocktail était un « rose » et, comme elle ne parlait à personne depuis des années et se tenait là, le buste raide, énigmatique statue de papier mâché et colorié, on l'appelait Miss Rose. Les amis avec qui je venais souvent avaient décidé qu'elle était ma mère et que, si son regard passait à travers moi comme si je n'existais pas, c'est que nous étions brouillées depuis des siècles. Max Jacob prétendait qu'elle m'avait eue d'un hospodar de Valachie, contribuable à Valparaiso et assassiné par des révolutionnaires. Je dis un hospodar valaque mais il y eut bien d'autres hypothèses plus ou moins flatteuses : Fouad Ier d'Egypte, Edouard VII d'Angleterre mais là, je ne sais comment elle l'apprit, Violette Trefusis m'envoya un huissier pour que je démente. Elle se prétendait seule fille naturelle du bedonnant Empereur des Indes. Il y a des moments bienheureux dans la vie où les fables prises à la lettre deviennent d'une magique vérité. La pauvre Miss Rose ! J'espère qu'elle ne comprenait rien. Un discret sourire entendu passait sur ses lèvres, elle buvait une gorgée de son cocktail, allumait une nouvelle cigarette et contemplait avec ravissement la légère fumée en spirale qui se mêlait aux nuages épais des pipes et des cigares. Si on lui offrait un second « rose », elle remerciait d'une charmante inclinaison de la tête et n'y touchait pas.

– Alors, cet amour éthéré ? dit Gaston qui n'aimait pas trop les parenthèses.

– J'y viens... Mon cavalier de ce soir-là...

– J'ignorais que vous fréquentiez les milieux équestres.

Madame Rose poussa un soupir découragé. La jeunesse n'entendait plus le français.

– Il y a plusieurs sens au mot « cavalier ». Une jeune fille ne sort pas seule : on l'escorte.

– Drôle de jeune fille !

– Voyou ! Taisez-vous et tâchez de comprendre. Mon cavalier, dis-je, n'était plus en état de me raccompagner : il découvrait les vertus magnifiantes du « black velvet ».

– Mon ignorance est dramatique.

– Moitié champagne, moitié Guinness. Il faut tout vous expliquer, mon pauvre garçon. Vous êtes pourtant d'une excellente famille si mes souvenirs sont bons, puisque c'est un peu la mienne et que nous cousinons.

– Une famille à laquelle vous avez laissé un souvenir inoubliable mais qui se demande encore tous les jours comment elle a pu engendrer un bon à rien comme moi.

– Bon... que disais-je ? Ah ! oui, mon cavalier, Toto de Granville, après quelques hoquets assez vulgaires, s'est effondré sur une banquette. Je n'allais quand même pas partir sans lui, d'autant plus qu'un jeune homme en kilt me dévorait des yeux. A Paris, pour le match du lendemain comme toute la bande de braillards aujourd'hui sur l'impériale de l'autocar, il ne comprenait pas bien le français et croyait que j'étais venue au Harry's avec ma mère et mon fiancé. Nous avons bu... ne dites-vous pas « éclusé » dans votre patois ? Il tenait très bien le coup. Je vidais mes verres dans un pot de plante verte. L'alcool, en ces temps reculés, rendait sentimental. Aujourd'hui, il rend querelleur, mais... assez... Quand le jour s'est levé, les serveurs ont embarqué Toto dans un taxi et Miss Rose a disparu, laissant un cendrier plein et son verre à pied vide marqué de ses lèvres au fluor. L'Ecossais a proposé de me raccompagner à pied. Il n'avait plus un franc. Je trouvais ça très romanesque de marcher dans Paris, moi qui ne marchais jamais, au bras d'un jeune homme en jupe courte et de surcroît très, très pauvre. J'aurais tant aimé qu'on me vît toute simple dans mon petit tailleur Chanel, mes escarpins de Capucci, mon sac Hermès, oui, toute simple, ça leur en aurait bouché un coin à tous ceux qui me traitaient de poule de luxe. Malheureusement, à ces heures matinales, on ne rencontrait que des inconnus : les éboueurs, les facteurs ou les livreurs de lait dans leurs charrettes à étagères avec les bouteilles qui s'entrechoquent quand le cheval, un gros percheron gris, s'arc-boute pour repartir. On ne voit plus ça... c'est dommage. Combien de couples réveillés par le tintement des bouteilles sur le palier se sont réconciliés après une nuit orageuse. On appelait ça le « coup du laitier ». Il avait du charme. Qu'en est-il maintenant à l'époque barbare des grandes surfaces ?

Gaston voulait la garder sur les rails. Ces considérations sur le « coup du laitier », si intéressantes qu'elles fussent, éloignaient l'Ecossais.

– Et comment se nommait cet homme si pauvre qu'il ne pouvait même pas offrir à Madame Rose un taxi pour l'emmener directo dans un hôtel de passe ?

– Du calme, Gaston ! J'y reviens. Nous nous dirigions vers le faubourg Saint-Honoré et, en approchant – je venais d'acquérir l'hôtel Custine –, j'ai pensé qu'il s'étonnerait d'une vie de luxe peu en rapport avec mon maintien modeste et nous nous sommes assis sur un banc des Champs-Elysées. Il me pria de l'excuser s'il ne m'embrassait pas comme font les amants français dans la rue. La nuit, sa barbe poussait furieusement – les Ecossais sont très poilus – et il craignait d'irriter mes joues de poupée, de laisser autour de mes lèvres et sur mes joues des traces qui intrigueraient ma mère. Ce qu'il voulait c'était m'épouser. Nous aurions trois enfants. En Ecosse, son frère aîné avait tout hérité, ne lui abandonnant qu'une loge de chasse à moitié en ruines. Il se voyait dans l'obligation inconfortable de travailler. Par chance, un cousin le demandait en Amazonie... Quand il a commencé à parler d'Amazonie, je dois avouer que j'ai commencé à décrocher. J'avais très envie de rentrer chez moi, de coucher seule dans mon grand lit, et tout ce que j'ai retenu c'est que le cousin exploitait une mine d'émeraudes et lui offrait de diriger un placer voisin. Ils se retrouveraient à Manáos où il y a, paraît-il, un des plus beaux opéras du monde en pleine jungle. Je ne pouvais pas l'accompagner puisque nous n'étions pas mariés et un couple illégitime ça marque mal au milieu de tous ces Brésiliens catholiques. Nous devions nous quitter le cœur déchiré et, moi, les yeux remplis de larmes à force de retenir mes bâillements. Il reviendrait dans trois ans, fortune faite, des pépites d'or plein les poches. J'ai promis de l'attendre, ça ne me coûtait rien. Pas moins de trois ans, le temps de préparer mon trousseau, mais pas plus parce que, si j'étais une jeune fille sage, je n'en étais pas moins une jeune fille très désirée. Eh bien, mon petit Gaston, croyez-le ou non, trois mois après j'avais tout oublié de mon Ecossais en kilt et je revenais de quelques semaines orageuses aux Bahamas avec Toto de Granville.

– Remis de sa cuite ?

– Il avait même eu le temps d'en prendre plusieurs autres. Tous les matins au petit déjeuner, un « planteur » bien tassé, rhum blanc, une goutte de Campari, sirop de sucre et feuille de menthe. Plus un deuxième pour faire passer le premier qui est toujours un peu dur à boire à jeun. Le barman venait de Curaçao...

– Je vous en supplie, chère Madame Rose, retournons à l'Ecossais.

– Pauvre Toto...

– Pas tellement pauvre si j'en crois la légende. Mais l'Ecossais...

– La misère morale est souvent pire que la misère physique, apprenez...

– Mon Ecossais !

– Je l'avais totalement oublié pour tout vous dire. Le premier soir où je suis allée au Harry's, le barman m'a remis trois lettres. La première était adressée à Madame Rose : il me demandait la main de Miss Rose. Les deux autres étaient adressées à Miss Rose, l'informant qu'il venait officiellement de demander sa main à Madame Rose. L'imbécile n'avait rien compris. Enfin, je dis l'imbécile, ce n'est pas gentil, mais plutôt touchant. Miss Rose avait simplement dédaigné d'ouvrir les lettres. En revanche, tout le personnel du Harry's s'en était gargarisé. Pour un coup de foudre sans précédent dans ma vie, j'avais oublié de lui donner mon nom et lui de me dire le sien. Il s'appelait Aidan McManus et, depuis notre rencontre, vivait dans la jungle. Tous les mois, une vedette à pétrole lui apportait des vivres et remportait l'or et les lettres que l'on postait à Manáos. Il se décrivait dans la jungle, parmi les serpents, les alligators, les moustiques gros comme des merles, les cruels piranhas, les Indiens qui vous plantent facilement une flèche dans le derrière si vous ne faites pas attention. Il ramassait de l'or à la pelle et le cousin des émeraudes. Nous allions vivre comme des princes, racheter un château digne de moi. Je devais patienter. Et puis, j'ai deviné un certain embarras. Il parlait plus de la forêt que de notre amour, et de la concession que de ses états d'âme le soir au bivouac. Il devenait très riche et voulait le devenir encore plus. Ce n'est pas qu'il me croyait une femme d'argent...

Gaston toussa discrètement dans son poing fermé.

– Toussez, mon cousin ! Les vérités vous irritent la gorge. Aidan ne me croyait pas une femme d'argent mais savait bien que l'argent fait le bonheur et que l'amour sans argent est un chemin de croix. Dans ses lettres auxquelles je ne répondais pas, ce qui ne le décourageait nullement et faisait craindre de longues soirées dans un castel délabré où il parlerait comme une fontaine, il me racontait qu'une famille d'Indiens l'adoptait et le suivait partout : le mari, ses deux femmes, cinq enfants dont une fille de quinze ans. Au cours des lettres, il parlait de plus en plus de la fille. Un nom impossible, j'ai oublié. Elle ne baissait jamais les yeux. Une effrontée, disait-il. Les trois ans arrivaient à terme. Je commençais à paniquer quand il m'a avoué une faiblesse... la fille obsédait ses nuits... il avait honte... Moi, si pure, si parfaite, mais désormais sa vie serait dans la jungle. Les peaux brunes l'ensorcelaient. Il me rendait ma liberté. Tout juste s'il ne me conseillait pas d'entrer au couvent pour oublier mon chagrin. Il ne m'écrirait plus de crainte de raviver la plaie dans mon cœur.

– Déçue ?

Madame Rose leva les bras comiquement et les laissa retomber à l'entrée de Saïd apportant le whisky de Monsieur le cousin Gaston et le thé de Madame Rose. Lucie, survenue derrière lui, beurra les toasts en silence. Elle s'embarrassait d'un minimum de linge sous sa blouse blanche. Gaston la souhaita vêtue d'un pagne, les seins à l'air comme la petite Indienne de quinze ans.

– En somme, dit-il quand la jeune fille fut partie et que Madame Rose mordait son toast avec un appétit juvénile, en somme : un échec. Aidan a préféré l'Eden. Vous n'étiez pas inoubliable.

– Attendez, attendez, homme de peu de foi ! Longtemps après la dernière lettre, deux ans sans doute, un grand type en tenue de brousse, le visage grêlé orné d'un collier de barbe noire, s'est présenté chez moi à Paris. J'ai failli lui sauter au cou. Mes souvenirs de la tête d'Aidan devenaient vagues. Ce n'était que le fameux cousin. Il m'apportait un collier de pépites de la part d'Aidan, auquel il joignait, cadeau personnel dont je lui fus reconnaissante sur-le-champ, une émeraude de sa mine. Je garde ce collier dans mon coffre. Lucie ne l'héritera pas. Elle est trop blonde, l'or ne sied pas à cette fée des neiges. Il lui faut des bijoux voyants, des bijoux musclés. Je l'ai couchée sur mon testament pour l'émeraude.

Elle leva de nouveau la main vers la fenêtre. La pierre verte luisait dans le dernier rayon du couchant qui dorait le faîte des marronniers.

– Le grand barbu revenait vraiment de Manáos. Je l'ai cuisiné, ce broussard qui ne savait pas mentir longtemps. Il a tout avoué, morceau par morceau, le rouge aux joues. Aidan ne vivait pas le grand amour avec une nubile indienne dans la jungle d'Amazonie. Il était mort six mois après son arrivée à Manáos.

– Mais les lettres ?

Madame Rose sourit avec condescendance.

– Voilà où je vous attendais. Vous êtes bien incapable d'imaginer pareil scénario. Voyons, que suspectez-vous ?

– Il n'a jamais cherché d'or en Amazonie. Il s'est caché dans son manoir en ruines et chargeait un ami de vous envoyer les lettres de Manáos.

– Vous oubliez la preuve du collier.

– Oui, c'est vrai. Alors, il a cambriolé une bijouterie pour l'amour de vous, ou il est vraiment allé en Amazonie, a ouvert une maison de jeu ou un bordel, et comme il refusait de payer la dîme à la mafia locale, on l'a liquidé. Le grand barbu avait loué une tenue de brousse chez le costumier de la rue de Buci et comptait bien sauter dans votre lit à sa place.

Madame Rose leva les yeux au ciel.

– Zéro, mon pauvre Gaston. Vous êtes terre à terre.

– La vie a trop d'imagination pour moi.

– Allons, faites un effort. Soyez romanesque.

– Rappelez Lucie, elle m'inspirera.

– Nenni ! Non, tout est plus simple et touchant. Et plus grave. Aidan avait été pris par les fièvres dès son arrivée à Manáos. Ce dur était un tendre. Il ne s'est pas soigné, il est tout de suite parti à la recherche de son placer. Il a ramassé quelques pépites, juste assez pour ce collier que je vous montrerai. Il a cru que sa mort serait un trop grand choc pour moi, alors il a inventé sur son lit d'hôpital à Manáos une leçon de désamour que j'accepterais plus facilement. Le grand cousin barbu a été chargé de me poster cette correspondance tous les mois. Brave Aidan ! Un gentilhomme et, malgré ça, il ne manquait pas de talent. Une savante gradation : « ma petite fiancée, mon amour, ma femme ». Puis : « ma chère, mon amie, mon regret ». Il s'accusait. La sexualité avait eu raison de l'honneur. Il n'était pas celui que je croyais. Cette fille connaissait des philtres magiques. Dans sa dernière lettre, il demandait pardon, non seulement à moi mais à ses ancêtres. Il n'écrirait plus. Ça ne vous tire pas des larmes, Gaston ? Vous avez un cœur de pierre.

La nuit tombait, le Luxembourg fermait ses grilles.

– Avec qui viviez-vous à cette époque ?

– Est-ce important ? D'abord, depuis ma vingt-cinquième année, je ne vivais plus avec personne. Après le faubourg Saint-Honoré, j'habitais plaine Monceau. Je recevais. Je donnais des bals... Et puis, vous m'embêtez. Je ne vous raconterai plus rien. Qu'avez-vous apporté là ?

Elle désignait une chemise qu'il ouvrit pour en sortir une liasse de dessins légendés à la main. Madame Rose chaussa ses besicles et s'arrêta au premier croquis qui la présentait recevant un bouquet des mains d'un vieux beau en redingote.

– Qui est-ce ?

– Votre ami Léonce.

– Aucun souvenir.

– Voyons... nous nous sommes disputés stupidement pour une histoire de fleurs. Vous ne vous rappeliez pas quelles fleurs.

– Est-ce important ?

– La vérité est faite de ces détails.
– Mettez seulement : « un bouquet de fleurs... ».
– C'est un pléonasme.
– Si vous écrivez « un bouquet », on croira que Léonce – ou un autre – m'offrait une crevette de réconciliation. Vos fleurs sont très mal dessinées.
– Alors, je mettrai un bouquet d'orchidées dans la légende.
– Ça fait trop riche et prétentieux. Léonce était radin.
– Des œillets ?
– D'un commun ! Léonce était radin mais homme du monde. Laissez un blanc : je trouverai. Gaston, je suis fatiguée, immensément fatiguée. Ne venez pas demain, par pitié : c'est samedi, prenez l'air.
– J'irai à France-Ecosse.
– Et moi j'emmènerai Lucie déjeuner à Montfort-l'Amaury. Je lui vole sa jeunesse. Il faut que cette enfant connaisse la France profonde.
– La France profonde des restaurants quatre étoiles. Je parie qu'un jour elle sera heureuse de manger un petit salé aux lentilles chez le bougnat de la rue de Grenelle.
– Filez, Gaston, avant que j'appelle la police.
– Lundi, vous me parlerez de mon grand-père.
– Vous voulez dire de votre père.

Peter gara la limousine rue Daunou à hauteur du Harry's Bar au moment où un videur en bras de chemise, le maintenant fermement d'une main au collet et de l'autre au fond de son pantalon, éjectait un client hilare.

– Mon chapeau ! hurla l'homme dont le pan de chemise dépassait de la veste comme une couche de bébé.

Le videur ramassa un feutre mou sur la chaussée et, d'une bonne claque, l'enfonça jusqu'aux oreilles du vidé qu'il aida aimablement à se redresser d'un coup de pied dans les fesses. Penchée à sa portière, Madame Rose sourit : n'était-ce pas arrivé à Hervé de Belair, celui qui parlait en connaissance de cause de la poitrine des jeunes filles congaïs ? L'homme, d'un pas mal assuré, s'éloignait en chantant d'une voix de rogomme : « Les British sont tous des cons, sont tous des cons ! » D'autres scènes semblables flottaient dans la mémoire de Madame Rose, scènes fortes de fêtes nocturnes au Harry's, les signes qu'au comptoir ou aux tables, la veille ou le soir d'un grand match, on ne s'ignorait pas entre supporters d'équipes adverses et qu'une orageuse fraternité liait les fidèles au bar comme les équipes adverses sur le terrain du Parc des Princes. Venant de l'Opéra, une demi-douzaine d'Ecossais en kilt s'engagea dans la rue, cherchant à lire les numéros des immeubles et répétant comme une litanie le mot de passe : *« Sank rou daunou »*, pour s'arrêter enfin devant la façade du Harry's dont la devanture en opaques verres de couleur et les volets de sa porte battante évoquaient, plus qu'un bar, une sacristie ou un de ces bordels d'avant-guerre tant affectionnés par Sam Liston, duc de Worshire. Monsieur le duc consommait au Harry's, jamais au bordel où il ne s'aventurait qu'en voyeur, flatté de ce que de gloussantes dames, auxquelles il offrait du mousseux de la maison, lui tapotassent les bajoues. Les six kilts hésitaient devant la porte battante. Du trottoir opposé où il fumait une cigarette, Peter les encouragea :

– *It's here, my lords.*

Ils se tournèrent, étonnés par le baryton à l'accent américain et ce *« my lords »* d'un nègre en livrée de chauffeur de grande maison comme on n'en voit plus que dans les films hollywoodiens, mais tout n'était-il pas terriblement exotique à Paris, depuis les danseuses nues de Pigalle jusqu'à cette sombre rue sous le ciel métallique taché de fumerolles mauves ? La porte s'ouvrit sur un couple qui se tenait par la taille, une jeune femme élancée aux longs cheveux descendant jusqu'aux épaules, un homme en jeans et blouson de daim. Enhardis par cette vision idyllique, les kilts se bousculèrent pour entrer. Madame Rose eut une pensée pour Miss Rose depuis longtemps déjà partie pour les limbes. Si Dieu daignait parfois montrer un peu de bonté, il avait installé, dans un coin discret du Paradis, une table pour elle seule, avec son cocktail favori, un paquet de cigarettes anglaises, et Miss Rose regardait, impassible, les anges se disputer comme des joueurs de rugby. Des agnostiques, fidèles du Harry's, ne croyant guère à cette hypothèse, avaient fini par trouver sa tombe dans un cimetière de banlieue. Le jour des Morts, ils apportaient un verre à pied de « rose », un paquet de cigarettes qu'ils déposaient sur la dalle avant de boire leurs « black velvet » à la gloire de Miss Rose dont le tricorne sous un globe de verre décorait la tombe plutôt austère.

– Peter, nous allons aux Champs-Elysées.

– *Whereabouts, Ma'am ?*

– Près du Rond-Point. Je vous arrêterai.

Après une heure du matin, la ronde des voitures se calmait et l'avenue entrait dans un demi-sommeil sans être déserte et ce soir moins que jamais : de la Concorde au Rond-Point une double haie de géants montait la garde de chaque côté, leurs peaux de bronze parcourues de frissons dans la lumière des réverbères tamisée par le feuillage. Madame Rose s'étonna : des promeneurs remontaient vers l'Etoile sans paraître prendre garde à cette invasion d'extra-terrestres boursouflés, figés en poses hiératiques et, néanmoins – grâce aux jeux de lumière, aux appels de phares –, animés d'une inquiétante vie, monstres humains ou humains monstres prêts, dans l'attente d'un moment d'inattention des forces de l'ordre, à s'emparer de la ville en l'écrasant sous leurs tonnes de métal. Intriguée, elle fit arrêter peu après le Théâtre Marigny. Peter la prit dans ses bras et la porta sur un banc proche d'une géante nue, les mains à plat sur ses cuisses énormes, le visage d'autant plus inquiétant qu'il était inexpressif, fermé à toute émotion. Sur son banc, même tendrement enveloppée d'un châle et d'un plaid par Peter, Madame Rose se sentit une si petite chose, si fragile qu'elle pria son mécanicien de rester à quelques mètres d'elle et de l'emporter si la statue bougeait ne fût-ce que d'un clin d'œil. Etait-ce vraiment sur ce banc-là qu'elle s'était assise avec Aidan McManus et qu'il lui avait voué sa vie, ou mieux encore sa mort dans l'enfer amazonien ? Si elle ne se souvenait plus de son visage et ne parvenait à retrouver dans sa mémoire que les morceaux égarés d'un puzzle, le kilt, les genoux osseux, les cuisses maigres et les gros souliers bas, les chaussettes blanches ornées de rubans – une image bien conventionnelle, pêchée sans doute ailleurs, lors d'un voyage en Ecosse –, si elle ne se souvenait que de ces détails, c'est que tout se déguisait autour d'elle, que Paris, même gardant la splendeur de ses palais, de ses coupoles dorées et l'amoureuse courbe de la Seine, Paris changeait de siècle. Pauvre Aidan mourant de fièvre à Manáos, puni, au-delà de toute justice, coupable d'avoir cru à l'amour et, par bêtise et naïveté, coupable encore plus de n'être pas resté dans sa loge de chasse délabrée, d'avoir abandonné ses collines de bruyère et de ne plus chasser la grouse avec son beagle. Si l'on n'est pas fils de roi, marqué au front d'une étoile, tout écart du destin est un pas vers le néant.

– Moi, je suis fille de roi, murmura Madame Rose levant les yeux vers la paysanne de bronze. Tu crois me narguer en me présentant ton gros cul, mais tu verras ce que ça coûte de quitter tes Andes et tes lamas et le lac Titicaca si bien nommé depuis que tu t'y baignes. Te voilà maintenant nue, le ventre ballonné, le sexe à l'air sans la décence d'une ombre, réglant la circulation sur les Champs-Elysées comme un sergent de ville. Quelle déchéance ! Il fallait rester chez toi...

Une main se posa sur l'épaule de Madame Rose.

– Madame, on ne dort pas sur les bancs des Champs-Elysées. Vous n'avez pas de « chez-vous » ?

– Je ne dors pas, je rêve.

– On ne rêve que si on dort. A votre âge on est mieux chez soi que sur la voie publique.

Peter accourait déjà, les papiers à la main.

– *It's Ma'ame Rose !*

– Votre chauffeur ! dit l'agent. Vous dormez à la belle étoile et vous avez un chauffeur !

– Peter est mon mécanicien.

– Avec une pareille voiture on n'a pas souvent besoin d'un mécanicien. En plus, il s'est garé dans le couloir réservé aux cyclistes.

– A cette heure, les cyclistes reposent.

Un deuxième agent s'approcha, à la main une torche électrique qu'il dirigea sur Madame Rose. Eblouie, elle remonta le châle pour protéger ses yeux.

– *It's Ma'ame Rose !* répéta Peter indigné.

– Ah ! oui, Madame Rose... on vous connaît. Faut pas rester ici. La froidure pince et l'endroit est pas sûr.

– Peter va me ramener.

Elle tendit la main vers Peter qui s'empara d'elle :

– Messieurs les gardiens de la paix, me direz-vous depuis quand ces géants et ces géantes sont là ?

– Depuis deux jours, Madame. Des chefs-d'œuvre d'un étranger, un nommé Boreto.

– Botero ! corrigea le premier agent. Fernando Botero, un Colombien. Ça plaît ou ça plaît pas. C'est décoratif.

– Merci, Messieurs.

Peter déposa son précieux chargement sur la banquette arrière, aidé par les deux agents. Prévenu d'un retour moins tardif qu'à l'ordinaire, Saïd, emmitouflé dans une houppelande de berger, attendait à l'entrée de l'immeuble. A Lucie qui la préparait pour la nuit, Madame Rose, avec une lassitude rare chez elle, dit d'une voix à peine audible :

– Mon enfant, il ne faut jamais, jamais revenir sur ses pas. Et je ne fais que ça ! Voyez dans quel état ça me met ! Demain, nous partons à l'aube, aux alentours de midi. Nous allons vers l'avenir, loin, loin de ce mouroir de Paris. Vous vous ferez belle, n'est-ce pas ? J'ai besoin de beauté. Je déteste les grosses femmes.

L'entrée de Madame Rose dans un restaurant suscitait toujours une rumeur qui allait decrescendo avec le nombre d'étoiles. Au temps de ses derniers voyages, elle aimait s'arrêter chez les routiers où son apparition dans les bras de Peter déclenchait des commentaires rarement flatteurs. Plus haut dans la gamme, le ton se faisait moins familier bien qu'il y eût, presque chaque fois, un enfant pour poser à haute voix une question ingénument cruelle. A partir de trois étoiles, les conversations tombaient, on se penchait sur son assiette ou vers son voisin, on échangeait de table à table des regards entendus, on allumait une cigarette ou un cigare d'un air préoccupé pour dissimuler une curiosité pourtant bien naturelle, les femmes rajoutaient du rouge à leurs lèvres et rentraient un ventre qui gonflait exagérément leur poitrine.

Par beau temps, Rondaire ****, à Montfort-l'Amaury, servait dans le jardin parmi les dernières tulipes et les premières roses, sous la protection d'un store qui striait de bleu et de blanc les nappes et les visages. Peter déposa Madame Rose dans un large fauteuil en rotin rembourré de coussins, tournant le dos aux autres tables occupées par des couples d'âges que l'on qualifie de moyens ou déjà chargés d'ans et, pour les dames coiffées en brioche, de gourmettes à médailles, de boucles d'oreilles lourdes comme des lustres vénitiens. Peter parti, on ne vit plus d'elle que son dos, le long cou maigre comme d'un vautour, les épaules relevées par le rembourrage du tailleur et, en face, le lumineux visage de Lucie dont la blondeur retenait un rayon de soleil égaré sous le store. Pendant quelques minutes, il n'y eut qu'elles deux pour le maître d'hôtel, le sommelier et le petit personnel. Les autres clients n'existaient plus, rejetés, malgré leurs ors et leurs cabochons, dans le tout-venant qu'elles écrasaient l'une de sa grâce, l'autre de sa tyrannique autorité. Bien consciente de son effet, Madame Rose atteignit les sommets quand vint la saluer l'immense Rondaire en personne, coiffé de sa toque qui lui faisait largement dépasser les deux mètres, boudiné dans son habit de travail orné d'un ruban de chevalier de la Légion d'honneur.

– On ne vous voit plus guère, Madame Rose !

– Cher Rondaire, comment me verriez-vous alors que j'ai le plus grand mal à me voir moi-même ? Je m'efface, je me dissous dans le temps, j'existe à peine. On n'en dira pas autant de vous.

– De mémoire d'homme on n'a pas souvenir d'un cuisinier squelettique. J'ai pensé à vous... Je ne vous dis rien... ce sera une surprise.

C'était dit à voix forte pour que personne n'en perdît un mot. Rondaire retourna dans ses cuisines et les chuchotements reprirent. Le salut du célèbre chef intriguait. A part deux tables où on avait identifié Madame Rose, on ne la connaissait pas et son personnage intimidait. Il y avait eu, récemment, dans la presse, de nombreux articles sur une Madame Claude. L'analogie pouvait tenter des esprits simples, mais cette vieille poupée chiffonnée, parée comme une châsse, portée avec dévotion par un saint Christophe noir en costume de croque-mort et accompagnée par une divinité nordique inspirait des rêves aux hommes fatigués des décolletés tavelés et des seins gonflés au silicone de leurs épouses.

Le maître d'hôtel tendit les cartes.

– Je me permets de conseiller à Madame...

– Des conseils, maintenant !

– ... pour la carte...

– Et si j'ai envie de deux œufs sur le plat ?

– Je peux demander à Monsieur Rondaire...

– Mon pauvre Joseph, vous prenez tout au sérieux !

Elle ferma la carte, imitée par Lucie.

– Emportez ces attrape-touristes. Je me confie à Rondaire. Il m'a promis une surprise, des surprises.

Et, tournée vers le sommelier :

– Deux kirs au bourgogne comme si nous étions des camionneuses. Pour le vin, entendez-vous avec le chef.

Personne sous le store ne manquait un mot de ce qu'elle disait et, quand le maître d'hôtel et les garçons partirent pour la cuisine, il y eut une espèce de silence médusé aux tables voisines. Lucie, mise en joie, murmura :

– Un ange passe !

– Un ange passe ! s'écria Madame Rose sans gêne d'être entendue. Un ange passe... eh bien qu'on l'encule.

Il y eut quelques rires, des « oh ! » choqués. Lucie rougit. On déposa devant elles les verres de kir.

– Ma petite chérie, ne rougissez pas même si ça vous va bien. Je ne l'ai pas inventé, hélas ! car c'est assez imagé. Devinez de qui je le tiens ?

– Je donne ma langue au chat.

– Gardez-la pour un meilleur partenaire. Je vous libère : c'est de Cocteau. Ceci explique cela.

Lucie sortit un carnet d'écolier de sa poche.

– Vous permettez que je note, c'est une préciosité très française.

– Vous aurez du succès à Québec.

Sortie de l'étouffoir de la rue Guynemer, Lucie respirait à pleins poumons, libérée des rites de la vie quotidienne. Elle commençait d'aimer vraiment cette vieille impétueuse que rien ne gênait, qui lâchait par bribes des souvenirs incongrus, que la terre entière semblait avoir aimée et qui, sous des exigences pénibles, lui montrait de vraies bontés.

Madame Rose chipota dans son assiette, couvrit de compliments excessifs le maître d'hôtel et le château-petrus du sommelier. Autour des deux femmes la conversation avait repris et c'était leur tour d'en entendre des bribes.

– Au Népal, la cuisine est immangeable. Du poulet, toujours du poulet. Le beurre est rance. Gladys s'en servait pour graisser ses souliers. Il n'y a pas meilleur.

– Vous auriez dû aller en Thaïlande, ils sont beaucoup plus raffinés.

– Moi, je n'aime que le poisson. Au Portugal, nous étions gâtés.

– J'ai été malade comme un chien après une feijoada à Rio chez les Cohelio.

– João et Imelda ?

– Non, leurs cousins, Luis et Concessão. Charmants tous les deux. Ils reçoivent comme avant la guerre.

– Quelle guerre ?

– En croisière musicale, après le concert nous avons dîné avec Kachnikov. Il était épuisé. C'est un homme qui ne vit que pour son violoncelle et Brahms.

– Vous avez lu *Aimez-vous Brahms* ?

– J'adore positivement la musique, mais je refuse d'écouter les critiques. Après un concert, je plonge dans le silence et déteste les commentaires. Pour moi, c'est la messe, en plus profond.

– Il n'y a pas à dire, la cuisine française est la meilleure du monde.

– J'ai une faiblesse pour la chinoise.

– Pas besoin de l'épiler.

– Que dites-vous ?

– Jean-Jacques, qui a passé un an à Hong-Kong, m'a dit qu'il en avait assez de baiser des tirelires.

– Vous, on ne vous refera pas. A cent ans, vous serez toujours aussi salé.

– Pour en revenir à la cuisine chinoise, je trouve qu'on se lasse vite des œufs pourris, des nids d'hirondelle, des ailerons de requin. Une fois, c'est bien. Point n'en faut abuser.

– « Point n'en faut » ! Ghislaine parle comme un livre.

– A propos de livre, il faut absolument, c'est un *must*, lire le dernier roman de Jules-Maurice-Georges

Louverto : il y a là quelque chose de très fort, de très pensé. C'est l'histoire d'une petite Israélienne qui fait amie-amie avec une jeune Palestinienne. Preuve que ces deux peuples pourraient très bien s'entendre.

– Ça ne ferait pas l'affaire des marchands de mitraillettes !

– J'ai un secret : pas de crème, jamais de crème. Et je ne m'en porte que mieux.

– On dit que le Premier ministre a un cancer.

– De l'anus ?

– Non, depuis deux ans déjà. Tous les trois jours, une ambulance avec une bombe au cobalt stationne dans la cour de Matignon.

– Mon cher, c'est du *ouichefoule singquing.*

– Hier soir, nous étions au Français. Un comédien bulgare jouait Hamlet. On ne comprenait rien.

– Shakespeare en anglais c'est beaucoup mieux qu'en français. Bien sûr il faut comprendre l'anglais archaïque, mais même quand on ne comprend pas c'est plus musical.

Les voix baissèrent d'un ton.

– Ils parlent de nous, dit Madame Rose. Fusillez-les du regard, mais ayez quand même pitié. Ils volent bas, c'est trop facile de les tirer. Faites néanmoins provision de sottises, ça réconforte toujours.

Rondaire précéda deux garçons qui apportaient sur un plateau de vermeil une immense rose en glace à la framboise sur un lit de pétales de roses.

– Si j'avais su, je n'aurais goûté à rien en attendant le dessert.

– Mes espions m'ont rapporté que vous manquiez d'appétit.

– Cher Rondaire, je me réservais. Vous êtes un... chef !

Elle redevint une enfant émerveillée, en redemanda. La glace se liquéfiait et de la cuillère une goutte tomba sur le chemisier de Madame Rose. Lucie se leva et tenta d'effacer la tache avec une serviette mouillée.

– Laissez, laissez, ma petite. Tout le monde a des taches rouges maintenant. Même notre ami Rondaire. Comme disait notre voisine à l'instant : la cuisine française est la meilleure du monde. Voilà qui efface le souvenir de tant de batailles perdues depuis plus d'un siècle... Un sujet de fierté qui en vaut d'autres. Son ruban rouge récompense les généraux des seules batailles que nous remportons : les batailles de la cuisine française. Prenez mon sac et allez discrètement payer à l'entrée. Je veux me mentir et garder jusqu'à la fin, même si elle est fausse, l'illusion que l'on paye pour moi.

En voiture, Madame Rose s'enquit du déjeuner de Peter.

– Ils vous ont bien traité, au moins ?

– *Oh yes, Ma'am : like a king, plus champagne !*

– Il fait beau. Rien ne presse. Peter, vous prenez la route pour Houdan.

– *O.K., Ma'am, O.K. for Houdan.*

– Et pour Gambais...

– *I know where ye want t'go.*

– Quelle mémoire il a, mon vieux Peter ! Je ferme les yeux un petit quart d'heure.

Elle renversa la tête en arrière. Quelques secondes

après, un léger ronflement accompagnait le bruit du moteur. Lucie se laissa bercer. Avec l'air conditionné, la France n'avait pas d'odeur. Seule, Lucie aurait arrêté Peter pour se promener sous les hautes futaies qui bordaient la route, frapper à la porte d'une des jolies maisons dans leurs tapis verts, et, sous le prétexte d'un verre d'eau, elle aurait jeté un coup d'œil à l'intérieur pour voir comment et dans quoi vivent les Français. Depuis son arrivée rue Guynemer, en octobre, elle ne connaissait de la France que Paris le matin après les cours à la Sorbonne. Le jardin du Luxembourg donnait une trop brève idée de la nature française et elle s'étonnait, pour ce premier voyage en Île-de-France, que cette nature fût si policée, comme repeinte à neuf, d'un goût parfois douteux, parfois charmant. A part les hameaux où les maisons se serraient autour de leur église, moutons autour de leur berger, tout le monde prenait ses distances avec le voisin : haies, murs, palissades, rideaux de thuyas quadrillaient la campagne. Ils traversaient un bourg. Dans le rétroviseur, elle vit se dessiner un grand sourire sur le visage de Peter.

– *Miss Lucie, Gambais*, dit-il, *Gambais-Landrou...*

Et il se passa le tranchant de la main sur la gorge. Non, elle ne savait pas, elle poserait la question à Madame Rose quand celle-ci s'éveillerait : « Qu'y a-t-il de particulier à Gambailandrou ? »

– Nous approchons, dit Madame Rose sans ouvrir les yeux. Peter ne parle pas vingt mots de français, ne sait pas bien situer la France sur la carte d'Europe, mais il a retenu qu'à Gambais vivait Landru, un séduisant amateur de femmes qu'il étranglait puis brûlait dans un poêle après les avoir dépouillées de leurs économies. A quoi bon s'échiner à bâtir Versailles ou la Sainte-Chapelle quand il suffit d'un assassin pour éveiller l'attention du monde ?

La limousine, après avoir longé un grand champ de maïs, ralentit dans le village de Bourdonné, passa devant une humble église invitant à la prière, ralentit, laissant traverser une dame qui luttait vaillamment pour n'être pas entraînée par son schnauzer en laisse, tourna sur la gauche dans un chemin vicinal. Peter roula au pas, s'arrêta devant une modeste maison à demi masquée par une haie d'aubépine. Madame Rose se redressa et baissa la vitre arrière.

– Hippolyte venait souvent là, seul ou avec sa femme. Le dimanche, dix personnes à déjeuner. Toujours du rosbif qu'il découpait lui-même et servait à chacun en tournant autour de la table. Pareil pour le vin chambré depuis le matin dans une carafe à col d'argent. Des phrases brèves nous laissaient sans réplique, du genre : « Cocu n'a pas de féminin », ou : « Elle est belle comme la femme d'un autre », ou encore de son chat qui entrait sans prévenir et se couchait sur la desserte : « Un chat ne dit jamais bonjour. » Une fois, une fois seulement car il n'était pas homme à se dévoiler, ces mots qui se sont à jamais fixés dans ma mémoire d'ordinaire plutôt débile : « Comme la mort ressemble à un accouchement ! Et peut-être y a-t-il des âmes parentes qui attendent les trépassés et les accueillent avec des cris de joie comme des nouveau-nés de l'autre côté de la vie... Pensez... si c'est vrai, comme nous aurions de plaisir à mourir. » Après le déjeuner, il disparaissait sans un mot. Travail ou sieste ? Nous n'osions pas partir sans lui dire au revoir. On servait le thé au moment où il appelait d'Orly avant de monter dans l'avion pour Rome, nous recommandait d'éteindre le feu et de remettre la clé de la maison au garde champêtre... Peter, nous rentrons.

Au bruit du moteur qui démarrait, un pigeon s'envola de la corniche et passa au-dessus d'eux en vol plané.

– Toujours là où on ne l'attendait pas, dit Madame Rose prenant la main de Lucie et la serrant fortement. Ne soyons pas sentimentaux. Ce n'est plus à la mode depuis un bon siècle et, de toute façon, les déballages l'horripilaient.

– Qui était-ce ?

– Chère Lucie, c'est mon seul échec. J'ai trop d'orgueil pour le nommer autrement qu'Hippolyte.

– Pardon !

– Je n'ai rien à vous pardonner. Observez Gaston quand il viendra lundi après-midi : front de dilaté et solide bas du visage. Les yeux paraissent bridés. La bouche est amoureuse. Il ne tient pas ça de son père ni de sa mère. Intelligent de surcroît, mais pas du tout l'intelligence de son père. Quand il est venu me voir la première fois, j'ai tout de suite su de qui Gaston était le fils. Comme il est de règle, il est en rébellion contre son faux père et en pâmoison devant les œuvres de son vrai père. Le jour où sa mère lui apprendra la vérité, il aura beaucoup de mal à renverser la vapeur. Il s'étonne quand même d'avoir un vrai talent de dessinateur. Ça ne vient pas de sa famille. S'il a un vague soupçon, ce n'est pas moi qui mangerai le morceau.

La vie dans une petite société où tout le monde a couché avec tout le monde est pleine de ces amusantes méprises. Je vous en raconte des choses ! Peter, allez plus vite, vous ne conduisez pas le Saint sacrement ! Oui, Gaston est bien le fils du propriétaire de cette modeste maison de Bourdonné. Lui qui louait un petit palais à Venise n'aimait que cette hutte de garde-barrière. Je vous en raconte des choses... et vous m'écoutez sagement ! Vous êtes la plus exquise des compagnies. Le jour où vous retournerez dans vos neiges, je ne sais pas ce que je deviendrai.

– J'ai encore deux ans avant de présenter ma thèse.

– Deux ans ! comme c'est court !

Arrivée rue Guynemer, Lucie monta chercher Saïd qu'elle trouva devant la télévision où passaient les dernières images de France-Ecosse.

– J'ai vou Monsieur le cousin dans la loge du P'ésident, avec son papa le minist'e.

– Qui a gagné ?

– Nous, bien sûr, nous les F'ançais : 21 à 12.

– Dépêche-toi. Madame Rose attend.

– Ah ! le devoi' ! Toi tou chouffes le thé.

Epuisée par une journée qui bousculait ses horaires, Madame Rose, après le délicat passage à la salle de bains, se coucha. Trop lasse pour lire, la tête « endolorie », elle pria Lucie de prendre *La Vie de Rancé* dans l'édition de 1844, et, adossée à deux oreillers, une liseuse sur sa chemise de nuit, elle croisa les mains.

– Je vous écoute, je ne vous interromprai pas.

Ce fut vrai pendant une bonne demi-heure à peine marquée par quelques signes des doigts qui se détachaient et se raidissaient quand elle désapprouvait ou, au contraire, pianotaient sur le drap quand elle prenait un plaisir de mélomane si Chateaubriand libérait les grandes orgues. Le souvenir attendri de la petite chambre place de la Sorbonne remontait alors des profondeurs : Patrick Laguerre lui lisant ces admirables pages d'une voix tremblante d'émotion ; les pigeons frappant du bec contre la vitre de la fenêtre en chien-assis. Madame Rose devait à beaucoup d'hommes mais aucun des plus généreux et des plus nantis n'avait su lui offrir d'aussi beau cadeau que

Patrick pour qui les livres étaient la grande, l'inépuisable aventure de l'homme. Quelques mois après leur rupture, elle l'avait rencontré avec sa marchande de sandwichs à la sortie d'un cinéma. Ses goûts ne semblaient pas avoir déteint sur cette honnête femme. En revanche, Patrick, peut-être moins en communion avec sa nouvelle compagne, arborait grâce à elle un costume de tweed clair avec un pli au pantalon. Des lunettes à monture d'écaille remplaçaient le blessant et antique lorgnon.

Lucie lisait aussi avec un bonheur naturel bien qu'il fût, ce soir-là, assez inattendu d'entendre Chateaubriand s'exprimer par la voix d'une femme même si, à l'âge où il écrivait ces pages brûlantes de passion, sa voix devait avoir perdu de sa mélodieuse emphase. Madame Rose écoutait avec ravissement : elle sursauta lorsque Lucie détacha chaque mot : « ... la vieillesse est une voyageuse de nuit ; la terre lui est cachée ; elle ne découvre plus que le ciel. » Elle arracha le livre des mains de la jeune fille, chercha la phrase incriminée mais, sans ses lunettes de presbyte, ne voyant qu'une page aux lignes floues, elle poussa un cri furieux :

– Vous l'avez inventé ! Ça n'y est pas ! C'est faux, archifaux ! On ne découvre rien dans le ciel, on ne voit que la terre et, d'abord, on ne parle pas de la vieillesse : c'est mal élevé. Il n'y a pas de vieillesse !

Dans la colère, le visage jaunit sous la fine couche de crème appliquée pour la nuit, une main se porta sur le cœur, l'autre au col de la chemise serré par un ruban de satin noir et la tête ballotta sur les oreillers. Lucie crut l'apaiser en posant ses doigts frais sur le front. Le geste dérangea la perruque, dévoilant un peu du crâne en sueur.

– Madame Rose, Madame Rose, calmez-vous !

– Tais-toi idiote. Tu m'auras tuée avec ton Rancé. Au panier, Rancé... au panier.

Elle criait si fort que Saïd vissé devant sa télévision l'entendit, entrouvrit la porte et passa la tête.

– Qu'est-ce tou as, Madame Rose ?

– Fous le camp, espèce de singe.

La tête ballotta de plus en plus fort sur l'oreiller et la perruque glissa.

– Zé vois. On appelle le g'and Douval. Viens, Loussy, tou loui pa'les.

Encore tremblante, Lucie composa le numéro de téléphone, instrument du diable relégué dans la cuisine comme la télévision. Le professeur Duval ne dînait pas chez lui mais le répondeur donnait le numéro auquel on pouvait le joindre. Il écouta patiemment.

– Ce n'est rien. Donnez-lui un Optalidon.

– Elle en mourra.

– Elle en revivra. Je suis là dans une demi-heure.

Madame Rose avala le cachet. Sa tête désarticulée retomba sur l'oreiller, inerte. Lucie prit le poignet si maigre que l'os saillait à crever la peau parcheminée : le pouls battait à moins de cinquante ; elle redressa la tête abandonnée et remit la perruque en place.

– Merci, ma petite. Que ferais-je sans vous ?

Et se rendormit pour ouvrir l'œil à l'arrivée du professeur.

– Duval ! Que faites-vous ici ? Est-ce une heure pour laisser femme et enfants et visiter une vieille amie ? Dites-moi, mon cher praticien, votre front s'éclaircit. Vos idées aussi ?

– Bon ! je vois que ça ne va pas si mal que ça ! La prochaine fois que vous crierez au loup, je prendrai le temps de finir mon dîner.

– Toujours aussi cynique !

– Quel est le plus cynique de nous deux ? Dix-treize de tension... excellent.

– En somme, je dois m'apprêter à mourir en bonne santé.

– On ne saurait mieux prévoir les événements.

– Malgré mes jambes de sauterelle ?

– Malgré.

Le professeur Germain Duval, la cinquantaine, de l'embonpoint, des joues lisses de bébé, rond de toutes parts, la soignait depuis qu'interne à Bichat on lui avait amené, de nuit, Madame Rose un bras cassé dans un accident d'auto. Il avait fait son chemin alors qu'elle défaisait lentement le sien et se retirait du monde. Des médecins dont, depuis tant d'années, elle épuisait la patience, Duval était le seul et fidèle survivant. Elle pouvait se vanter d'avoir assis la réputation de cet homme qui lui en restait parfaitement reconnaissant et continuait, bien qu'il fût un éminent gynécologue, de la soigner d'un rhume ou d'une migraine comme un modeste médecin de quartier. Il n'envoyait jamais d'honoraires et elle s'acquittait en flattant sa passion pour les livres illustrés par ses peintres favoris : Braque, Derain, Cortot. Madame Duval qu'elle détestait, et qui le lui rendait bien, recevait en même temps une brassée géante de fleurs, des roses naturellement. Le professeur Duval était de ces médecins qui, à peine a-t-on franchi le seuil de leur cabinet, inspirent une telle confiance, une si joyeuse envie de vivre que la maladie ou le soupçon d'une maladie s'envolent au premier mot.

– Qu'est-ce qui vous a pris ? demanda-t-il.

– C'est cet imbécile de Chateaubriand.

– Alors, ne le lisez pas.

– Je l'aime.

– Vous n'êtes ni la première ni la seule.

– Lucie devrait savoir que certaines phrases de Chateaubriand m'irritent au plus haut point. Bien sûr, je comprends qu'à son âge on ne soit pas aussi sensible à ces forfanteries sur la vieillesse et la mort.

– Comment y penserait-elle à vingt-deux ans ? Et avec sa beauté ?

– Apprenez en plus, cher Germain, que Lucie est encore vierge !

– Allons bon, voilà autre chose... comme disent les paysans de mon Auvergne. Pas grave quand même. Il y a des remèdes.

– Le remède n'est-il pas pire que... disons... l'infirmité ?

– Voilà une infirmité dont vous avez guéri de bonne heure si j'en crois vos rares confidences.

Ils parlèrent encore un moment avant que Duval se lève.

– J'arriverai chez mes amis après le dessert et à temps pour le cigare.

– Vous ne me prescrivez rien ?

– Si... je vous prescris de ne pas abuser de ces kirs au bourgogne que dans les troquets on appelle « cardinal » ou « communiste », rouge sur rouge, ni du château-petrus.

– Lucie a cafardé.

– Non, je l'ai brièvement cuisinée en arrivant. Soyez raisonnable...

– Merci de n'avoir pas dit : « à votre âge ».

– Je vous connais, je m'en garderais bien.

Il trouva Lucie en peignoir, affalée dans un fauteuil de l'entrée, somnolente, ses beaux cheveux dénoués retombant sur les épaules. Quand elle se leva brusquement, le peignoir s'ouvrit, découvrant haut les jambes. Germain Duval estima que le remède à l'infirmité de Lucie serait plaisant à administrer.

– Alors, Monsieur le professeur ?

– Rien. Soyez une mère pour elle. Elle n'est plus toute jeune. Le moindre excès la contrarie. Elle a pas mal abusé dans les temps anciens, très anciens... Je lui ai recommandé de modérer les alcools, mais sans être convaincu qu'elle m'entend. Elle en tiendra, peut-être, compte si vous le lui rappelez. En vérité, je ne suis certain de rien. Une fin de vie où l'on se prive de tous les plaisirs pour gagner un jour, un mois sur l'inévitable, n'a pas grand sens.

– Mais quel âge a-t-elle ?

– Ça, Mademoiselle, personne n'en sait rien. Elle a merveilleusement réussi à brouiller les traces et, peut-être, ne le sait-elle plus elle-même. Comment se fait-il que vous parliez si bien le français et sans l'accent canadien que, par ailleurs, j'aime beaucoup, je m'empresse de vous le dire.

– Ma mère est française.

– Et votre père conduit des autobus !

Dans l'esprit du professeur Duval, un conducteur d'autobus ne pouvait pas avoir épousé une Française. Il y avait là quelque chose qui sonnait faux. Lucie rougit, hésita :

– Elle enseigne les Lettres dans un lycée.

– Une belle histoire d'amour. Vous l'avez racontée à Madame Rose ?

– Elle m'avait raconté sa première aventure. J'ai pensé que ça lui ferait plaisir, que ça créerait de meilleures relations entre nous. Quand elle saurait que ma mère, elle, est restée avec Papa. J'aime beaucoup Madame Rose, vous savez...

– Je n'en doute pas.

Le professeur Duval retrouva Marie-Thérèse, son épouse, chez leurs amis. On arrivait, comme il le présumait, aux cigares et au cognac. Les hommes étaient tous médecins. Duval se plaignait parfois de ne voir que des confrères. Il eût aimé sortir de ce milieu où l'on se connaissait trop, où l'on tournait en rond autour des quelques sujets du moment qui accaparaient l'attention. Le sujet de la soirée était l'euthanasie. Entre les partisans et les opposants, les femmes mettaient leur grain de sel, souvent au désespoir des maris qui affectaient un intérêt trop poli pour être sincère et, en deux mots, balayaient l'objection sans plus en tenir compte. Revenant de chez sa vieille amie, Duval suivait mal la discussion, envahi par d'autres pensées et une image lancinante qu'il ne parvenait pas à chasser : la belle créature en peignoir, effondrée dans un fauteuil du vestibule, cheveux dénoués, pur visage pris par le sommeil, et, surtout, le moment où, réveillée, elle se redressait montrant haut ses jambes nues. La gynécologie est une discipline qui émousse beaucoup les attraits du fruit défendu ou, au contraire, crée des obsédés. Duval se croyait depuis longtemps dans la première catégorie et voilà que cette vision rapide d'à peine une seconde ou deux – elle avait aussitôt rassemblé les pans de son peignoir – le poursuivait au point de l'éloigner à mille lieues des préoccupations déontologiques de ses confrères. Il ne les entendait plus que comme un murmure lointain et, si on s'adressait particulièrement à lui, il avait l'impression qu'on lui criait dans l'oreille. Deux fois, il regarda sa montre et Marie-Thérèse, toujours attentive aux convenances, elle-même fille d'un feu grand ponte, fronça les sourcils, le rappelant à l'ordre. Il répondit d'un geste de la main pour chasser l'image de Lucie comme il aurait chassé une mouche importune. Sa femme se méprit et donna le signal d'une retraite prématurée sous le prétexte d'une opération qui préoccupait son cher Germain.

En voiture, elle prit d'autorité le volant.

– Dans l'état où tu es, nous irions droit dans le premier mur.

– Je me sens très bien.

– Qu'est-ce qu'il y a ? La vieille est morte ?

– Pas du tout. A peine un petit embarras gastrique. Ne l'appelle pas « la vieille ». C'est inutilement méchant.

– Je pensais à elle pendant cette discussion débile sur l'euthanasie.

– Je devine ton vœu.

– Oui, et d'abord qu'elle cesse de convoquer le professeur Germain Duval quand elle a un cor au pied ou des envies à l'ongle.

– Je suis médecin avant tout. Quand Saïd et la demoiselle de compagnie m'appellent au secours, j'y vais.

– Elle a une demoiselle de compagnie, maintenant ?

– Oui, une Canadienne.

– Si ça pouvait au moins la refroidir.

Dans les temps anciens, Madame Rose avait eu une brève et orageuse liaison avec le père de Marie-Thérèse, alors encore jeune médecin. « Ma mère a pleuré des larmes de sang ! » A quoi Germain, l'ayant osé une fois, ne répondait plus que Madame Mère s'en était consolée avec un acteur de cinéma. Marie-Thérèse découvrant peu après son mariage avec le jeune et brillant gynécologue que cette femme fatale se trouvait encore sur son chemin, en tout bien tout honneur cette fois, et que son mari accourait au moindre appel de la rue Guynemer, elle haïssait, il n'y a pas d'autre mot, cette accapareuse, cette voleuse d'hommes qui, à demi paralysée, continuait d'exercer sur eux une irrésistible attirance.

L'auto s'engageait dans l'avenue Mozart.

– Pourquoi habitons-nous ce quartier sans âme ? dit le professeur oubliant qu'il parlait à voix haute.

– Parce que, quand nous nous sommes mariés, jeune interne tu n'avais pas le sou et que Papa nous a offert cet appartement. Et aussi parce que j'y suis née, que mon enfance s'est passée dans ce quartier et que j'y ai presque tous mes amis un peu moins rasoir que les tiens.

– Nous pourrions changer. La rive gauche est plus vivante.

– Par exemple, rue Guynemer.

– Tu ne vas pas recommencer !

– Je ne comprends d'ailleurs pas comment cette femme, avec l'argent qu'elle a hérité de ses maris et de pas mal de liaisons juteuses, habite un simple appartement.

– Pas si simple : trois cents mètres carrés, une vue sublime sur le Luxembourg. Elle n'aime pas la société, elle aime seulement la savoir autour d'elle, compatissante ou indifférente, mais l'entourant. Je crois qu'elle adore aussi le Luxembourg. Elle a dû y faire des pâtés de sable quand elle était enfant.

– Son enfance, parlons-en...

Crispée à son volant, Marie-Thérèse accéléra, freina et opéra une brusque marche arrière pour voler l'emplacement d'une voiture qui s'apprêtait à se garer juste devant son immeuble. Elle eut droit à un bras d'honneur, mais, dans la manœuvre, elle accrocha l'aile d'une auto stationnée derrière elle.

– Voilà ce qui arrive quand tu joues à m'exaspérer, dit-elle avec la mauvaise foi dont elle se montrait capable quand elle se mettait en colère.

Germain laissa une carte de visite sous l'essuie-glace de la voiture accidentée, avec le numéro de son assurance.

– Tu es vraiment trop honnête, dit sa femme. Il n'y a pas eu de témoin.

Il se contenta de hausser les épaules et de la prendre par le bras avec une affectueuse gentillesse comme pour la protéger d'elle-même. Un peu plus tard, elle traversa leur chambre en chemise de nuit si courte qu'on ne pouvait rien ignorer d'elle. Le professeur Duval s'émut de ce spectacle. Quand ils achevèrent de se réconcilier, l'image de Lucie s'imposa entre Marie-Thérèse et lui et, toujours honnête, il n'aurait su dire à laquelle il devait son plaisir. A celle qui partageait sa vie depuis vingt ans et qu'il aimait sincèrement malgré son caractère de chien ou à cette jeune inconnue qui, dans sa candeur vraie ou fausse, montrait d'elle-même beaucoup plus que ses jambes ?

Le dimanche, Saïd exaspérait Madame Rose en exigeant un jour de repos.

– C'est insensé, disait-elle, Monsieur ne fait rien de la semaine et, le dimanche, il s'enferme dans sa chambre sous les combles avec « ma » télévision.

– Il y a longtemps que vous la lui avez abandonnée, disait Lucie. Le pauvre ne sait pas lire.

– Ma petite, je vous dirai la vérité – et ne la répétez pas dans les mêmes termes, ce serait inconvenant dans votre bouche – mais ce pauvre Saïd est une couille molle. Il a peur de sortir d'ici, de son cocon protecteur et qu'on lui casse la gueule dans la rue.

Lucie restait seule en charge. Madame Rose voulut garder le lit.

– Demain, lundi, je dois être en forme. Nous verrons réapparaître l'affreux cousin Gaston avec ses questions et ses remarques inciviles. Menu d'aujourd'hui : un œuf à la coque, du pain grillé, du beurre allégé, deux feuilles de laitue sans assaisonnement, une glace de chez Mousselier. Vous avez veillé à la glace, n'est-ce pas ?

Lucie y avait veillé. Elle n'exigeait pas de jour de congé, restait auprès de Madame ou, quand celle-ci dormait, se retirait dans sa chambre.

– Vous n'avez vraiment pas envie de sortir ? De voir du monde, d'aller au cinéma, au théâtre, dans les musées ?

– Quand vous dormez le matin, je vais au cours et à la bibliothèque. Je vois du monde.

– Très peu.

– Ça me suffit.

– Tout ça finira mal, dit Madame Rose découragée devant tant de simplicité et si peu de curiosité. Dans ces conditions, je ne reste pas au lit. Etes-vous capable de me prendre dans vos bras comme Saïd ?

Lucie était assez forte pour porter ce maigre paquet d'os et de chair flétrie du lit à la salle de bains, de la salle de bains au salon.

– Vous devez trouver qu'il serait plus facile d'utiliser ma chaise roulante, mais je déprime tant quand j'aperçois, dans les glaces du couloir, ce corps misérable monté sur roues, que je ne m'y résigne pas encore. Ou alors, il faudrait briser les miroirs de l'appartement comme fit la belle Madame Gautherot à quarante ans dès la première ride, elle la plus belle femme de Paris en 1900, ou faire comme Marie de Régnier défigurée par le réchaud de son fer à friser. Elle n'entrouvrait plus la porte que pour une vieille bonne qui apportait les lettres des admirateurs. Je n'en suis pas là ! *Sursum corda !*

Elle n'ajoutait pas qu'il lui plaisait aussi de donner à son entourage l'occasion de prouver son dévouement pour ne pas dire sa dévotion.

Dans l'après-midi, Lucie lui lut *Le Horla.* Aux premiers mots datés du mois de mai : « ... on dirait que l'air, l'air invisible est plein d'inconnaissables puissances dont nous subissons les voisinages mystérieux... », Madame Rose joignit les mains comme pour une prière.

– Ma petite, personne, sauf Nerval qui le poétisait, n'a parlé du délire comme Maupassant. Il a vu venir de loin ses cauchemars et ses rêves chevauchant un dragon. J'imagine qu'à la dernière heure, après nous avoir infligé tant de tourments, le dragon salive de plaisir. Il nous tend les bras, le monstre, l'hypocrite. Les innocents tombent dans le piège... Continuez...

A l'heure du thé, Madame Rose demanda des poèmes de Valéry : « Le cimetière marin ». Lucie lisait bien, sans artifices :

Ce toit tranquille, où marchent les colombes,
Entre les pins palpite, entre les tombes ;
Midi le juste y compose de feux
La mer, la mer, toujours recommencée !

– Arrêtez, arrêtez, et répétez... C'est presque aussi beau que du Toulet... J'ai connu Valéry. Séduisant au possible. Avec une telle réputation d'intelligence que les dames se pâmaient dès son entrée dans un salon ou dans l'amphithéâtre du Collège de France. Un jour, à déjeuner, placé à ma droite, il a demandé que je lui verse à boire. J'ai rempli son verre. Il n'y a pas touché de tout le repas. Quand je lui ai demandé pourquoi il se faisait servir un verre de bordeaux et n'en buvait pas même une goutte, il m'a répondu : « J'ai voulu savoir de quelle main ferme vous enserrez le goulot d'une bouteille. C'est un signe prometteur qui ne trompe pas. » Je n'ai pas rougi. Vous non plus d'ailleurs.

– Dois-je comprendre ?

– Il faudra bien un jour, ma chérie, à moins de passer pour une oie. Rien ne presse. Prenez votre temps.

– Vous avez raconté cette rencontre à Monsieur Gaston ?

– Peut-être... mais est-ce que ça le regarde ? Lisez-moi « Le sylphe ».

Ni vu ni connu,
Le temps d'un sein nu
Entre deux chemises !

– Très bien, très bien ! s'écria Madame Rose comme si elle adressait les compliments d'un professeur à un élève particulièrement doué. Très bien, mais quelle obsession mammaire chez ce poète ! Dans tous ses poèmes surgissent des seins de jeune fille : « Le cimetière marin », « La jeune Parque », « Le sylphe ». Un abcès de fixation parmi cette génération ! Il faut que je vous fasse lire les pages admirables de Ramón Gómez de La Serna. Et aussi Stanislas Beren. Vous n'avez jamais lu les romans de Beren ?

– Non, Madame. Les études de Lettres laissent peu de temps pour la lecture des romans.

– Où va donc se loger la bêtise universitaire ? Beren

était un caresseur. Distant, réservé dans la vie, mais on voit bien dans ses livres qu'il ne pensait qu'à ça ! Je vous prêterai *Where are you dying tonight ?* dans la version anglaise qu'en a donnée Julian Evans. C'est aussi bien qu'en français. Et *Trois Petits Tours* est plus amusant en français qu'en allemand. Lui ? Un homme bourré d'énigmes très simples. Un sphinx en cristal.

– Vous avez été... ?

– Pensez-vous ! Sa femme, Félicité, était une de mes meilleures amies. Vous me direz que ça n'empêche rien... et vous aurez raison. Mais dans ce cas, non ! Il aimait les adolescentes. Vous, vous seriez passée à la casserole tout de suite.

– A la casserole ?

– Il est temps que les philologues s'intéressent de près à l'argot.

On sonnait à la porte. Lucie posa le Valéry et se leva.

– Nous n'attendons personne, dit Madame Rose. Pour une fois, nous sommes tranquilles toutes les deux. Dites à Saïd de répondre que je ne suis pas là.

– Saïd ne sort pas de sa chambre.

– Ah ! j'oubliais... Alors, éconduisez !

Le professeur Germain Duval se tenait sur le seuil, embarrassé, un bouquet de roses blanches dans une main, dans l'autre son borsalino et des gants dits beurre frais.

– Je flânais dans le quartier... monté à tout hasard... Comment va Madame Rose ?

– Tout à fait bien. Nous lisions...

– Je ne la dérangerai pas.

Il tendit son bouquet que Lucie prit et respira.

– C'est pour vous deux, dit-il dans un grand élan courageux.

Jamais de sa vie il ne s'était senti aussi gauche.

– Qui est-ce ? cria la voix cassée venant du salon.

Lucie ouvrit les bras.

– Que dois-je répondre ?

Le professeur esquissa un pas en avant et, à son tour, cria :

– C'est votre médecin de quartier, chère Rose. Je passais place Saint-Sulpice... je m'inquiétais de vous.

– Trop tôt... Je suis solide au poste. Entrez !

Lucie s'empara du borsalino, des gants et les posa sur la commode du vestibule.

– Madame Rose se réjouit de vous voir, dit-elle.

Dans son fauteuil à demi renversé, une couverture sur les genoux, Madame Rose avait retrouvé son teint de tous les jours : un peu cadavérique sous le fard mais les yeux brillants de plaisir à la vue du médecin.

– Des roses blanches, mon ami... ce n'est pas pour moi ! Lucie, vous les mettrez dans votre chambre. Cher Germain, cessez de prétendre que vous êtes le professeur Duval, médecin des hôpitaux. Vous n'avez rien d'un médecin, vous êtes un guérisseur. Mettez un écriteau sur votre porte : guérisseur. Votre fortune est assurée. Lucie, apportez-nous du whisky, deux verres et des « glazons », comme dit ce bon à rien de Saïd.

– Un verre suffira, dit le professeur.

– Pourquoi « un » ? Vous ne buvez pas ?

– Non, c'est vous qui ne buvez pas.

– Allez y comprendre quelque chose ! Hier c'était ma médecine, aujourd'hui ce serait un poison. Vous étiez vraiment dans le quartier... par hasard ?

– Non, pas vraiment... Je sais aussi mentir.

– Si c'est une compétition, vous avez déjà perdu.

Lucie portait une simple robe de drap bleu marine, arrêtée au-dessous du genou et fermée au col par une bavette de dentelle comme en portent les demoiselles de Saint-Maur le dimanche pour la sortie des pensionnaires. Germain se dit que, la veille, il avait dû se méprendre. Lucie les laissa, emportant le bouquet. A la façon dont Duval la suivit des yeux, Madame Rose n'eut aucun doute sur les raisons de sa visite.

– Elle a vingt-deux ans et vous trente de plus.

– Que voulez-vous dire ?

– Mon ami, ne vous faites pas plus bête que vous n'êtes. Méfiez-vous tout de même. Je veillerai à ce que vous ne plantiez pas des cornes sur le beau front de Marie-Thérèse que j'adore.

– Elle vous le rend bien.

Ils éclatèrent de rire ensemble.

– Vous avez remarqué comme Lucie s'est emparée des roses. Elle a très bien compris pour qui vous êtes venu.

Il admit que le hasard y était pour une très petite part. Le dimanche, il se promenait dans Paris et ne connaissait pas de meilleure façon d'oublier que, dans la semaine, les spectacles offerts à un gynécologue ne sont pas tous exaltants. Si ses pas l'avaient porté aux alentours de Saint-Sulpice, il fallait l'expliquer par un

« appel d'air ». Madame Rose sourit. D'être compris – même avec peu d'espoir qu'elle devînt sa complice – rendit au professeur l'assurance et même l'humour qui, en temps ordinaire, ne lui manquaient pas. Lucie apportait le plateau avec les glaçons, l'eau gazeuse et le whisky. Pour servir, elle s'était changée et avait passé la blouse blanche qu'interrogeait le cousin Gaston. Que portait-elle en dessous ? Germain Duval l'accusa mentalement d'un excès de modestie, bien qu'il la préférât ainsi que dans la trop sage robe de pensionnaire.

– Vous ne vous joignez pas à nous ? demanda-t-il désespéré à l'idée qu'en le laissant en tête à tête avec sa vieille amie celle-ci lui ferait avouer combien la silhouette de Lucie l'émouvait.

– Peut-être pas... si Madame Rose le permet. Hier, nous étions à la fête, je n'ai pas beaucoup avancé mon travail.

Une thèse sur les néologismes du parler canadien, voilà qui justifiait mal le report de sa jeunesse à plus tard ! Germain plaida brièvement pour l'impréparation qui éclaire les idées, avouant qu'il l'avait appris trop tard, que sa jeunesse avait disparu dans les examens et les concours et qu'elle, Lucie, ferait bien de ne pas l'imiter. Connaissait-elle le sizain de Ronsard : « Donc, si vous me croyez mignonne – Tandis que votre âge fleuronne – En sa plus verte nouveauté – Cueillez, cueillez votre jeunesse : – Comme à cette fleur la vieillesse – Fera ternir votre beauté » ? La conscience de mal réciter ajoutait à sa confusion. Lucie ne paraissait ni émue ni convaincue.

– Je peux vous laisser, Madame ? dit-elle sur un ton qui parut d'une froideur extrême.

– Allez travailler, mon petit. Le professeur se contentera de moi.

Lucie disparue, il se versa un long whisky et leva son verre à l'intention de Madame Rose.

– Je suis ridicule. La jeunesse d'aujourd'hui n'aime pas la poésie. Elle lui trouve je ne sais quoi d'indécent et de trop poli. Quand j'étais interne, en salle de garde, au lieu de nous chanter des obscénités dont nous avions fait notre plein dans la journée à ausculter ou délivrer des femmes enceintes, nous récitions des milliers de vers, le plus gratuit des exercices de la mémoire.

– Je m'en souviens. Vous m'avez invitée, une fois. J'avais encore le bras dans le plâtre. Charles, très collet monté, m'attendait dans la voiture, se rongeant les ongles, persuadé que vous alliez tous me violer malgré mon bras cassé.

– Charles ?

– Oui, Charles Blumenstein.

– Le premier mari ?

– Non, le deuxième. Le premier, c'était Epaminondas Sotorakis. Et le troisième... dieux du ciel... ma mémoire s'envole en fumée. Vous connaissez beaucoup de femmes qui ne se souviennent pas du nom de leur troisième mari ? Il est vrai qu'il n'a fait que passer... un peu comme on dit en anglais, d'une façon assez élégante : « *He passed...* » D'ailleurs, c'est une idée : j'ajoute un codicille à mon testament pour qu'on inscrive sur ma tombe : « *She passed...* » Je tiens aux trois petits points.

L'idée de la mort qu'elle détestait tant, voilà que, grâce à la présence d'un médecin dont les pouvoirs absolus donnaient l'illusion de la vaincre, elle l'envisageait comme une chose très lointaine, peut-être même improbable, alors que, la veille, sa seule évocation avait provoqué une angoissante crise.

– J'en connais une qui se réjouira, dit Madame Rose.

– Qui donc ?

– Ne jouez pas les innocents... Votre femme, bien sûr.

Germain essaya de minimiser avec si peu de conviction que Madame Rose leva les yeux au ciel et joignit les mains.

– Vous êtes au courant : son père et moi, ce n'était qu'une passade. Qui me blâmerait ? Tout était de la faute de feu votre belle-mère qui m'avait si méchamment snobée à un dîner que je me suis vengée avec votre beau-père. Il avait votre âge et moi celui de Lucie. Mon cher, je ne m'attendais pas à pareille passion. Il voulait tout quitter pour moi : sa femme, sa fille, sa chaire à la faculté de médecine, et m'emmener vivre sur une île déserte ou presque déserte où nous aurions baisé du soir au matin et du matin au soir sous les palétuviers en nous nourrissant de bananes. J'ai pu le fuir et me marier peu après avec Epaminondas qui, lui, possédait en mer Egée une vraie île déserte mais avec des domestiques. Votre beau-père a fait mine de se suicider et s'est raté. Un comble pour un médecin ! Voilà pourquoi votre Marie-Thérèse me vomit. La leçon a été bonne et j'ai montré plus de prudence avec les hommes mariés bien que ce soient, sans conteste, les meilleurs amants.

– Vous le raconterez à Gaston ?

– Si ça vous ennuie par rapport à Marie-Thérèse, je m'en abstiendrai. Vous partez déjà ?

– Je veux marcher encore une bonne heure avant le dîner. C'est mon seul exercice. Que Lucie n'hésite jamais à m'appeler.

Dans le vestibule, il prit ses gants, son chapeau, hésita la main sur le pêne. Le couloir conduisant aux pièces sur cour restait allumé. Germain s'y engagea, poussa une porte entrebâillée. Lucie, assise à une table, face à l'écran de son traitement de texte, ne bougeait pas, méditative, un coude appuyé, le menton dans sa main. Dans un modeste vase, les roses blanches frôlaient sa joue.

– Pardonnez-moi de vous déranger, dit-il, je ne retrouve pas ma canne.

Lucie éteignit son écran et tourna vers lui un visage d'ange, le bleu innocent de ses yeux pervenche.

– Vous n'en aviez pas.

– Vous êtes certaine ?

– Vérifions si vous en doutez.

Elle se leva et reboutonna le haut de sa blouse trop largement entrouverte. Le porte-parapluies ne contenait que les deux cannes d'invalide à bout caoutchouté du temps où Madame Rose marchait encore un peu.

– Votre canne ne pourrait être que là, et pas ailleurs.

– Alors, j'ai dû la laisser au Café de la Mairie où je me suis arrêté pour boire un demi. Je n'ai pas de tête. Vous êtes la bonté même pour ma chère Rose...

Du salon s'éleva la voix cassée :

– Pas encore parti, Germain ?

– Je ne parvenais pas à ouvrir la porte avec tous ces verrous. Heureusement, Lucie est venue à mon secours.

Il regretta vraiment que la jeune fille eût boutonné sa blouse. Le triangle de chair visible le tentait irrésistiblement. Il y appuya l'index. Lucie écarta fermement sa main.

– Je désignais seulement votre cœur si généreux, bredouilla-t-il. Permettez-moi de vous embrasser pour vous remercier de ce que vous faites pour Rose.

– Sur la bouche ?

Médusé, Germain fit non de la tête. Elle tendit une joue froide qu'il effleura de ses lèvres, conscient que la jeune fille sur la défensive se raidissait, prête à le repousser.

Place Saint-Sulpice, il dédaigna de passer au Café de la Mairie. Il ne sortait jamais avec une canne. L'excuse du verrou difficile à débloquer était la meilleure. Il ne l'avait trouvée qu'après coup. A pied, le professeur Duval regagna l'avenue Mozart, longeant les quais jusqu'au pont Mirabeau. Demain, il achèterait une canne.

– Monsieur le cousin Gaston, bienvenue ! Madame Rose est d'humeu' de… rose, dit Saïd en pouffant.

– Ça tombe bien, moi aussi.

– Tu n'es pas à moto ?

Sans sa tenue de scarabée, en jeans et chandail, Gaston annonçait l'été.

– Elle est en panne.

– Zé vois !

A demi baissé, le store partageait le salon en une zone lumineuse et une zone d'ombre qui adoucissait les terribles flétrissures du visage de Madame Rose affalée dans son fauteuil de pythie.

– Bon ! dit-elle. Je vois qu'on ne fait plus de cérémonies à votre âge. J'espère que Saïd a mis votre veston sur un cintre et repassé votre cravate.

– Je suis venu tel quel. Comme l'enfant qui vient de paraître, ou presque.

Madame Rose fronça les sourcils. Gaston installa sur la table basse carnet à dessin, crayon et le magnétophone qu'il oubliait souvent de brancher.

– Vous prétendez sortir dans la rue en chandail et bleu de travail ? Et quelle est votre réaction quand on vous donne la pièce ?

– Je remercie et, si on ne me donne rien, j'insulte le bourgeois.

– Le bourgeois ! Mais qu'est-ce que vous êtes, mon pauvre Gaston ? Fils de bourgeois, petit-fils de bourgeois, descendant d'une lignée de bourgeois enrichis par la Révolution. Ah ! parlons-en de cette Révolution ! Elle n'a pas laissé que des pauvres !

– Vous n'allez pas recommencer !

– Vous êtes bien le fils de votre père !

– Et le petit-fils de mon grand-père que vous avez connu.

Saïd entrait, poussant la table roulante avec le thé, le whisky, l'eau à gaz et les glazons.

– Je t'ai vu à la télévision, Monsieur Gaston, avec ton Papa le minist'e, pas loin du P'ésident de l'État de F'ance. Vivent les F'ançais qui ont gagné le « 'uby ».

– Ah ! c'est toi qui me regardais !

Le visage de Saïd s'éclaira d'un immense sourire.

– Alors, toi aussi tu m'as vu ! J'étais dans la cuisine, n'est-ce pas ?

– Oui, et tu buvais un whisky avec l'eau à gaz...

– Monsieur Gaston, tu plaisantes !

– Non, je dis vrai et Allah ne te le pardonnera pas. Au lieu de t'attraper par la mèche pour t'emmener dans son paradis, il va te flanquer un grand coup de pied au cul et t'envoyer dans l'enfer des chrétiens.

– Pas au cul, Monsieur Gaston. Pas au cul ! Jamais !

A reculons, Saïd quitta le salon, jetant de furtifs et

superstitieux regards en arrière au cas où l'impitoyable Allah l'attendrait pour l'humilier publiquement et le Dieu des chrétiens l'entraîner en enfer.

Madame Rose s'étonna moins de la stupidité de son domestique que de la double vue de Gaston.

– Désolé de vous décevoir, dit-il. Aucune magie là-dedans. Il y a une nouvelle bouteille chaque semaine. Je n'en bois pas le quart, mais chaque fois je marque le niveau d'un coup d'ongle sur l'étiquette. Je finirai par regretter qu'il ne boive pas avec moi.

– J'avais oublié le procédé. Il m'amuse parce qu'il me rappelle Anatole et Léonce, l'un plus pingre que l'autre. Les deux étalonnaient leurs bouteilles de vin et d'alcool. Anatole recomptait sur ses doigts la note de la blanchisseuse, Léonce comptait les morceaux de sucre et restait une demi-heure penché sur l'addition de Maxim's avant de payer et de calculer le service. Ça m'enchantait de voir les domestiques les voler malgré leurs précautions sordides. Seuls les riches peuvent être aussi radins. Dieu merci, je n'oublie pas d'avoir été pauvre.

– Pas très longtemps ! Vous avez décroché de bons docteurs qui guérissent de ce mal.

– Qui me blâmerait ? Je sais que Saïd me vole et ça m'enchante. Je n'ai pas besoin de l'augmenter.

– Parlez-moi d'Anatole.

– Comment ? Je vous ai tout raconté il y a huit jours !

– Rien du tout.

Gaston s'inquiéta qu'elle eût parlé d'Anatole à quelqu'un d'autre. Mais à qui ? En dehors de lui, il en avait l'assurance, elle ne voyait que Saïd, Lucie et

Peter, et on imaginait mal qu'elle confiât à l'un d'eux les détails de sa vie aventurière.

– Dans nos conventions, dit-il, il est entendu que je suis votre seul confident. Ça ne sortira pas de la famille.

– Mon petit ami, on ne m'enferme jamais dans des conventions. Oui, c'est entendu, je vous ai nommé premier confident à la cour mais vous n'êtes pas là vingt-quatre heures sur vingt-quatre et, le reste du temps, la belle Lucie m'écoute geindre. L'autre nuit, j'ai conversé avec un gardien de la paix qui me refusait le droit de rêvasser sur un banc des Champs-Elysées. Là, je suis ferme : pas question d'Anatole et de Léonce. Dimanche... ah ! oui... dimanche j'ai eu un malaise et mon petit praticien est venu...

Germain Duval était un ami de son père et, avec tout le mépris de sa jeunesse, Gaston le tenait pour un papillonnant médecin mondain qui soignait princesses et milliardaires, mais ce « petit praticien » parlait plus qu'il n'écoutait et on ne pouvait guère le soupçonner de vouloir un jour s'approprier les souvenirs de Madame Rose.

– Lucie l'a beaucoup intéressé, dit-elle perfidement.

– Je parie qu'il lui a proposé une consultation à l'œil... ou ailleurs, si vous permettez.

– Vous le demanderez à Lucie. Puisque vous voulez tout savoir sur Epaminondas...

– Non, sur Anatole d'abord...

– J'ai rencontré Pami à Monte-Carlo...

Gaston se résigna, but une gorgée de whisky au moment où entrait Lucie qui lui adressa un bref signe de tête, beurra les toasts et versa le thé.

– Madame aura besoin de moi ?

– Lucie, cent fois je vous ai dit de ne pas me parler à la troisième personne. Je ne suis ni la reine d'Angleterre ni une patronne de bordel. Non, je n'ai pas besoin de vous, sortez, respirez l'air pur du Luxembourg, promenez-vous sur les quais... Nous dînons à vingt heures trente comme tous les soirs. La vie est une horloge. Il ne faut pas la dérégler. Et puis, l'après-midi n'endossez plus cette blouse blanche, d'abord je hais l'idée d'avoir besoin d'une infirmière, d'autre part la transparence de cette blouse et le peu de linge que vous portez en dessous mettent mon cousin Gaston dans tous ses états.

Gaston protesta sans excès, au fond très heureux qu'on le soupçonnât de lubricité. C'était, par tiers interposé, une déclaration d'intérêt qu'il n'aurait sans doute pas osée sous cette forme assez brutale mais parfaitement claire.

– Nous parlions de Léonce, dit Madame Rose, une fois Lucie partie.

– Non, d'Epaminondas Sotorakis. Restons sur les rails.

Elle prit son front dans ses mains et ferma les yeux.

– Comme tout ça est loin ! Est-ce encore vrai malgré les années ? La vérité ne résiste pas au temps. Il la mine, la détruit ou la maquille et plus personne ne reconnaît rien de ce qu'il a pourtant vu et vécu. Quand je vous parle, il m'arrive de penser à autre chose qu'à ce que je vous dis, je vois une jeune femme délurée, débordante de gaieté et de malice, libre de son cœur et de son corps, je la vois toute proche, je respire son parfum, j'entends sa voix sans pudeur, ses éclats de rire, et je vois aussi la vieille, l'autre, moi, à des années-lumière de cette jeune femme douée de tant d'appétit pour la vie, et qui m'ignore. Pas une seconde ne vient à l'idée de cette écervelée qu'un jour elle me rejoindra, que nous nous ressemblerons comme des jumelles. Elle croit qu'il y a des jeunes et des vieux dans un monde fossilisé, que les uns naissent vieux, avec des rides, des cheveux blancs, des dentiers, que les autres naissent jeunes pour la vie. La distance entre eux est infranchissable.

Découpés par la ferronnerie du balcon, les rais du soleil dessinaient d'élégants entrelacs sur la moquette. Le buste toujours protégé par la demi-ombre du store, Madame Rose parlait d'une voix si sourde que, à plusieurs reprises, Gaston la crut prête à s'éteindre.

– Un jour où je devais être dissipée, pas sur mes gardes, on m'a volé ma place et enfermée là.

Elle ouvrit les bras et, d'un geste circulaire, désigna les murs couverts de ses portraits.

– Les souvenirs emprisonnent sans aucun espoir d'une remise de peine. Pas seule, non ! Nous sommes nombreuses. Par hasard – était-ce hier ou l'an dernier ? – m'est tombé sous les yeux le questionnaire de Proust avec les réponses de cet écrivain que vous aimez bien, Arthur Blondin...

– Antoine, pas Arthur.

– Va pour Antoine... A la question : « Quelle est votre devise ? », vous souvenez-vous de ce qu'il a répondu ?

– Oui : « Remettez-moi ça. »

– Eh bien, mon cher, ce serait aussi ma devise.

– Tout le problème est de savoir si on remet ça

avec ce que l'on sait ou si c'est un retour à l'innocence.

– Faust n'a été qu'un jeune vieillard... Bon, n'y pensons plus. De quoi parlions-nous ?

– De votre premier mari.

– Epaminondas, Pami pour les dames. Ah ! quel homme ! Anatole venait de mourir en me laissant sa maison du Cap-Martin.

– Nous reviendrons sur Anatole.

– Non, j'aime bien parler de lui. Il avait une devise brodée sur ses chemises, ses mouchoirs, ses blazers bleus, au fronton de sa maison : « Si je peux, je veux » ou le contraire, je ne sais plus ! Avez-vous remarqué comme on inverse facilement les devises et les proverbes ? Ça marche comme sur des roulettes, genre : « Le droit du plus fort est toujours le meilleur » qui est aussi juste à l'envers quand on est un tant soit peu optimiste : « Le droit du meilleur est toujours le plus fort. » Ou : « Parez un hérisson, il deviendra baron » qui est plus exact quand on dit : « Parez un baron, il deviendra hérisson . » Il y en a un que j'adore : « Un vieux four est plus aisé à chauffer qu'un neuf. » Naturellement, c'est tout le contraire.

Gaston prévoyait une conversation difficile. Certains après-midi, les associations de souvenirs de Madame Rose défiaient la pesanteur. Elle se perdait sur les chemins de traverse dans un tel désordre chronologique que, s'il n'avait déjà eu des repères, il se serait noyé dans le maelström de cette vie où les souvenirs flottaient comme les épaves d'un naufrage sur des eaux apaisées après la tempête. Plus rusée que son apparent détachement n'aurait pu le laisser croire, elle ne dévoilait que la partie émergée de sa vie passée. Le reste demeurait enfoui dans des profondeurs abyssales, abrité des regards.

– Ah ! la belle maison d'Anatole ! Toute proche de celle de l'impératrice Eugénie. Elle ne voyait plus que lui et un vieil architecte, Ferdinand Bac, qui s'était construit une maison à Roquebrune : « La Colombière », en style italo-provençal, avec des arcades, des charmilles, des bassins et des fontaines, des statues de jeunes faunes et de jolies nymphes contemplant la mer. L'impératrice y allait parfois et c'est là qu'Anatole l'a rencontrée. Il avait acquis à prix d'or son portrait par Winterhalter. Quelles jolies épaules ! A l'époque, elle n'était plus qu'une petite vieille fripée comme un sapajou, marchant entre deux cannes. Je me cachais dans une cabane de jardinier et regardais par le losange de la porte. Bac tremblait qu'elle me vît et ne revînt plus.

– Revenons-en à Monsieur Epaminondas, Pami pour les dames.

– Non... c'est moi qui commande ! Anatole d'abord ! Plutôt bel homme, l'idéal « Jockey Club », la taille mince, des gilets brodés or et argent, un pas de chasseur à la promenade, monocle bien sûr, des favoris comme François-Joseph. Il se disait Habsbourg de la main gauche. Un gandin à vingt ans, un vieux beau à soixante-dix. Glorieux comme un paon de n'avoir jamais travaillé de sa vie. D'une politesse presque insultante. J'étais sa dernière faiblesse : il voulait m'épouser. Tout de même près de cinquante ans de différence, c'était beaucoup ! Ça ne pouvait guère durer. Et puis tellement pingre sur les petites choses qu'il avait même refusé de prendre un taxi un jour de grève du métro. En revanche, magnifique sur les grandes épates qui servent le prestige d'un homme du monde. Je lui ai volé un peignoir de bain avec son blason brodé. Quelle histoire ! Télégrammes, téléphones. De Paris, je l'ai embobiné : « C'est pour continuer de croire que vous me prenez dans vos bras à la sortie du bain. » Sa seule exigence ! Il y a été si sensible qu'il m'a légué sa villa du Cap-Martin, voisinage de l'impératrice compris, mais pas un quart de beurre, une cave vide et même pas de papier Q dans les toilettes. J'ai tout de suite revendu. Mais dites-moi, mon petit Gaston, il faut m'arrêter quand je me répète. Je vous ai raconté ça la semaine dernière.

– Jamais, c'est la première fois. Je m'en souviendrais.

– Mon garçon, vous perdez la mémoire. Comme chante Jeanne Moreau : « J'ai la mémoire qui flanche... » Soignez-vous... Enfin, tant pis, je répète : dégoûtée par cette maison mortelle sans les commodités essentielles, j'ai mis en vente. A peine étais-je de retour à Paris que le notaire de Menton me téléphonait : un Monsieur Epaminondas Sotorakis...

Gaston poussa un soupir de soulagement. On y revenait enfin. Madame Rose prit ce soupir pour l'expression d'un doute. Elle sonna Saïd. Lucie apparut dans sa robe de pensionnaire à col de dentelle.

– Où est-il passé ?

– Il regarde un match à la télévision.

– Il n'était déjà pas génial. Qu'est-ce que ça va être ! Ma petite, ne vous laissez pas exploiter par ce feignant. Vous avez votre thèse à finir. Sans une thèse en poche, il n'y a que la galanterie pour survivre dans ce monde de turpitudes et de surdoués. Mon cousin Gaston somnole. Un café le réveillera.

– Je le prépare et vous l'apporte. Votre thé refroidit.

Madame Rose trempa ses lèvres dans sa tasse, émit un « pouah ! » de dégoût.

– Débarrassez, je vous prie, et revenez avec un verre. Quand Gaston aura bu son café, je prendrai une larme de whisky en sa compagnie. Il déteste boire seul.

– Le professeur Duval déconseille...

– Il n'en saura rien.

Gaston avoua avec émotion quand elle fut partie :

– Est-ce de l'innocence ou fait-elle exprès ? Il lui manque encore des chaussinettes blanches, des souliers plats à boucle, une natte dans le dos et un feutre rond à ruban bleu pour qu'à sa vue tout homme normalement constitué se sente une âme de satyre.

Madame Rose en convint, mais qu'y pouvait-elle ? A force de tout exhiber sur les plages et dans les défilés de mode, on en arrivait à troubler les hommes en allongeant les jupes jusqu'à la cheville.

– Cher Gaston, vous êtes un artiste et, comme tel, un obsédé sexuel. Un centimètre carré de chair déclenche vos érections. Si vous n'étiez pas le fils de votre père...

– ... je serais plutôt le petit-fils de mon grand-père.

– ... Regardez Lucie... Elle symbolise l'insolente tentation de la pureté. Un jour viendra, bien assez tôt, où l'idole déchoira. Egoïstement, j'espère la conserver quelque temps au moins auprès de moi, nimbée de vertus immémoriales. Je hais les hommes qui vont la faire tomber de son piédestal pour voir comment ça fonctionne à l'intérieur. La Fontaine a tout dit dans « La poule aux œufs d'or ». Dévirginisez Lucie et elle ne sera plus rien. N'y touchez pas, mon garçon !

Lucie revenait avec un plateau portant le café de Gaston et le verre pour le whisky de Madame Rose.

– Vous en avez mis du temps, ma petite.

– Un téléphone du professeur Duval m'a retardée. Il s'inquiète de vous et propose de passer ce soir avant le dîner.

Madame Rose sourit finement.

– Rappelez-le pour lui dire que sa sollicitude me touche énormément, que je n'en attends pas moins de lui et que je me porte bien. Incidemment vous ajouterez que vous allez au théâtre et ne revenez pas avant minuit.

– Je n'ai aucune envie d'aller au théâtre.

– Je vous suggère seulement de « prétendre » y aller. Vous verrez qu'il n'insistera pas longtemps pour venir constater que je ne suis pas à l'article de la mort.

Puis, tournée vers Gaston :

– Assez pour aujourd'hui ! Demain nous parlerons de votre grand-père puisque vous vous obstinez à croire que c'est avec lui que j'ai eu ce que l'on appelle, pudiquement, une passade. Je devais être bien jeunette.

Gaston se garda de montrer sa satisfaction. Depuis des jours et des jours, il tournait autour de cet épisode qui mettait mal à l'aise sa famille. On en parlait à mots couverts comme si de seulement l'évoquer risquait d'ébranler une nouvelle fois, sinon le Pouvoir du moins le parti radical-radical-socialiste dont l'ancêtre avait été le grand homme et dont le fils prenait le relais. L'obstination de Madame Rose à prêter cette aventure au père plus qu'au grand-père tenait à son désir plus ou moins conscient de se rajeunir carrément de trente ans. D'ordinaire, Gaston ne rectifiait pas devant elle. Il allait à la Nationale, consultait les journaux de l'époque, fouillait les boîtes des bouquinistes sur les quais et découvrait dans les mémoires d'illustres inconnus des vérités qui remettaient les pendules à l'heure ; ainsi de la brève apparition de l'impératrice Eugénie morte en 1920, découpée dans le paysage de Roquebrune par le losange d'une cabane de jardinier, aperçue d'une jeune Rose qui ne jouait déjà plus au cerceau depuis quelques années. Il était encore possible que cette vision rapide fût de pure imagination ou empruntée à une amie moins jeune et si souvent répétée que Madame Rose aurait peut-être juré sur sa propre tête de son authenticité. A propos de tête, celle du grand-père – appelons-le Octave – peinte par Léon Bonnat au lendemain de la Première Guerre mondiale dominait le salon de famille et glaçait les conversations si, par distraction, on lui jetait un imprudent regard. Enfant, Gaston se plantait devant et grimaçait ou se barbouillait d'encre et de gouache sans parvenir à le dérider. Bonnat qui ne rigolait pas avec l'académisme, avait à jamais figé grand-père Octave dans le sentiment confortable de son importance : empesé, promenant un regard sans indulgence mais résigné sur la folie des hommes, laissant tomber, avec une infinie mansuétude, des oracles désabusés. Gaston ne l'avait connu que vieilli d'un demi-siècle. Aux yeux d'un enfant de six ans, c'était un personnage lointain, retiré du monde pour une affaire dont on murmurait à voix basse. Que s'était-il passé pour que le portrait, peint en une heure de gloire, fût devenu totalement étranger au sombre et taciturne vieillard ? Sa parole la plus affectueuse pour son petit-fils se résumait à « Va jouer » qui reléguait l'enfant dans un monde de contes de fées, de Meccano et de chemins de fer électriques loin des accablantes pensées de l'homme qui s'était cru, un jour, destiné à prendre en main les rênes du pays. La porte du bureau se refermait sur le grand-père occupé à rédiger des mémoires refusés même par Plon et Nourrit, et, en fin de compte, publiés, après sa mort, à compte d'auteur dans une intention bien pieuse pour une famille de sans-Dieu. Une autre scène, en noir et blanc, occupait souvent les méditations de Gaston : il entrait dans la chambre du vieillard déjà nonagénaire et s'arrêtait au seuil : allongé sur son lit, enveloppé dans une robe de chambre de velours noir, Octave lisait un petit livre relié à la Bradel qu'il avait aussitôt caché non sans que Gaston ait eu le temps de lire le titre : *L'Apocalypse selon saint Jean.* Le Grand Maître de la loge Espérance et Justice se serait-il converti aux dernières heures de sa vie ? « Va-t'en ! » avait crié le grand-père. La mère de Gaston disait simplement : « Il n'a jamais embrassé que les enfants de ses électeurs. » Souffrant de rhumatismes aigus qui n'amélioraient pas son humeur, Octave ne sortait de sa chambre que deux ou trois heures par jour, affectant, contrairement à son caractère, un allant destiné à tromper une anxieuse famille. Il n'égarait personne quand il lançait des phrases du genre : « Mort, je ne vous serai plus un fardeau. Avouez ! » On protestait mollement. Vingt ans après, Gaston revivait ces rares entrevues avec une troublante exactitude : son grand-père retirant précipitamment ses lunettes et le découvrant comme on découvre un étranger, une sorte de zombi tombé du ciel et venu interrompre le cours de ses ruminations. Gaston restait obsédé par l'ordre de cette chambre élevée, avec le bureau, à la hauteur d'un sanctuaire où l'on ne pénétrait qu'en cas d'extrême nécessité, s'il y avait le feu ou une inondation. Le vieillard à la blanche barbe maintenait l'ordre dans son étroit royaume, le seul qui lui restât après... le scandale : le valet en acajou portait le pantalon plié, la veste sur le cintre, les formes dans les bottines à lacets ; sur la commode Empire, une soucoupe Lalique remplie de pièces de monnaie ; dans un sac de toile blanche le linge de la veille. La pièce empestait un mélange d'embrocation et de papier d'Arménie. On y respirait l'Ordre, l'Autorité, une discipline militaire étonnante chez un pacifiste qui, durant toute sa vie parlementaire, avait rogné les crédits de la Défense nationale... Comment ce parangon de la vertu démocratique s'était-il comporté dans l'intimité de sa fulgurante passion pour Madame Rose ? Avec la meilleure volonté du monde, Gaston ne le voyait pas délacer ses bottines, déboucler ses fixe-chaussettes et ses bretelles, retirer son pantalon rayé et le poser soigneusement sur le cintre recouvert par le veston noir de croque-mort, faire sauter d'un doigt gamin la pression de son col dur et, tout étant bien en place, sans un faux pli, bondir dans le lit d'une Madame Rose brûlante d'impatience. Selon les rumeurs, la pièce se terminait par deux coups de pistolet : un jaloux ou une jalouse entrait, tirait sur les amants enlacés, les manquait, les ratait et se suicidait ou était abattu par un inspecteur des Renseignements généraux qui filait les amants jusque dans les maisons de passe. Madame Rose jouait la vertu surprise et offensée, se roulait dans un drap, enfilait sa culotte et ses bas devant les policiers médusés tandis qu'Octave, rhabillé en hâte, se félicitait de conserver, même dans des circonstances exceptionnelles, la preuve qu'un peu d'ordre sauve une dignité. La propriétaire du meublé alertait les journaux du matin qui traitaient l'affaire sur le mode tragico-mondain. Le ministère tombait et le député Octave démissionnait de la présidence du parti rad-soc pour rentrer dans le rang. La République, la Démocratie, les Droits de l'homme perdaient un valeureux défenseur des vertus de la gauche modérée. *Le Canard enchaîné* titrait (en troisième page seulement, ce qui était presque insultant) : « Le vit en rose : coup de pistolet dans un con...cert ».

Telle était la version de l'affaire reconstituée avec des fragments de conversations et retrouvée en partie dans les journaux de l'époque. En embellissant cette version, soit par pudeur soit que les années en eussent effacé les détails, Madame Rose révélerait à Gaston un grand-père Octave plus gamin que ne le suggérait le portrait par Bonnat. Que cet homme, drapé dans sa suffisance, eût vécu une aventure passionnelle redonnait du charme à une famille qui en manquait singulièrement.

La voix de Madame Rose tira Gaston de sa rêverie.

– A quoi penses-tu ?

Ce tutoiement inhabituel de sa part levait une barrière. Avec ses sautes d'humeur, sa drôlerie persiflante, ses coq-à-l'âne, ses élans poétiques, Madame Rose faisait jaillir du passé un joyeux feu d'artifice, une liberté de vivre qu'on ne reverrait plus et dont la génération de Gaston rêvait comme d'un temps doré.

– A quoi je pense ? A vous et à mon grand-père. J'ai toujours du mal à l'imaginer en amant passionné.

– Il n'y a pas de quoi écrire un roman, mais rassure-toi, dépouillé de son armure, c'était un excellent homme. Et voyou comme on ne l'aurait jamais imaginé, curieux des petits secrets du corps féminin, espiègle en amour ! Un autre homme ! Ta grand-mère avait dû bien le priver. La pauvre... Blessée dans son orgueil, elle a été sublime de dignité quand le scandale a éclaté. J'ai eu des remords... Nous en parlerons demain. Ne fantasme pas trop autour de Lucie. Elle est peut-être moins fragile que tu ne le crois. Viens... embrasse-moi et file...

Les jours suivants, pressée de questions par Gaston, Madame Rose s'étendit quelque peu sur l'aventure octavienne et sa rencontre avec le député radical-socialiste lors d'un dîner mi-officiel, mi-mondain offert à l'hôtel de Lassay par Edouard Herriot, alors président de la Chambre. Quel malicieux chef du protocole avait placé côte à côte Octave et Rose, trouvant drôle de réunir deux personnalités qui s'ignoraient et portaient le même nom de famille ? Octave, aguiché par cette aguichante beauté qu'il soupçonnait d'abord d'être une maîtresse d'Herriot – alors qu'elle figurait dans cette brillante tablée politique uniquement comme amie intime d'une comédienne du Français, maîtresse, elle, de Georges Mandel –, Octave l'avait questionnée sur ses origines pour découvrir avec stupeur qu'ils cousinaient – oh ! pas au premier degré, mais au troisième ou quatrième : une sœur de son propre grand-père avait fait la vie. Fille-mère à vingt-cinq ans, cette « coureuse » avait donné naissance à une jolie enfant qui, parvenue au même âge que sa mère, ne s'était pas plus embarrassée d'un mari pour donner naissance à Rose. D'où le même nom de famille transmis en deux générations par des femmes libres de leurs corps et pressées de s'assurer une existence facile au prix de quelques bontés. Madame Rose se gardait d'avouer que sa mère avait fini par convoler par amour – oui, par amour, si incroyable que cela puisse paraître pour une femme affranchie – avec un modeste fonctionnaire de la police, le père de trois demi-frères et une sœur. Plutôt redondant d'ordinaire, habitué à des auditoires ébaubis ou des voisins de table lécheurs, Octave avait découvert que cette lointaine cousine, égarée et cachée par la famille comme un secret d'Etat, l'impressionnait tellement qu'une sorte de vertige le saisissait à la gorge dès qu'elle plongeait son innocent regard dans le sien. Il découvrait le feu. Flattée, amusée – et libre cette année-là –, Madame Rose n'avait pas opposé d'obstacle majeur. Et quel amusant détour pour elle de réintégrer la famille, fût-ce clandestinement ! Ainsi était née une liaison passionnée, brutalement écourtée, trois mois après, par un de ces incidents qui exercent la verve des journaux satiriques et entraînent l'opposition d'habitude plus réservée sur la vie privée des parlementaires, bien peu d'entre eux pouvant se permettre de jouer les innocents. Dans *L'Action française*, Léon Daudet s'en était donné à cœur joie : « Comment on descend d'un... octave. »

Selon Madame Rose, depuis des semaines un Fou de Dieu poursuivait Octave de ses anathèmes. De la tribune du public à la Chambre des députés, ce dingue avait balancé un crucifix de bronze en direction d'Octave assis au banc du gouvernement, le manquant de peu. Expulsé, interdit d'entrée, il guettait Octave dans Paris, filait sa voiture en pédalant comme un perdu sur une bicyclette antédiluvienne, le poursuivait dans les restaurants où, monté sur une table, il commençait à lire une page de l'Apocalypse en pointant un doigt accusateur vers la tablée de l'homme politique. On riait et deux vigoureux garçons en tablier blanc s'emparaient de lui et le jetaient à la rue, mais sur la fin du déjeuner, entre amis, planait la menace rougeoyante de l'Apocalypse.

Cet illuminé prétendait s'appeler Juste Saint. Accablé d'amendes pour désordre sur la voie publique, il payait sans rechigner et recommençait. Devant une telle obstination, le ministre de l'Intérieur avait accordé une protection policière au Président Octave. Deux « en-bourgeois » le suivaient du matin au soir et, la nuit, un gardien de la paix battait la semelle devant l'hôtel particulier de la rue de Courcelles. Octave aurait tiré quelque lustre de cette persécution si elle n'avait mis en danger le secret de sa liaison avec Madame Rose. Comment retrouver discrètement, hors de chez elle, cette femme connue du Tout-Paris et dont il s'était amouraché depuis qu'elle avait hérité, sinon la fortune, du moins le nom d'Epaminondas Sotorakis ? Solliciter la complicité d'amis sûrs répugnait à Octave. En politique, les amis sont ce qu'il y a de moins sûr au monde. Un changement de fortune en fait des ennemis ou des indifférents. Une défaite électorale, un vote de défiance à la Chambre et on se retrouvait bien seul dans la vie après avoir été beaucoup caressé. Octave ne nourrissait d'illusions que jusqu'à un certain point. Il avait fini par repérer dans le très recommandable quartier Saint-Sulpice une obscure mais chic maison de rendez-vous fréquentée par des notables dont on protégeait l'incognito. Du moins l'espérait-il. En sortant de la Chambre des députés par le garage, Octave semait ses gardes du corps et, au pas gymnastique, chapeau rabattu sur les yeux protégés par des verres fumés, gagnait le sixième arrondissement. Si on trompait des policiers, on ne trompait pas aussi aisément Juste Saint. C'est bien lui et non un jaloux qui avait fait irruption dans la chambre des amours clandestines et tiré sur eux. La chance voulait que cet innocent exalté eût été pourvu de balles à blanc par un armurier soupçonneux. Après avoir raté le couple, il s'était raté lui-même, se brûlant les sourcils. Les policiers, moins naïfs qu'on ne l'aurait cru – ou renseignés par la tenancière qui, comme toutes ses pareilles, cotisait par des informations à la « Maison » –, s'étaient emparés de l'énergumène non sans s'être rincé l'œil au spectacle de Madame Rose en simple appareil...

Madame Rose marqua un temps et tourna ses yeux embués vers la baie grande ouverte sur les arbres du Luxembourg. Une colonne de poneys shetland passait sous les marronniers. Agrippés à la crinière, jetant des regards anxieux vers leurs mères qui suivaient encombrées de pelles, de seaux et de ballons, les enfants ne s'amusaient pas du tout.

– Les pauvres petits ne savent pas ce qui les attend dans la vie, dit-elle. Les mères veulent toutes en faire des héros dans un monde où il n'y a que des victimes. On avait préparé Juste au martyre. Il n'a pas compris. Résultat : interné à Sainte-Anne. Il n'y a pas eu de procès. Un an après, j'ai reçu une lettre de lui. Il me suppliait de lui pardonner. La Némésis divine n'avait pas armé son bras contre moi, mais contre Octave, le Grand Maître satanique de la loge Espérance et Justice, un ennemi personnel du Christ. Les séances d'électrochocs l'avaient apaisé. Je me suis renseignée auprès de son médecin : Juste semblait en voie de guérison, mais guérit-on de la foi ? On l'aurait libéré sans les discrètes pressions du ministère de l'Intérieur et de l'Archevêché. Si je tenais à le voir, je le trouverais l'après-midi dans le jardin de l'hôpital où il se promenait en lisant son missel. Je n'avais, m'assurait-on, rien à craindre de lui. Pour plus de sécurité, un infirmier nous suivrait à quelques pas. J'y suis allée en petite robe très simple – empruntée à ma femme de chambre –, sans bijoux, des talons plats et des bas de coton, tous les signes d'une conduite vertueuse après qu'il eut vu mes fesses. C'était un grand jeune homme, du type dont les mères disent : « Il pousse comme une asperge, il va bientôt me manger des petits pâtés sur la tête. » Jambes en échalas, poitrine creuse, nez busqué partageant le visage en deux compartiments sans communication autre que les lèvres si minces qu'elles paraissaient entaillées au rasoir. Et, en plus, le crâne tondu, les oreilles en auvent. Pas tout à fait mon genre d'homme, si vous voyez ce que je veux dire, fortune mise à part. L'hôpital limitait les frais d'habillement au minimum : un pyjama à grosses rayures bleues, une robe de chambre grise, les pieds nus dans des spartiates... Pourquoi tous ces détails ? Mon petit Gaston, je vous ennuie avec des futilités... il faut m'arrêter.

– Au contraire... continuez, je vous en prie...

– Ma venue lui a semblé tellement naturelle qu'il a enchaîné comme si nous nous quittions de la veille. Il se disait « confus » des ennuis qu'il nous avait causés. Il répétait « confus, confus » avec insistance, rougissait et pâlissait, se mordait la main, ouvrait son missel, en lisait quelques lignes à voix haute, le refermait : « Tout est là ! Le savez-vous ? » Le mal causé à Octave l'obsédait. Il fallait à tout prix que celui-ci pardonnât et se convertît. Ça me paraissait difficile. Octave ne sortait plus et à Paris ne voyait personne. Enfin, j'ai promis d'essayer. Le plus étonnant est que j'ai réussi aux premiers mots. Nous ne nous étions pas revus depuis la fameuse scène. Au téléphone, la voix d'Octave a pris des sonorités d'outre-tombe : sombre, humide, caverneuse : « J'y serai avec vous, cet après-midi à quinze heures. » A l'heure dite, je l'ai trouvé dans le bureau du directeur de Sainte-Anne, un excellent homme persuadé que l'entrevue hâterait la guérison totale. Par la fenêtre nous apercevions Juste

Saint tournant en rond autour de la pelouse, ouvrant et refermant son missel. Il a pris dans ses mains les mains d'Octave et les a longuement serrées, les larmes aux yeux. Quel honneur, quel grand honneur ! Depuis quelque temps il ne fréquentait plus que des anges et ça lui faisait vraiment du bien de voir des êtres moins séraphiques, des pécheurs : « Avec vos petits défauts, vous avez le charme qui manque parfois aux anges trop parfaits. Même, disait-il en souriant et baissant la voix pour n'être entendu que de nous, même si les conversations avec les anges sont riches de douceurs et de tendresse, j'ai besoin d'un peu d'humour. » Les anges lui apprenaient à voler comme eux. Au début, il s'était montré très maladroit et, pour tout dire, il crevait de trouille quand ses moniteurs l'emmenaient s'exercer au-dessus de la mer. Enfin, peu à peu, il s'habituait et gagnait de l'aisance dans les vols planés les plus dangereux, notamment au-dessus des toits hérissés de paratonnerres, sans trop craindre les trous d'air, très heureux de respirer à pleins poumons car, la nuit, le dortoir de l'hôpital sentait le renfermé « et même le pet », ajoutait-il en riant comme un collégien : « Oui, à cause du régime de Sainte-Anne – Dieu l'ait en sa sainte garde ! – mais la base de notre rata quotidien, c'est l'indigeste flageolet. » Dès qu'on lui accorderait son permis de vol, il viendrait nous voir la nuit. Vous imaginez, mon cher Gaston, quelle tête aurait dû faire votre grand-père. Je dis : « aurait » parce qu'il a réagi de façon totalement imprévue. La foi et la folie tranquille de notre persécuteur le bouleversaient. Nous ne nous sommes plus revus qu'à l'enterrement de Juste. Une nuit, le pauvre Juste avait réussi à ouvrir la fenêtre du dortoir et à se jeter dans le vide. Quatre étages ne pardonnent pas. Quand Peter m'arrête devant l'entrée du cimetière de Montparnasse, j'envoie un petit salut à notre ami bien qu'il ne soit sûrement plus dans sa tombe. Pris de remords de l'avoir laissé s'aventurer seul dans les airs, les anges sont sûrement venus le chercher pour le guider vers le Paradis. A l'enterrement, je portais une très jolie voilette rapportée de Séville par Toto de Granville. Octave se dissimulait derrière des verres fumés et une casquette de marinier. A quoi bon ? Personne de la famille de Juste n'est venu. J'ai revu ton grand-père sur les quais un jour où je passais en voiture. Il venait d'acheter à un bouquiniste un petit livre qu'il lisait debout. Peter s'est arrêté. Je suis allée vers Octave lire le titre de ce livre qui l'absorbait tant : *Les Dits d'amour et de lumière* de saint Jean de la Croix. J'ai posé ma main sur son épaule. Sans se retourner, il a murmuré : « Je sais à votre parfum que vous êtes là, chère Rose et que Jean de la Croix, à cette seconde même, me murmure à votre intention : “ Celui qui a vaincu toutes choses, le goût de ces choses ne l'incite pas plus à la joie que leur fadeur à la tristesse. ” » Il s'est écarté. Ma main est tombée. Je l'ai vu s'éloigner à pas lents, serrant contre son cœur le petit livre. Il avait terriblement vieilli en quelques années. Le matin de son enterrement, je suis restée à l'écart comme vous pouvez l'imaginer. Il n'y a pas eu de service religieux. Tradition de famille. On ne baptisait pas de peur qu'un dieu à l'affût vous attirât dans ses filets. L'après-midi, j'étais sur sa tombe avec un prêtre qui, très charitablement, a trouvé dans les canons de l'Eglise une Liturgie de la Parole et, à deux, nous avons dit les mots qu'il faut : *Requiescat in pace.* Les vôtres n'en ont rien su et je me réjouis encore de cette bonne farce qu'on leur a jouée. Vingt ans après l'irruption de Juste Saint dans la chambre de l'adultère, votre père a reconquis la circonscription de son père et maintenant le voilà ministre. Tout rentre toujours dans l'ordre. La République française est maintenue en vie par une bourgeoisie héréditaire.

– L'hérédité s'arrête à moi.

– On verra ça.

– Vous avez raconté cette histoire à quelqu'un d'autre ?

– A qui voudriez-vous ?

– Hier, vous m'avez tutoyé. J'ai eu l'impression qu'une barrière tombait.

– Attention, jeune homme ! Je tutoie quand je suis en colère ou malheureuse.

Gaston brûlait d'entrer dans les détails au risque de la voir exploser.

– Je n'ai pas oublié mon grand-père même s'il m'a ignoré mais ce dont je me souviens, les rares fois où je violais son sanctuaire, c'est l'ordre méticuleux de sa chambre et de ses vêtements : les formes dans les bottines, les fixe-chaussettes et les bretelles, le faux col dur, le pantalon plié avec soin. Le temps qu'il se déshabille, à quoi pensiez-vous blottie sous le drap ?

Madame Rose n'explosa pas. Elle s'étrangla de rire et sonna Lucie. Saïd apparut.

– J'ai appelé Lucie.

– Madame, la Canadienne est so'tie.

– Mais ce n'est pas son heure.

Elle leva les yeux au ciel.

– Où est-elle allée ?

– Je sais pas moi. Je suis le domestique.

– Elle a dit quand elle reviendrait ?

– Non, Madame, je suis innocent.

On en aurait douté.

– Apportez-nous du champagne.

Puis, tournée vers Gaston :

– Pour répondre à votre question, mon cher Gaston, je vous en poserai une : est-ce qu'au XIXe siècle et au début du nôtre, les hommes ne lissaient pas leurs moustaches avec du cirage et ne prenaient pas un plaisir infini – quand ils ne les aidaient pas – à contempler leurs épouses ou leurs maîtresses se déshabillant, émergeant d'une mousse de fanfreluches ? Les plus hardis déboutonnaient les bottines et on cite, dans de nombreux manuels, des cas d'éjaculation précoce rien qu'à cette opération. Lisez le *Journal d'une femme de chambre* d'Octave Mirbeau, tout y est dit. Alors, imaginez ce qui se passait quand tombaient les jupons, les corsets, les bas et les jarretelles. Je ne vois pas au nom de quoi les femmes n'éprouveraient pas aussi la même sensation en aidant ou simplement en voyant un homme, de préférence considéré, se dépouiller de son linge.

– Oui, mais que mon grand-père fût un homme d'ordre retardait la cérémonie. On l'imagine mal possédé de la passion qui jette comme une bête un homme sur une femme.

– L'attente est la moitié du plaisir.

Saïd revenait avec du champagne et deux flûtes.

– La champagne est f'oide. Madame Rose est contente ?

– Non ! Je te mets à la porte.

– Mes gazes ?

– C'est bien. Reste ! Et dis à Lucie de venir me trouver ici... Dis-le-lui, si elle revient jamais.

– Oh ! elle 'evient. Elle a laissé sa machine, son tap tap cinéma.

De quoi, en effet, se rassurer. Madame Rose renvoya Saïd qui sortit en se dandinant.

– Il en est ? demanda Gaston débouchant avec soin le champagne.

– Il n'est rien, il a beaucoup trop peur de tout. Inclinez le verre. Il faut tout vous dire.

Gaston sortit de sa poche un livre à la couverture saumon passé, aux tranches noircies de poussière. Le précédent possesseur avait écrit son nom à l'encre sur la page de garde, quelque chose comme Vlodt Kwctipqwcz, ou peu s'en faut. Une tache de graisse maculait le titre. Dégoûtée, Madame Rose plissa le nez. Dans les livres poussiéreux elle voyait des foyers à microbes. Gaston se défendit : il avait acheté *Cinquante Ans de mondanités parisiennes* le matin chez un libraire de soldes, passage Vivienne, sur la foi du nom assez mystérieux de l'auteur, un Léonce X..., espérant que ce demi-anonymat cachait des indiscrétions. Le livre était dédié à « Ma chère et tendre amie, Notre Dame du Bon Secours des dîners parisiens, reine d'un monde qui s'éloigne au bruit de tant de vulgarités modernes, à vous fidèle compagne de nos folies, à vous pour toujours, chère Madame R... »

– Est-ce que je me trompe ? demanda Gaston. Ces

mystères, ce X..., cette Madame R... m'ont déçu. Ce n'est même pas méchant, sinon involontairement, et c'est trop bénisseur pour m'apporter quoi que ce soit.

– Pauvre Léonce ! Dans la conversation, il pouvait être fin et amusant. Le jour où un ami perfide lui a dit : « Vous devriez écrire tout ça ! », il l'a cru. Pendant au moins deux ans il n'a parlé que de ses mémoires, le couronnement de sa vie, la justification de sa frivolité. Il s'était rapidement persuadé d'être le Saint-Simon du XXe siècle. J'ai feuilleté : rien à dire ! Du rahat-loukoum pour gens de maison.

– Il y a le récit d'un dîner chez vous.

– J'ai oublié. Lisez-moi ça !

– « Madame R... donnait des dîners charmants pour la meilleure société, d'abord rue du Faubourg-Saint-Honoré dans un hôtel particulier jouxtant l'ambassade de Grande-Bretagne où elle concurrençait les exquises garden-parties de Sir Felix, puis plaine Monceau, enfin dans l'île Saint-Louis avec vue imprenable sur le cours miroitant de la Seine... »

– Le cours miroitant de la Seine ! Une trouvaille ! Continuez... J'avais oublié.

– « L'ambition de Madame R... différait des grandes hôtesses de l'époque : elle souhaitait que les gens du monde rencontrassent des intellectuels, des peintres, des sculpteurs, des comédiens, des musiciens, des danseurs. L'immense fortune que lui avait laissée Pami S..., riche armateur grec... »

– N'exagérons rien. Et pour ce qu'il en restait !

– « ... l'immense fortune permettait de ces folies à une jeune femme adulée du Tout-Paris non seulement pour son argent mais pour son esprit très caustique... »

– Il est bien bon. Continuez.

– « ... Picasso en bras de chemise, dépoitraillé, assis à côté de la marquise de Ventadour l'écoutait, ravi, parler de ses châteaux bien qu'il en possédât plus qu'elle ; Francis Poulenc se laissait charmer par la princesse Doutroska qui racontait son séjour dans les prisons de la Guépéou à Saint-Pétersbourg (maintenant Leningrad) ; Amédée du Paravent se penchait sur le généreux décolleté de la grande étoile des Ballets russes, Olga Provitskaïa avec le respect dû à des seins caressés avant la révolution d'Octobre par le grand-duc Dimitri ; Sam Liston, duc de Worshire, se passionnait pour une violoncelliste aux mains rouges, et j'en passe... La fête battait son plein. »

Madame Rose poussa un glapissement de chèvre :

– La fête battait son plein ! La fête battait son plein ! Ecoutez-moi ça ! Il ne lui reste plus qu'à pleurer comme une Madeleine, à pousser comme du chiendent ! Le pauvre, à force de vivre dans un monde de figurines en papier mâché, il écrit comme elles parlaient.

– « C'est lors d'un de ces dîners que, pris d'une inspiration subite, Igor Stravinski se leva de table avant même le fromage pour se ruer sur le piano et improviser un des leitmotive de *Petrouchka* qui deviendrait son plus célèbre ballet. »

– Tu parles ! s'écria Madame Rose au comble de la joie. Ça je ne l'ai pas oublié ! Toto de Granville, complètement saoul et s'accompagnant du couteau sur mes verres de Bohême, venait de chantonner : « Elle avait une jambe de bois – Et pour que ça ne se voie pas – Elle avait mis des talons en caoutchouc... »

Petrouchka s'est enroulé autour de cette ritournelle qu'on chantait dans les noces et banquets de mon enfance. Toto avait cassé trois verres qu'il n'a jamais remplacés. Est-ce que, plus loin, Léonce raconte Marie-Gertrude de Ruesbach, un pendentif de chez Cartier, la faucille et le marteau en rubis et or, flottant entre ses mamelles, récitant un poème d'Eluard à la gloire de Staline et laissant une petite mare souiller le divan de velours beige et déborder sur le tapis ? C'était, assurait Dali, un acte surréaliste.

– Je crains que pareil souvenir ne soit trivial pour notre Saint-Simon du XVIIe arrondissement.

– Si belle prose s'arrose... Ressers-moi du champagne, mon garçon. Encore une page ou deux du cher Léonce. Je crois entendre sa voix.

– Les précisions manquent. Il ne donne aucune date.

– Voilà qui est d'un gentleman.

A la troisième flûte, des rougeurs se dessinaient sur les pommettes de Madame Rose.

– Je ne suis pas sûr que le professeur Duval permette le champagne.

– Mêle-toi de ce qui te regarde. Continue.

– Il y a le portrait irrésistible de la duchesse de Grantair.

– Va pour la Grantair.

– « ... Emilienne de Grantair arrivait toujours la dernière. On soupçonnait son chauffeur de tourner autour du pâté de maisons en attendant l'entrée de l'avant-dernier invité. Alors, assurée d'une apparition théâtrale, elle descendait de sa Packard, une vaste cape de velours noir sur les épaules, sa chevelure d'argent prise sous une écharpe de gaze semée d'étoiles d'or. Un sceptre lui manquait ou, à tout le moins, une baguette magique comme la fée Morgane. Elle s'arrêtait au seuil du salon, attendant qu'on vînt à elle. Inconsciemment, menées par une force supérieure, les femmes les plus haut placées dans l'échelle de la société tendaient à l'honorer d'une révérence tant elle en imposait. Les hommes s'inclinaient mais elle tendait une main si basse qu'on n'aurait pu la baiser qu'en s'agenouillant. Monsieur le duc ayant d'autres préoccupations qui dataient d'avant son mariage avec Emilienne, on la disait vierge, ce qui est peut-être exagéré. Née von Silversmith, elle descendait d'une famille de banquiers autrichiens convertis et anoblis par le pape Pie VI lors de son séjour à Vienne (1782). Qu'elle fût d'une famille de si récente extraction nobiliaire n'ôtait rien à son allure. Bien au contraire ! Elle parlait par sentences qui laissaient peu de place à la contradiction. Riche ? Ah oui ! très riche, assise sur un tas de dollars dans lequel elle laissait libéralement puiser Monsieur le duc qui satisfaisait ainsi à de nombreux besoins amicaux. Emilienne ! Ainsi m'autorisait-elle à l'appeler quand nous allions au Bois risquer quelques pas, allée des Acacias, suivis par sa Packard, le chauffeur et le valet de pied. Belle ? On ne saurait vraiment l'affirmer malgré le port majestueux – même un peu trop majestueux –, la poitrine débordait facilement du corsage quand sa myopie l'obligeait à se pencher sur son assiette pour trier les arêtes d'un turbot à la vapeur, son péché mignon. Elle possédait le Gotha avec une confondante maîtrise. Il suffisait de prononcer devant elle un nom, fût-il de petite noblesse, pour qu'elle dévidât aussitôt l'arbre généalogique de cette famille pourtant peu connue, alliances et mésalliances comprises. Devisant gaiement, lors de ces promenades matinales, nous remontions le temps comme deux proustiens, elle en trois-quarts de vigogne et jupe assez longue malgré la mode et parce que, disait-elle avec une exquise modestie et une moue de regret, ses genoux ne valaient pas son visage assez carré, au nez en trompette, aux yeux délavés par la myopie, à la bouche gourmande de “ mangeuse de boudin ”, prétendait Toto de Granville sans que j'aie jamais compris ce qu'il entendait par là et n'ayant jamais vu Emilienne s'attabler devant un boudin aux pommes en l'air, mets bien trop paysan pour cette raffinée. La disparition précoce d'Emilienne – elle est morte à quatre-vingts ans – a sonné le glas de beaucoup de fêtes élégantes de Paris... »

– Quelle sublime page ! s'écria Madame Rose. Le Proust du pauvre, le Saint-Simon de la noblesse papale ! On rêve ! Le plus fort est que Léonce ne parlait pas du tout comme ça. Beaucoup moins redondant et même de l'esprit quand il osait être méchant. L'idée d'écrire l'a grisé. Il s'est envolé dans les clichés. Il perdait la tête devant un titre, même le sachant faux. Une duchesse comme la Grantair le rendait sourd à son accent tudesque et aux borborygmes de ses intestins. Dès que la pauvre avalait une bouchée, son estomac se rebellait en sourds grondements aquatiques. Alors, elle haussait le ton ou toussait très fort pour qu'on n'entendît pas et nous devions nous éloigner pour ne pas lui pouffer de rire au nez. Si elle ne voulait pas qu'on lui baise la main, c'est qu'elle avait du poil sur les phalanges et ne le rasait pas, le duc lui ayant dit un jour, très pince-sans-rire, que c'était ce qu'elle avait de plus séduisant. Elle ne remerciait jamais de rien... oh ! non... jamais. Elle se contentait d'un « chai pien ressu vautre pot de vleurs ». Comment deviserait-on gaiement avec un pareil cuirassier ? Elle me détestait, bien sûr. Si je décidais de donner une fête, des espions l'en avertissaient et elle m'écrivait aussitôt une première lettre, avant même l'envoi des invitations, pour me dire qu'elle regrettait de n'être pas libre ce soir-là. Une seconde lettre, huit jours après, m'annonçait que, s'étant trompée de date, elle viendrait avec plaisir. Elle signait : « Votre affectionnée, Emilienne, duchesse de Grantair. » En même temps, elle répétait partout : « On ne beut bas la snoper, la pauvre Matame Ross' si pien nommée, la méjante lang'. » Une tornade a balayé cette société, emportant les fantoches. Il y a vingt ans que je ne sors plus et j'ignore qui les a remplacés. Peut-être n'est-ce même pas nécessaire. On se passe d'eux. Léonce a bien fait de ne pas m'attendre. Je n'ai plus besoin de lui. Il était commode, toujours disponible, m'entraînant dans les vernissages, les musées, chez Rumpelmeyer pour des brioches et un thé. Mes hommes – il y en a eu moins qu'on ne le prétendait – s'ennuyaient à l'Opéra et à Salzbourg. Léonce les remplaçait au pied levé, transporté de bonheur. Il adorait la musique. Je voulais louer une maison à Cannes ou à Deauville ? Il s'occupait de tout. Aucun mari, aucun amant n'aurait eu ces attentions délicates. Après la mort de Charles, il a même proposé de m'épouser si ça pouvait me faire plaisir et pour que je ne m'appelle plus Blumenstein. Une femme seule, passé la cinquantaine, a besoin d'un sigisbée. Je payais son tailleur et son bottier, ce qui va sans dire et va encore mieux en le disant. Sur sa vie intime, il ne lâchait pas un mot, mais je lisais dans ses yeux les brèves joies, les échecs, les tristesses, les illusions et, parfois, affleurait la trace d'une bonne raclée. Des amis me renseignaient : Léonce faisait un abcès de fixation sur les footballeurs et, en particulier, les Noirs, ce qui lui valait, dans le milieu, le surnom de « Léonce devant la porte dorée ». A ton regard, mon petit garçon, je vois que ça ne te dit rien. De retour chez toi, ouvre *Les Olympiques* de Montherlant et tu trouveras la clé. En ce temps-là, même les gens du monde avaient de la lecture. Assez pour aujourd'hui. Tu me rends mélancolique. Reviens demain. Je serai encore là. Nous parlerons de Pami ou de Charles ou de Sam. A cinq heures précises. Ne sois pas en retard. Tu sais que j'ai toujours peur de te voir sur ta grosse moto... Et voilà que je te tutoie sans que la colère y soit pour rien. Je vieillis...

Dans le vestibule, Gaston, ne trouvant pas Saïd probablement vissé devant sa télévision, s'engagea dans le couloir attiré par la même curiosité que Germain Duval trois jours auparavant. Lucie occupait deux pièces, un petit bureau et une chambre. Dans la première, papiers, livres, dictionnaires étaient rangés avec tant de soin que la jeune fille semblait partie pour toujours, laissant vide et opaque l'écran de son traitement de texte. Gaston brancha l'appareil. Sur l'écran s'inscrivit : « Faites votre code. » Il éteignit. Elle se protégeait bien. En dehors de la table, il n'y avait qu'un large fauteuil de cuir dans lequel elle devait lire, éclairée par une lampe à pied. Aux murs, une collection de sanguines du Vésuve et quand même, sur un bonheur-du-jour, la photo d'un couple aux joues luisantes sous le bonnet de fourrure, chacun tenant la main, elle d'un petit garçon, lui d'une petite fille, emmitouflés dans de volumineux parkas, chaussés de bottes en peau de phoque, le tout sur un fond de neige si blanc que la pellicule en avait été aveuglée. A part cette photo dans un cadre très kitsch, la pièce était si anonyme, si dépourvue de personnalité que Lucie aurait aussi bien pu ne s'y être jamais attardée. Les deux fenêtres donnaient sur la cour et un jardin voisin assez irréel, une japonaiserie avec deux pruniers pleureurs, un espace de graviers où un râteau avait dessiné un labyrinthe autour d'un bassin semé de rondes pierres grises. Quand Lucie levait les yeux de son travail, elle apercevait le dôme des Invalides et la tour Eiffel à partir du deuxième étage.

– Tu veux voi' où elle do't la Canadienne, Monsieur Gaston ?

Saïd, sur le seuil de la porte, surgi comme un gollywog d'une boîte, l'observait sans doute depuis un moment, si heureux de le surprendre qu'il cachait mal sa joie malicieuse.

– Oui, pourquoi pas ?

Une porte latérale donnait sur la chambre joliment meublée d'un lit ancien aux montants de fer forgé, d'une commode peinte et d'une psyché. Pas l'ombre d'un désordre non plus, rien de ces chaussures abandonnées par un départ hâtif, pas de photos encadrées sur le manteau de la cheminée. Pliée près de l'oreiller, une chemise de nuit blanche au col brodé de rouge et, sur une patère, la blouse qu'elle revêtait quand elle veillait à la toilette de Madame Rose. Après quelques secondes d'adaptation, on devinait un parfum très léger, à peine perceptible, l'odeur des sachets de lavande glissés entre les draps.

– Elle a sa douche, dit Saïd très fier et ouvrant la porte sur une salle carrelée de bleu pâle, une cage en verre dépoli, un lavabo surmonté d'une plaque de porcelaine avec brosse à dents, brosse à cheveux et peigne en écaille, un flacon de vernis à ongles et une œillère bleu de Prusse.

Gaston restait interdit, Saïd derrière lui tapotant du doigt contre la porte, enchanté de révéler au visiteur les secrets pourtant si peu secrets de la belle Lucie et, en même temps, inquiet d'être surpris par elle qui se mouvait toujours dans l'apesanteur. Le reste était abandonné à l'imagination poétique ou ambiguë du visiteur : le beau corps blanc sous la douche ou s'habillant devant la psyché inclinée qui le déformait tantôt avec des jambes de naine, tantôt avec des jambes de géante, suivant sa position.

– Tu viens, Monsieur le cousin Gaston, dit Saïd de plus en plus inquiet.

Dehors s'étirait une fin de journée aux ombres allongées, à l'odeur sucrée des marronniers en fleur. En rangs par trois, guidés par un homme très las, une baguette à la main, les poneys shetland et les ânes nains passaient la grille et remontaient la rue Guynemer en direction du boulevard du Montparnasse. Gaston s'assura que restaient quelques minutes avant la fermeture des grilles et s'engagea dans l'allée conduisant au bassin octogonal où le loueur de bateaux miniatures récupérait les voiliers et les canots à moteur et les rangeait sur les étagères de son armoire roulante. Les boulistes ramassaient boules et cochonnets et réglaient des comptes difficiles. Près du musée, on pliait les tables d'échecs après avoir noté les positions de chacun. Le théâtre de marionnettes fermait ses portes et, à la buvette, une serveuse aux chevilles enflées empilait les chaises sur les tables, pieds en l'air. Les mères et les filles au pair, philippines, marocaines, antillaises, entraînaient par la main les enfants épuisés. Une poussière montait des allées, dorée par les rayons du soleil déclinant. Rousse comme le feu, une petite fille en robe épinard pleurait en montrant son genou écorché à une énorme doudou qui nettoyait les écorchures avec un linge mouillé de limonade. Les habituels voyeurs traînassaient encore devant les chaises occupées par des étudiantes aux jambes étendues sur la margelle du bassin ou sur une autre chaise, mais presque toutes, fort décentes, portaient des pantalons. De loin, Gaston fut sûr que c'était elle, assise au pied d'une des Dames de France. Elle parlait à un jeune homme debout à son côté, nonchalamment appuyé au socle de la statue, un bras tendu, une jambe droite, l'autre élégamment arquée sur la pointe du soulier. On distinguait mal son visage en partie caché par un casque de cheveux blonds qu'il repoussait d'un geste las et parfaitement inutile. Le jeune homme se pencha pour baiser la joue de Lucie et, jetant négligemment son chandail sur son épaule, s'en alla d'un pas dansant vers la sortie de la place Edmond-Rostand. Lucie ferma son livre et se leva en s'étirant. Gaston obliqua vers l'Orangerie pour lui couper le chemin. Il vit tout de suite à son sourire qu'elle paraissait heureuse de le rencontrer.

– Je lisais au soleil. Les heures filent vite.

Une très légère robe en surah à fleurs blanches et rouges moulait son corps éclatant de naturel et de santé. Le décolleté découvrait la bordure du sage soutien-gorge et un triangle de chair légèrement rosi par les heures passées au soleil. Même pris en faute, son visage garderait toujours un air de tranquille innocence. Gaston ne savait quoi lui dire qui ne fût pas trop banal.

– J'ai voulu vous dire au revoir, je suis allé dans votre bureau et votre chambre.

– J'espère que vous n'avez pas trouvé trop de désordre.

– Aucun, j'ai bien regretté.

Elle fronça les sourcils sans comprendre.

– Vous n'êtes pas réelle : il y a trop de perfections en vous.

En riant, Lucie se pinça l'avant-bras. Une marque rose apparut sous l'index et le pouce.

– Pas réelle ! Je ne suis que ça ! Regardez, le sang circule et vous entendez ma voix. A peine angoissée parce que je viens de regarder ma montre, que je devais être de retour avant votre départ et que Madame Rose sera « fourieuse ».

– Nous avons beaucoup parlé. Elle est fatiguée. Elle a dû se laisser aller à un petit somme.

Un garde, les bras écartés comme pour pousser dehors les retardataires, siffla si près de Lucie qu'elle tressaillit.

– Chez nous, dit-elle en reprenant la direction de la sortie, on ne ferme pas les jardins publics la nuit. Pourquoi ici ?

– Ça deviendrait vite un dortoir de clochards ou, au mieux, d'amoureux.

Il dit « amoureux » qui sonnait mièvre mais elle semblait si différente des Françaises de sa génération qu'il avait renoncé à l'évocation d'un immense baisodrome au clair de lune.

– Ah ! je comprends... Mais où vont les clochards et les amoureux ?

– Les clochards vont sous les ponts, les amoureux n'ont qu'à bien se tenir.

Sur le trottoir de la rue Guynemer, ils durent attendre un moment que la circulation s'arrêtât dans les deux sens. La limousine noire conduite par Peter se gara devant la porte de l'immeuble. Peter en descendit, à la main un carton de pâtissier.

– La glace de ce soir ! dit Lucie. Parfois, il va l'acheter très loin. Hier, c'était à Fontainebleau. Elle a médiocrement aimé.

– Il y a une foule de petits détails que j'ignore.

– Où en est-elle de sa confession ?

– Elle me noie dans les dates et les différentes versions d'un même moment de sa vie.

– Oui, c'est compliqué. Traversons.

Il l'accompagna jusqu'à la porte dont elle composa le code.

– J'aimerais vous voir plus souvent, dit-il. A la vérité, j'aimerais vous voir tout le temps.

– Pour quoi faire ? Puisque vous me croyez irréelle.

Elle appuyait de l'épaule sur la lourde porte qui s'entrouvrit lentement.

– Un mot encore ! dit-il, la gorge serrée.

– Je suis vraiment en retard.

Du bout des doigts, elle lui caressa la joue. Gaston saisit la main et en baisa la paume. Lucie s'engouffra dans l'entrée. Il la vit monter dans l'ascenseur et lui adresser un salut depuis la cabine qui s'élevait lentement. La porte de la rue se referma automatiquement, effaçant la silhouette confuse. Gaston se retrouva seul sur le trottoir, mal consolé par la furtive caresse sur sa joue. Un fracas de tôle et de verre cassé le réveilla. Au feu rouge, deux voitures venaient de se cogner méchamment, bloquant le carrefour Vaugirard-Bonaparte. Les conducteurs descendirent et commencèrent à s'injurier, insoucieux de leurs voitures qui bloquaient la circulation dans un concert d'avertisseurs. Sans qu'on ait vu partir le coup de poing, le visage d'un des hommes se couvrit d'une tache rouge. Hébété, il se pencha en avant. Du sang coula en rigole le long de son nez. Deux agents du poste de la rue de Mézières arrivaient sans se presser. Gaston, écœuré, tourna le dos et s'éloigna. La minable scène de violence et sa méchante absurdité gâchaient les minutes passées près de Lucie. Dire qu'il n'avait même pas eu la présence d'esprit de demander qui lui baisait la joue au pied de la statue ni ce qu'elle lisait ! A peine pouvait-il se féliciter d'avoir effleuré des lèvres la paume offerte. La réputation de grande liberté des femmes venues du froid cadrait mal avec l'attitude de distante bienveillance de cet être séraphique. Inutile d'espérer de Madame Rose le moindre éclaircissement, non qu'elle fût discrète mais parce qu'elle ramenait tout à elle et rassemblait ses dernières forces pour ressusciter un monde longtemps à genoux devant elle et, maintenant, réduit en poussière sous une épaisse dalle ou en cendres dans des urnes oubliées au fond d'un placard par d'ingrats héritiers, ou, encore, mélodramatiquement dispersées en mer. Gaston commençait à se poser des questions sur sa propre fascination à l'égard de Madame Rose. Certains après-midi, elle le captivait comme une vieille magicienne dans un théâtre de marionnettes qu'elle obligeait, à coups de bâton sur la tête, à rejouer une dernière fois comédies et tragédies d'un passé flamboyant. A son avantage à elle, bien sûr. D'autres jours, elle l'exaspérait avec ses faux trous de mémoire, ses jugements à la hache et son cynisme. Elle n'en était pas moins le dernier document vivant et, par son franc-parler imagé, la dernière photo en couleurs d'une époque éblouissante d'invention et de liberté. Il ne fallait pas non plus être dupe de ce mirobolant théâtre. Pendant que les privilégiés s'étaient pavanés sous les feux de la rampe, dans la salle un public, interdit par le somptueux feu d'artifice et plongé dans le noir, pressentait, attendait et peut-être espérait la chute du décor sur la tête des acteurs.

Ses pas l'avaient porté rue de Varenne sans qu'il y prît garde. En passant devant le ministère de son père, il s'arrêta pour jeter un coup d'œil dans la cour pavée aux portes-fenêtres Louis XV surmontées d'élégantes frises aux armes princières. La République interdisait de donner à des rues ou à des places les noms de ses anciens souverains mais, pour des activités paperassières, se servait sans scrupules des vestiges d'un passé abhorré. Ce sujet revenait souvent dans les accrochages entre père et fils et finissait par une affectueuse tape dans le dos : « Qui aurait jamais cru que je donnerais un jour naissance à un affreux réactionnaire ! » Un chauffeur, armé d'une peau de chamois, lustrait le capot de la voiture à cocarde. Les gardes mobiles en faction dans les guérites enjoignirent à Gaston de s'éloigner. Que diraient-ils si celui-ci – avec une feinte innocence qu'ils prendraient en riant ou qui les irriterait comme une mauvaise blague – leur demandait à parler au ministre son Papa ? Cent mètres plus loin, la Renault officielle s'arrêta juste à sa hauteur et la porte arrière s'ouvrit.

– Je me disais bien que ça ne pouvait être que toi. Monte. Je ne t'ai pas vu depuis le match France-Ecosse.

Ils ne se ressemblaient guère, ni au physique ni au moral, et pour cette raison peut-être s'entendaient bien quand ils avaient l'occasion rarement provoquée – sauf pour les matchs de rugby – de se rencontrer. Cette distance respectueuse et sincèrement affectueuse servait de garant à ce que, s'ils n'avaient été parents, on aurait appelé de l'amitié.

– J'ai séance à vingt et une heures...

Pourquoi ne disait-il pas neuf heures ?

– ... elle risque de durer la nuit. Le budget...

Gaston ne lui demandait pas de se justifier.

– As-tu faim ?

– Non, pas vraiment.

– Rue de Grenelle, il y a un petit italien où on dîne rapido...

Rapido ? Il croyait se mettre à sa portée. Gaston veillait au langage. A dix ans, le fils étonnait son père avec des préciosités inattendues : « Nous prendrons le métropolitain » ou « quand irons-nous au cinématographe ? »... Après ses dix ans, il n'étonnait plus personne.

– Le ventre creux, je m'endors sur le banc. La télévision en profite pour braquer sa caméra sur moi.

Toujours cette obsession d'être vu sous son meilleur jour. Un détail chiffonnait souvent le ministre, son fils n'avait pas sa stature : un mètre quatre-vingt-dix, un cou d'avant de mêlée. A l'époque où les professeurs considéraient les costauds de la classe comme d'inévitables minus, il en avait souffert. Un député de son parti, célèbre aussi pour son physique de catcheur, traînait comme un boulet le surnom trouvé par l'opposition : « porte-avions à moteur de Vespa ». Le coup passait près. Gaston, quoique d'une taille raisonnable, semblait frêle au côté d'un colossal père fortifié de surcroît par les banquets républicains et les petits verres au comptoir pendant les tournées électorales (une légère couperose discernable certains jours). La différence ne tenait pas seulement à la taille. De son mari, la « ministresse » disait : « C'est un bourreau de travail. » Gaston répondait : « Oui, il travaille trop. Moi, je suis un bourreau du *fare niente.* » Lors du seul déjeuner à trois, après sa licence de Lettres, où il avait fallu affronter une sorte de conseil de famille bienveillant : « Je prendrai une décision plus tard. J'ai la chance que l'oncle Adolphe m'ait laissé une petite rente qui suffit pour mener une agréable vie d'amateur, et je n'en profiterais pas ! Je serais trop bête. Je m'offre une année sabbatique. Il n'y a pas de quoi se livrer à des folies et ce n'est pas assez pour que je haïsse l'argent comme mon modèle pour la vie, Monsieur A. Olson Barnabooth qui se ruine pour être sûr que les femmes ne l'aiment pas à raison de sa fortune... » A. O. Barnabooth ? Le père et la mère ne le connaissaient pas et trouvaient le cas plein d'intérêt. Sautant par-dessus les explications sur ce richissime inconnu, Gaston avait continué : « Pensez aux milliers de jeunes hommes qui rêvent d'être nantis et de se préoccuper seulement de vivre. Je suis un exemple pour eux. Mon ambition est de ne pas les décevoir. J'ai du goût pour les livres, l'art, les jolies femmes, la musique. A titre tout à fait gratuit et privé, je dessine assez bien. Oh ! rien à voir avec Dürer ou Ingres, non, presque rien, juste un petit don pour mon plaisir. Avant l'invention de la photo j'aurais été miniaturiste. Tout ça finit dans un tiroir et, un jour, j'en fabriquerai des papillotes pour allumer le feu et m'enfermer dans un travail quelconque. » Rien ne l'intéressait donc ? « Mais si ! Je suis fasciné par l'entre-deux-guerres. Là, il s'est passé quelque chose.

On a cassé les vitres. Je veux tout savoir. Il y a de plus imbéciles occupations. Je suis grand consommateur de superflu. On fabrique tellement de superflu que, si n'existaient pas des amateurs comme moi, ce serait la fin des derniers raffinements de notre civilisation. » Le mot « civilisation » visait un peu haut, mais intimidait. La conversation s'était arrêtée là. Elle ne reprendrait plus. Madame Mère essayait bien de temps à autre une allusion à son avenir, allusion à laquelle il répondait avec assez d'humour pour qu'elle n'y revînt pas deux fois de suite. Le ministre se taisait et Gaston se félicitait d'avoir un père si respectueux des bizarreries de son fils.

Assis face à face dans le restaurant dont le décor à base de salami et de jambons pendus au-dessus du comptoir, de tables éclairées par des lampes en fiasques empaillées, singeait assez mal une taverne napolitaine, ils commandèrent deux osso buco. Dans la carte des vins, le ministre choisit un chianti Antinori qu'il dit provenir d'une propriété ayant appartenu à Machiavel.

– Machiavel m'a toujours inspiré. Je lui dois bien de boire son chianti.

– Seriez-vous comme lui sans illusions sur la nature réelle des hommes, je veux dire des hommes dépouillés de tout rousseauisme ?

– Mon garçon, si je partageais le cynisme de Machiavel, je quitterais sur-le-champ la vie politique. Non, j'espère encore...

– Il y a longtemps que vous avez lu *Le Prince* ?

– Oui, assez, j'étais en classe de philosophie.

– Demain, je vous déposerai une jolie édition rare trouvée sur les quais, avec une préface de Mussolini.

Le ministre eut un haut-le-corps.

– Les conseils de Machiavel ne lui ont pas servi à grand-chose.

– Je n'ai pas vos préjugés. Lloyd George disait en 1930 que le monde suivrait l'exemple de Mussolini ou serait voué à la ruine.

– Les libéraux anglais ont toujours été paradoxaux.

– Alors, les tories aussi. Churchill à la même époque affirmait que le Duce était le plus grand législateur de son temps.

– Churchill a dit tout et le contraire. Je ne savais pas que tu t'intéressais à la politique.

– Et comment ! J'aime bien rire.

– Ne serais-tu pas un peu réactionnaire ?

– On est toujours le réactionnaire ou le gauchiste de quelqu'un.

– En tout cas, je constate que tu lis beaucoup et bien. De qui tiens-tu ce goût pour la littérature ? Pas de moi en tout cas, ni de ta mère. Son grand ami de Bourdonné lui avait dressé une liste de livres à lire pour être dans le ton. Elle n'en a jamais ouvert aucun. Tu les trouveras dans sa bibliothèque, les pages non coupées. Il comptait sur ces lectures pour la séduire.

Gaston n'en était pas aussi certain que son père.

– Et qui vois-tu en ce moment pour nourrir ta passion de l'entre-deux-guerres ?

– Madame Rose et quelques autres.

Le ministre resta la fourchette en l'air, pris de court,

et pivota sur sa chaise pour s'assurer qu'on ne les écoutait pas. Un seul couple occupait une table à quelques pas.

– Madame Rose ? Sais-tu quel rôle elle a joué dans notre famille ? Elle doit être morte depuis longtemps.

– Elle vit toujours. Paralysée des jambes, mais la mémoire est bonne. Enfin... presque bonne. Je l'écoute.

– Tu sais ce qui s'est passé avec ton grand-père ?

– Je connais la version officielle, la version familiale, un peu douteuse, et maintenant la version roselienne. Il y a des contradictions.

– Je l'imagine sans peine.

A l'Assemblée nationale on ne le prenait pas aussi facilement à contre-pied. Il but son verre d'un trait.

– Tu me troubles, dit-il après un temps. J'espérais cette affaire enterrée depuis longtemps. Si tu as l'intention d'écrire quelque chose sur elle, car je pense bien que ça te démange, la presse s'en emparera contre moi, contre nous. As-tu mesuré les conséquences ?

– Je suis trop paresseux pour écrire quoi que ce soit, mais on n'écrirait que des platitudes si on évitait les sujets dangereux. Cette femme aimait son époque. Et puis, elle est drôle. C'est un caractère comme on n'en imagine plus aujourd'hui. Et nous cousinons, n'est-ce pas ?

Le ministre leva les yeux au ciel et daigna sourire. A peu près vide à leur arrivée, le restaurant se remplissait lentement. On connaissait le ministre et son désir, dos tourné à la salle, de ne pas être importuné, mais il y avait toujours quelqu'un pour murmurer son nom et commenter sa présence. Un silence s'installait pendant un moment, puis on oubliait.

– Tu as compris que le ministre de l'Intérieur d'alors, l'ignoble Bourdon, détestait ton grand-père ? Juste Saint était un provocateur utilisé par la police pour ses basses besognes. Le traquenard a été monté de main de maître.

– Est-ce vraiment ça, la politique ?

– A l'époque, oui.

– Vous voulez dire, cher Papa, que d'une République à l'autre les mœurs s'améliorent ?

– Crois-le ou non, mais c'est vrai.

Gaston réprima un sourire qui eût blessé son père. On leur offrit une grappa que le ministre but d'un trait.

– Un petit coup n'a jamais fait de mal à personne, dit, debout entre eux deux, déhanché, appuyé sur sa canne, un homme d'une soixantaine d'années, en costume gris très soigné, la cravate flamboyant sur une chemise à carreaux.

– En effet, dit le ministre, je suis bien de cet avis. Il me semble vous connaître.

– Sûrement pas. Je suis un paria de la société, un ancien soldat.

Le ministre encaissa sans broncher. Il avait peu servi sous les drapeaux et s'était fait traiter de « caporal-donneur » dans un hebdomadaire de droite après avoir dénoncé à la Chambre un prétendu complot militaire.

– Je vous ai écrit cinq fois. Vous ne répondez jamais.

– Je reçois beaucoup de lettres. Mes services s'en

occupent. Impossible d'être partout. Donnez-moi votre nom et votre adresse. De quoi s'agit-il ?

– De ma pension d'invalide.

L'homme tapa sur sa hanche. Le patron du restaurant le prit doucement et fortement par le bras :

– Monsieur Sébastien, ce n'est pas le moment.

– Ça n'est jamais le moment sauf quand on fait un rempart de son corps pour sauver la France.

Il écrivit son nom et son adresse sur un angle de la nappe en papier que le ministre déchira et glissa dans sa poche. Monsieur Sébastien salua de deux doigts portés à sa casquette et tendit la main qui fut aussi serrée par Gaston.

– Papa, qu'est-ce que ça fait d'être toujours en représentation ?

– J'ai l'habitude. Tous ont un problème. Il faudrait être Dieu.

Il paya et se leva si lourdement que Gaston, dans un rare élan de tendresse, le prit par le bras.

– Vous êtes fatigué ?

– Non. C'est l'ennui qui m'attend. Le chauffeur te raccompagnera.

– Merci. Je préfère rentrer à pied.

– Comme tu voudras. Revoyons-nous bientôt.

Il avait retrouvé sa stature et dominait son fils d'une demi-tête. Avant de se glisser pesamment dans la voiture, il dit encore :

– Tu as raison de prendre de l'exercice. Je n'aurais pas dû cesser... Je m'ankylose. Mais où se cache le temps ?

– Le Champ-de-Mars n'est pas loin.

– Tu as de la chance... Une belle vue... La liberté

de recevoir qui tu veux... Le matin, fais trois fois le tour des pelouses au pas gymnastique. J'oublie toujours que ta mère est propriétaire d'un immeuble aussi bien situé. Nous sommes mariés sous le régime de la séparation de biens. N'oublie pas cette précaution quand ton tour viendra.

Il se carra dans la banquette, arrêta d'un mot le chauffeur qui mettait le moteur en marche et baissa la vitre arrière :

– Comment as-tu fait connaissance avec Madame Rose ?

– Je lui ai écrit que j'avais envie de la connaître. Elle m'a répondu de venir la voir. Elle m'appelle souvent son petit cousin.

– Nous en reparlerons... A l'Assemblée, Reginald.

Gaston suivit des yeux la Renault officielle. C'était une belle époque où les chauffeurs s'appelaient Reginald et la femme de chambre de sa mère, Samantha.

Gaston ouvrit en grand la double fenêtre donnant sur un étroit balcon. La fraîcheur du soir montait des arbres et des pelouses d'un vert sombre taché de nappes jaunes par l'éclairage des réverbères. La prétentieuse masse élancée de la tour Eiffel ne parvenait pas à écraser la perspective de l'Ecole militaire, une girafe égarée dans le paysage parisien, découvrant avec stupeur son gigantisme chez les Lilliputiens. Traversant les zones éclairées, des passants se hâtaient, d'autres attendaient leurs chiens qui reniflaient les bonnes odeurs de la pelouse. D'un taillis, deux hommes sortirent en se rebraguettant et partirent dans des directions opposées. Qu'en pensait le maréchal Joffre sur son cheval ? Les lumières braquées sur la façade de l'Ecole militaire projetaient sa grande ombre impassible. Le monologue tragico-comique de Madame Rose poursuivait Gaston. Il aurait fallu la filmer mais il savait bien qu'elle s'y opposerait par une dernière coquetterie parce que, comme elle le chantonnait dans son bain, tout ça n'était que *« Bubbles, bubbles... »*. Les fards discrets appliqués par Lucie adoucissaient les ruines du visage, pure formule de politesse à l'égard des visiteurs – peu nombreux, d'ailleurs – que les traits mis à nu auraient effrayés. La voix cassée de Madame Rose obsédait Gaston, tantôt stridente quand elle jouissait de son propre récit, tantôt grasseyante quand elle écrasait de sarcasmes les témoins de son passé.

En rentrant chez lui, il avait jeté au panier le livre à la guimauve de Léonce. Ce pauvre recueil de ragots était plus bêtifiant qu'irritant et ses sous-entendus bien naïfs pour qui sait lire entre les lignes. Quant à l'incident de table donnant naissance à *Petrouchka*, Gaston en doutait fortement. Il prit dans sa bibliothèque *Une histoire de la musique* et lut, debout appuyé de l'épaule contre l'étagère, le chapitre consacré à Stravinski. L'auteur, Lucien Rebatet – et comme c'était étrange, presque troublant de découvrir sous la plume d'un réprouvé, d'un amer polémiste une telle sensibilité, un tel emportement de l'âme ! –, l'auteur parlait du Russe avec un enthousiasme rare chez les doctes critiques musicaux. Il partageait en deux périodes la création du compositeur : la première de 1908 à 1922, la seconde de 1923 à sa mort à New

York. Rebatet ne trouvait pas assez de mots pour dire son bonheur aux œuvres de jeunesse de la première période et ne s'émouvait plus guère par la suite. *Petrouchka* datait de 1911. C'était, à l'origine, un concerto pour piano que le tyrannique Diaghilev avait exigé qu'il orchestrât en ballet. Avec *Petrouchka*, écrivait Rebatet, « Stravinski rendait à la musique les volumes que l'impressionnisme avait dissous. Il introduisit l'argot, mais avec un tel art qu'il échappait à toute trivialité ».

Gaston possédait un enregistrement du ballet par un orchestre tchèque sous la direction de Karel Ancerl. La joie, la naïve gaieté, le cœur brisé, la foire, la danse tzigane, la fuite du malheureux pantin étaient de si délicieux morceaux que Gaston se les passa deux fois, reconnaissant au passage la ritournelle : « Elle avait une jambe de bois... » et l'orgue de Barbarie, quelques mesures à peine, dans un ensemble respirant les bonheurs et les chagrins de la vie. Un seul inconvénient : la date de la première mondiale à Paris : 1911. Le XXe siècle tirait à sa fin. Même en supposant que Madame Rose fût centenaire – et peut-être n'en était-elle pas si loin ! – il paraissait improbable qu'à onze ou douze ans elle invitât le Tout-Paris à dîner. Consciemment ou non, l'ultra-léger Léonce inventait ou rafistolait des anecdotes appartenant à la légende d'autres égéries disparues depuis longtemps. Dans son impérieux désir d'avoir tout vu, tout entendu, tout provoqué, Madame Rose emboîtait le pas sans souci des dates. Ses confessions et celles de Léonce exigeaient d'être passées au crible ou, en tout cas, accueillies avec autant de doutes que l'apparition de l'impératrice Eugénie dans les jardins de « La Colombière » à Roquebrune.

Edifié, Gaston se rejoua une troisième fois *Petrouchka*, envahi par un nouveau sentiment : cette musique imagée, si parlante, il l'écoutait avec la douloureuse sensation d'une absence. L'absence prit le visage et le corps de Lucie. Un coup de baguette magique – la baguette du chef d'orchestre – amena la jeune fille près de lui et l'allongea sur le canapé, face au carré de ciel constellé découpé par la fenêtre grande ouverte sur la nuit. Ils ne seraient jamais aussi proches et ravis l'un de l'autre qu'en écoutant *Petrouchka*. Aux dernières mesures, le charme se dissipait, Lucie s'envolait en fumée sans même laisser un creux dessiné par son corps sur les coussins.

Gaston ne se cachait pas le ridicule de sa rêverie. L'absence est un malaise insidieux, à mi-chemin du corps et de l'âme, du désir et du regret. Elle donne une fièvre qu'on appelle communément l'amour et, dans un jeu de miroirs, le multiplie à l'infini jusqu'à ce qu'il ne soit plus qu'un point fuyant dans l'espace. Stendhal disait que la musique met le cœur dans le même émoi que la présence de l'objet de nos pensées. Comment Gaston ne se serait-il pas aussi moqué de lui-même, n'ayant pas échangé cent mots avec Lucie ? Il la trouvait belle, peut-être plus belle qu'elle ne l'était dans la froide réalité, mais d'autres la diraient fade, le visage rarement éclairé d'un sourire, d'un regard amusé. Tous les hommes ne goûtent pas mêmement la santé d'un corps, son éclat vigoureux. Une imagination raisonnable et avertie des trompe-l'œil se déprendrait vite de Lucie en comparant son effacement à l'aisance d'autres femmes qui, sans le provoquer, affrontent l'homme et, du premier coup d'œil, voient en lui avec jubilation la victime désignée de leur entreprise. L'idée de la fadeur blonde de Lucie, d'une beauté sans aspérité, d'un caractère plié aux caprices du plus fort, en l'occurrence de Madame Rose, consola Gaston de sa propre maladresse. Demain, quand elle apparaîtrait pour servir le thé, beurrer les toasts, en uniforme de pensionnaire, il se promettait de répéter : « Elle est fade, elle est fade » comme une formule d'exorcisme, jusqu'à en être persuadé et si, au contraire, elle portait la blouse blanche et transparente, il détournerait les yeux en affectant un inintérêt total. Ces fragiles calculs le rassurèrent et il passa une partie de la soirée à écouter *Le Sacre du printemps* et *L'Oiseau de feu.* Madame Rose n'était pas à l'origine des chefs-d'œuvre de Stravinski, mais elle les avait vécus. Le doute l'envahissait. S'il prenait plaisir à une confession ressuscitant une société disparue qui l'obsédait comme la guerre de 14-18 obsédait Guy Dupré ou l'occupation allemande Patrick Modiano, c'était que ces confessions réinventaient un monde qu'il espérait ingénument voir renaître avec ses fastes et ses enfantillages.

Gaston rangea dans un tiroir les quelques caricatures de Madame Rose, avec déjà l'idée que, dans un réflexe d'autodéfense, il risquait fort un jour de tout balancer dans le vide-ordures juste avant le passage des éboueurs, pour n'être pas tenté de les récupérer parmi les épluchures de légumes, les verres cassés, les journaux de la veille, les papiers gras d'un ménage.

Puis, il appela Céline.

– Tiens, qu'est-ce qui t'arrive ? On ne te voit pas pendant un mois et tout d'un coup tu téléphones à une heure du matin !

– Es-tu seule ?

– Oui.

– Alors, j'arrive.

– Un peu facile...

– Justement, c'est ce qui est agréable !

– Sale type ! Je t'attends.

Si elle l'apprenait – et il ne ferait rien pour le lui cacher – sa mère serait déçue ou, au moins, feindrait de l'être, renonçant, une fois de plus, en termes pincés aux projets qu'elle mûrissait pour lui. Gaston s'en voulut : son père avait été bon ce soir, et maladroit. Il ne lui reprocherait jamais cette maladresse qui révélait, pour un homme aussi occupé, l'existence d'un lien que la mort seule romprait. Quant à sa mère, ses réactions seraient toujours imprévisibles, tantôt complice, tantôt ennemie, le protégeant et, la minute suivante, acharnée à détruire ce qui risquait de les séparer. Au cas où elle appellerait, il laissa un message sur le répondeur : « Je pars pour un tour du monde dont je reviendrai demain soir. Je débranche le téléphone pour dormir un bon coup au retour. Je vous embrasse, chère Maman. » Et tant pis si c'était quelqu'un d'autre qu'elle.

Gaston endossa sa combinaison de cuir, coiffa son casque et retrouva la moto dans le garage souterrain. Avec plus de gentillesse qu'il n'en attendait, elle démarra au premier coup de cric. Par les quais, il rejoignit la porte de Saint-Cloud et l'autoroute jusqu'à Versailles. Un homme court vers sa maîtresse qui lui a donné aux premiers temps de leur liaison le seul vertige dont, après la vitesse, il a besoin. L'air brassé est doux, presque chaud. Les voitures quittant Paris sont encore nombreuses et il s'amuse à zigzaguer entre elles dans le tunnel et à leur raser la moustache à la bretelle en direction de Pontchartrain. Tout dort déjà. Une lumière brille au-dessus des portes d'entrée. (« Nous sommes à la maison, Messieurs les cambrioleurs, et armés. ») Avant d'arriver au bourg, à gauche s'ouvre une allée de peupliers. Au bout de l'allée, se dresse une maison couverte de vigne vierge. La chambre du premier est éclairée, fenêtre grande ouverte. Il n'a pas oublié le code. En roulant lentement dans le jardin, il ôte son casque, éteint son phare, s'arrête et pose la moto sur sa béquille. La porte bâille. Un ours empaillé défend le vestibule hérissé de massacres dont les ombres tremblent au passage de Gaston. L'escalier est en face. Même à tâtons, il connaît chaque marche, celle qui gémit, celle qui a peur, celle qui pleure et la dernière qui soupire. L'étage est plongé dans le noir sauf un rai de lumière vertical signalant une porte à peine poussée.

– C'est toi, Gaston ?

– Non, c'est l'étrangleur du syndicat d'initiative de Pontchartrain.

– Alors, entre, Monsieur l'étrangleur. Il faut en finir au plus vite.

Une femme est couchée dans un anachronique lit à baldaquin, le dos appuyé à deux oreillers, sa belle chevelure grise étalée autour d'un visage sombre sur l'oreiller blanc.

– As-tu, au moins, bien refermé derrière toi ?

Lucie ouvrit.

– C'est bien ! Vous êtes à l'heure.

– Saïd est enfin reparti pour Pondichéry ?

– Non, il écoute à la télévision Eric Cantona réciter des poèmes de René Char.

– Pas vous ?

Elle le contempla avec le même étonnement que s'il venait de proférer une obscénité, ne répondit pas et tendit la main pour recevoir le casque et la légère veste de daim.

– Allez la voir. J'apporte le whisky et le thé avant de sortir.

Elle était habillée, comme la veille au Luxembourg, de la légère robe de surah à fleurs, joliment décolletée.

– Faites attention aux coups de soleil, dit-il en posant le doigt sur le triangle de chair fraîche exactement comme le professeur Germain Duval trois jours auparavant.

Lucie saisit la main au vol et l'écarta avec une brusque fermeté dont un modeste sourire demanda le pardon.

– Vous avez un ami, des amis qui vous attendent au Luxembourg ?

– Je ne me suis pas encore fait d'amis. Avec les Français, c'est une œuvre de longue haleine.

– Hier, un jeune homme aux longs cheveux blonds...

– Vous prenez des glaçons et de l'eau gazeuse, je crois ?

– Ce jeune homme vous a gentiment baisé la joue en vous quittant.

– Si je vous disais que c'est mon frère ?

– Je le croirais.

Elle ouvrit la porte du salon :

– Madame Rose : le cousin de service.

Gaston apprécia modérément l'introduction encore qu'elle lui parût un signe non sans charme d'une Lucie plus perfide que les apparences ne le laissaient supposer.

Cela se vit tout de suite à son visage : Madame Rose ne rayonnait pas de bonne humeur. Ses yeux brûlaient d'une flamme noire et, à l'entrée de Gaston, elle brandit un de ces opuscules que des universitaires, parfois même bienveillants, par esprit de contradiction, rédigent, pendant leurs longues vacances, sur des sujets contemporains. En somme, résumés de leurs cours ou, plus communément, « digests » dispensant la connaissance sous une forme aisément accessible, ces plaquettes épargnaient en une soirée des années de lentes lectures aux étudiants pressés de décrocher des diplômes. Celui que Madame Rose brandissait avec une rage visible traitait du théâtre contemporain. L'auteur du livre, mort récemment – Dieu merci, il y a une justice, dit-elle comme si moins de haine et de sottise sauvait de la mort –, l'auteur survolait la liste des dramaturges du théâtre dit « de boulevard » par lui exécré. Il est probable qu'elle se serait contentée de hausser les épaules devant ce torrent de fiel si le critique n'avait suggéré que « Monsieur » (il répétait plusieurs fois Monsieur pour bien indiquer que cet écrivain était un intrus dans le monde du théâtre « moderne » où le génie florissait dans l'improvisation, si amoureusement appelée « happening », et la logodiarrhée), que Monsieur Félicien Marceau manquait à ce point d'imagination qu'il lui fallait s'inspirer mot pour mot de personnages réels. Ainsi, affirmait-il, la Marie-Paule héroïne de *La Bonne Soupe*, interprétée par Marie Bell, était la copie conforme d'une femme largement entretenue, connue de la classe bourgeoise (ces bourgeois masochistes qui se délectaient d'être mis en scène et applaudissaient au spectacle de leurs dépravations), une certaine Madame R. célèbre pour ses liaisons et ses mariages avec des richissimes. Certes, il ne donnait que l'initiale mais personne ne pouvait s'y tromper. Or, si Madame Rose n'allait plus au théâtre en raison de son infirmité, spectatrice assidue pendant un bon demi-siècle, elle gardait un souvenir enthousiaste de *La Bonne Soupe*, et elle étouffait à l'idée que l'héroïne cynique, désinvolte et usant du langage propre aux corps de garde, s'inspirait d'elle.

– Moi, une putain de bar ! A trois mille francs la passe. Trois mille anciens ! C'est quand même un peu fort ! A trois millions nouveaux, je ne dis pas...

– Calmez-vous, vous n'êtes pas la seule. Deux dames mûres, amies de ma mère, prétendent également avoir inspiré Marceau. L'une est très flattée et propage la flatteuse rumeur. L'autre trouve qu'il a un peu forcé son portrait. Aucune des deux n'a d'ailleurs vu la pièce. Et il paraît qu'il y a d'autres candidates.

– Oui, mais moi, c'est là, écrit noir sur blanc.

Sa main tremblante de colère gifla le « digest » à deux reprises.

– Vous ferez justice de ces diffamations, dit-elle, bien que l'auteur soit un affreux gauchiste comme vous.

– Mon père, lui, trouve que je suis un « affreux réactionnaire ». Où est la vérité ? Nous demanderons à Pirandello. De toute façon, le succès a vengé Marceau depuis longtemps et, le connaissant un peu, j'imagine qu'il n'a pas lu ces lignes ou que, s'il les a lues, il s'en fout.

Lucie apporta le whisky et le thé, selon le rituel, beurra les toasts, versa le thé. Madame Rose se jeta férocement sur le premier toast comme elle se serait jetée sur l'auteur du « digest », et en fit trois bouchées si rapidement qu'elle avala de travers, hennit, battit l'air de ses bras et expectora des morceaux de pain beurré sur ses cuisses. Lucie frotta les taches avec un napperon trempé dans le pot d'eau chaude.

– Tous ces flics de Lettres me rendent folle. Me dire ça ! A moi, qui ai tant aimé le théâtre, de boulevard ou pas ! Tout le monde ne peut pas se faire jouer dans les théâtres de poche au fond d'une impasse ! Et merde pour le peuple ! Merci, ma Lucie. Allez prendre l'air. Gaston me veille.

– Je reviens dans une heure.

– Ce soir, pour dîner, mettez votre joli tailleur Dior et le chemisier de soie fuchsia. Mes yeux ont besoin de beauté. Jetez ce livre à la poubelle ou plutôt non, jetez-le au feu. Il faut savoir brûler les livres. Le monde irait mieux si on avait su à temps brûler beaucoup de livres.

Gaston se dit que tout, heureusement, glissait sur Lucie. Elle sortit et Madame Rose soupira, soulagée :

– Rien ne m'aura été épargné avant que je vous rencontre tous les deux. Vous feriez un beau couple. Je vais lui en parler.

– Pour l'amour du ciel, non ! Je préfère traiter ces affaires-là moi-même.

– Vous avez tort. J'ai réussi bien des unions et des mariages.

– Je ne suis pas pressé.

Elle n'y pensait déjà plus. Le libraire qui, chaque semaine, lui envoyait des nouveautés, venait, par hasard, avec ce petit livre glissé malicieusement parmi des romans dont elle ne lisait pas plus de trois pages, de libérer un flot de souvenirs dans lesquels, faute de pouvoir les ordonner, elle trichait ingénument.

– Ah ! le théâtre ! Les trois coups... Est-ce vrai qu'on ne les frappe plus ? Que ça fait vieux jeu comme le souffleur ? Pourquoi ? Des économies ? Ce monde qui pourchasse tous les rituels n'est pas le mien. Vous ne le croirez pas, mon petit Gaston, mais le premier homme qui m'a emmenée au théâtre, c'est aussi mon premier amant.

– Jean-Baptiste Couvert, le chauffeur d'autobus.
– Ah ! vous savez tout ! Lucie vous a raconté ?
– Elle ne raconte rien. C'est vous-même. Un instant d'abandon. Tout le monde en a.
– Puisque c'est comme ça, je me tais.
– Voilà qui sera difficile.
Elle appuya sur la sonnette à portée de sa main. La porte s'entrebâilla, laissant passer la tête de Saïd.
– Tu dési'es, Madame Rose ?
– Vous aviez l'oreille collée au trou de la serrure. Ça rend sourd, mon garçon.
– Il n'y a pas de t'ou de se'ure, Madame Rose.
Gaston éclata de rire.
– Apporte le chapeau, le manteau et la canne de Monsieur Gaston. Il s'en va.
– Monsieur Gaston, il est cousin.
Après une grimace, la tête de Saïd disparut et la porte se referma.
– Il n'y a plus de domestiques, dit-elle. Je ne vais quand même pas appeler la police.
– Un jour, nous parlerons aussi des domestiques. Quand ils ont disparu du théâtre, comme ils ont disparu de la vie quotidienne, les pièces sont devenues bien monotones. Retirez-les à Molière, à Marivaux ou à Sacha Guitry, et tout s'effondre. Racontez-moi cette première découverte du théâtre...
– *La Fille du tambour-major* à la Gaîté-Lyrique. Jean-Baptiste adorait la musique. A vingt ans, il avait un brin de voix qui s'était éraillée à conduire l'hiver. En ce temps...
Elle marqua une hésitation.
– ... qui n'est pas si loin, en ce temps-là les chauf-

feurs conduisaient dehors, perchés sur le moteur, à peine protégés par un petit pare-brise et une couverture de toile huilée sur les jambes. Pas de gants pour mieux agripper le gros volant de bois à l'horizontale et, permis seulement les jours de grand froid, un cache-nez. Je lui en ai tricoté un, rose naturellement pour qu'il pense à moi, mais on le lui a volé au dépôt. Il pouvait chantonner tous les airs d'opérette : *Rose-Marie, L'Auberge du Cheval-Blanc.* Dans sa vie, ce qui a vraiment compté, c'est sa ligne, le AB, Madeleine-Bastille. Il l'aimait plus que tout et me disait : « Si je racontais ma vie, ce serait un roman. J'en ai tant vu : Madeleine-Bastille-Madeleine. » Rivé à son volant qui lui avait fait des cals dans les paumes... J'aimais bien. Il ne voyait pas que j'étais son « roman ». Non. Tout dans sa tête tournait autour du trajet qu'il parcourait vingt fois par jour. Il comptait les changements de vitesse, une moyenne de cinquante par trajet. Calculez un peu, ça fait combien de fois par an ? Au bout de la journée, il le marquait sur un carnet. Et fier de son expérience : « Les vitesses, on doit les passer comme une cuillère dans la crème. Pas un grincement. En douceur. » Au lit, il en parlait encore, imitait les gestes. Je ne détestais pas. Il n'y avait que la Gaîté-Lyrique pour le sortir de son obsession. Un autre homme. Son tour d'être transporté ! Absolument aux anges ! Il ne lâchait pas ma main. Nous avions de bonnes places grâce à une cousine à lui, une choriste qui l'aimait en vain.

– L'opérette n'est pas exactement du théâtre.

– Non, c'est l'appât. On a toujours envie de plus. Quand Jean-Baptiste m'a lâchée...

– Il est parti le premier ?

– La Direction l'a changé de ligne. On l'a mis sur Porte-d'Orléans-Etoile, par Montparnasse. Le parcours n'était pas ennuyeux, mais la ligne avait pour sigle le Q. Après le AB, une fameuse déchéance ! Tous ses collègues le charriaient : « Alors, tu freines à l'arrêt du Q ? » Pauvre Jean-Baptiste, il était très pudique sur ces questions-là. De rage, un jour, il a brûlé les stations, démoli cinq voitures, écrasé un piéton et, pour finir, a poursuivi sa course jusqu'à Levallois. Il y avait une femme enceinte à bord. La peur a provoqué son accouchement. Jean-Baptiste voulait lui faire payer un ticket de plus. On l'a interné à Charenton. Dans la journée, on le mettait à cheval sur un banc du jardin et il changeait de vitesse, très heureux, annonçant les arrêts : Opéra, Richelieu-Drouot, rue Montmartre, la Bastille et retour. En fin d'après-midi, un infirmier l'arrachait à son banc : « Monsieur Jean-Baptiste, c'est la relève. Vous laissez le volant à votre collègue. » Dix ans ont passé comme ça. J'allais le voir quand j'étais à Paris. Je lui envoyais des douceurs, des autobus miniatures. On m'a raconté qu'un matin, à cheval sur son banc, il a porté la main à son cœur et dit : « C'est un accident ! » Tombé raide mort. Pathétique, non ?

Du doigt elle écrasa une larme au coin de l'œil. Sentimentale ou comédienne ? Il n'y a pas un cœur qui, se remémorant avec émotion ses premières amours, ne sente peser sur lui le poids horrible des ans. Un décret prudent de la Providence condamne les amours juvéniles à la brièveté pour les sauver des salissures de la vieillesse. Prière de ne pas en encombrer la mémoire si nous craignons les chagrins.

– Je suis bête, dit-elle après un silence.

– Ça fait du bien d'être bête. Les femmes intelligentes font souvent peur. Cela dit, avec Juste Saint, c'est le deuxième qui finit à l'asile. Y en a-t-il beaucoup d'autres ?

– Oubliez ça, Gaston. Ce chapitre de ma vie n'a aucun intérêt pour vous.

– Oublions Jean-Baptiste. Les anges s'occupent de lui. Au Ciel on lui a donné un bel autobus tout neuf. Il est très heureux. Je le trouve pourtant un peu lâche de vous avoir abandonnée après vous avoir inoculé le virus du théâtre.

Sa brève larme vite séchée, Madame Rose consentit à rire d'elle-même.

– Oui, j'ai contracté cette drôle de maladie... à la Gaîté-Lyrique. D'abord le paradis, puis le deuxième balcon, le premier, l'orchestre, enfin une loge. Plus on descend, plus on monte. J'y ai appris comment les hommes parlent aux femmes et comment les femmes doivent leur répondre. J'ai appris l'art de mentir qui ne s'improvise pas, de tromper qui est facile, d'être fidèle ce qui est pratiquement impossible. Naturellement, j'ai eu envie de monter sur scène. Ça paraissait aller de soi : un auteur vous fournit des répliques, les livrets donnent des précisions sur les gestes, les intonations, le moment où il faut entrer ou sortir. J'en ai parlé à Epaminondas. Hors de question, avec un Grec ! Pensez... ce sont des Orientaux ! La femme au foyer, les hommes au café... lui, c'était au casino. Avec Charles...

– Ne nous perdons pas... Charles ?

– Charles Blumenstein... mon deuxième mari ! Réveillez-vous, Gaston !

– D'autres que moi s'y sont perdus.

– La Banque Blumenstein ! Quand il a su la raison de mon vague à l'âme, Charles a acheté un théâtre comme on achète un paquet de cigarettes, un bijou à sa petite amie. Je ne m'intéressais pas aux bijoux, alors va pour le théâtre ! On devait y monter *Le Voyageur sans bagages*. Je me suis présentée à l'auteur : Jean Anouilh. Un tout jeune homme, mon cher : vingt-six ans ! Charles m'a dit que je le mettrais dans ma poche comme rien. A son âge, on est prêt à tout pour être joué. Dans la pièce, un amnésique s'appelle... Gaston. Sa belle-sœur présumée tourne autour de lui : Valentine, Valentine Renaud. Anouilh m'a examinée à travers ses lunettes, au-dessous, en dessus. De l'index il se frottait la moustache : « Madame, je vous vois mieux dans le rôle de la duchesse Dupont-Dufort. » Flatteur, n'est-ce pas ? J'ai dit innocemment : « C'est une vieille, duchesse c'est entendu, mais vieille. » Lui : « Pas tant que ça, Ma'am... on vous poudrera les cheveux. » L'idée de jouer le rôle d'une duchesse ne me déplaisait pas a priori et j'ai accepté. Anouilh a paru enchanté. Il s'est gratté la moustache : « Parfait, mais la comédie est un métier. Il faut en connaître les rudiments. Pour le salut de ma pièce et votre propre avenir sur la scène, je vous conseille auparavant de prendre quelques leçons au Cours Simon. » Ça m'a paru si judicieux que j'ai tout de suite acquiescé, un peu décontenancée quand même lorsqu'il a ajouté : « Et revenez me voir dans trois ans. » Moi, parfaite d'innocence : « Vous feriez ça ? Reculer les représentations et m'attendre trois ans ? » Anouilh, impassible : « Non. Nous jouerons à la rentrée comme prévu. Je vous trouverai une doublure entre-temps et vous reprendrez votre rôle à la fin des cours. Pour la doublure, je pense – Sarah Bernhardt n'étant plus des nôtres – à Marguerite Moreno, Valentine Tessier ou Dussane. Si vous décidez de passer par le Conservatoire – ça fait toujours assez chic d'avoir un accessit ou un prix de comédie – nous attendrons deux ans de plus. Je mets ça dans votre contrat. » J'ai fini par comprendre. Nous avons éclaté de rire tous les deux. Charles a revendu le théâtre le lendemain. Une des meilleures affaires de sa vie. Nous sommes restés, Jean et moi, grands amis. J'étais de toutes ses générales. Aujourd'hui, quand je pense à mon culot, je n'en reviens pas. On ne regrette pas la célébrité. C'est une pauvre vanité, cause de bien des maux. Tous ceux qui y ont goûté, je dis « goûté » tant c'est une aura éphémère, en ont eu la tête tournée.

Gaston l'assura qu'elle se fatiguait beaucoup à remuer des cendres. Il reviendrait le lendemain. Il brûlait de retrouver Lucie au Luxembourg. De chez Madame Rose, l'exubérance des marronniers empêchait de distinguer les allées et le bassin avec sa couronne de statues et les étudiantes assises, un livre sur les genoux, offrant au soleil leurs visages crémeux.

– Si vous l'apercevez quelque part dans le jardin, dites-lui que je suis seule et que je l'attends.

– Je ferai le détour, assura Gaston, heureux du prétexte.

Dans le jardin bruissant d'enfants, il mit quelque temps à la trouver. Protégée par Sainte-Geneviève – la plantureuse guerrière aux grosses nattes sûrement blondes autrefois et maintenant recouvertes d'une lèpre grise qui mangeait la poitrine rebondie sous le corsage fripé –, Lucie tenait un livre au bout de son bras ballant, le doigt entre deux pages. Un ballon étoilé roula sous sa chaise, la tirant de sa rêverie. Du pied, sans bouger le torse, elle le renvoya en direction d'un enfant qui s'enfuit, le ballon sous l'aisselle. Le visage absent la seconde auparavant s'éveilla, redécouvrant soudain le mouvement et la rumeur du Luxembourg une fin d'après-midi de printemps, rumeur que la grondante et serpentine cacophonie de la rue de Vaugirard et du boulevard Saint-Michel isolait de Paris. Du haut des dernières marches conduisant à la rotonde, Gaston s'arrêta, son casque de motard à la main. Quand elle l'aperçut enfin, elle fronça les sourcils.

– Je ne vous poursuis pas, dit-il pour prévenir une remarque désagréable. Madame Rose m'a seulement prié de vous dire qu'elle vous attend. Votre récréation est écourtée. La mienne commence.

Debout, du plat de la main, elle défroissa sa robe et glissa un marqueur dans son livre dont il essaya de lire le titre ou le nom de l'auteur bien que, intentionnellement ou non, elle le serrât sous son bras.

– Accompagnez-moi jusqu'à la grille, dit-elle, négligeant de répondre à la remarque sur la récréation.

Ils descendirent vers le bassin où le loueur de bateaux essayait avec une perche de récupérer un voilier prisonnier du jet d'eau. Des jumeaux aux visages crispés d'angoisse retenaient l'homme par les pans de son blouson.

Devant la buvette, Gaston proposa une glace.

– Vous ne croyez pas que j'en ai assez de manger des glaces tous les soirs à dîner ?

– Rien ne vous y oblige. Refusez !

– Elle ne comprendrait pas. Elle s'est mis dans la tête que j'en raffole comme elle et envoie Peter au diable vert à la recherche de nouveaux parfums.

Un enfant d'à peine trois ou quatre ans, au faciès de brute, agrippé avec rage au guidon d'un tricycle en plastique rouge, pédalait à leur rencontre. Ils s'écartèrent pour le laisser passer entre eux. Gaston se retint de lui lancer un coup de pied. Une jeune femme en tailleur demi-chic, mal à l'aise dans les graviers sur ses talons hauts, le type parfait de la mère un jour de congé de la jeune fille au pair, s'exclama :

– Comme tu pédales bien, Poupou ! Tu vas gagner le Tour de France !

Quêtant une approbation du couple que son Poupou voulait écraser, elle adressa un sourire complice qui resta sans réponse.

– Les enfants sont les enfants, dit-elle d'un ton pincé.

– Non, Madame, ce sont les caricatures de leurs parents.

– Viens, mon trésor, dit la dame, empoignant le guidon de l'affreux qui la bourra de coups de pied dans les chevilles.

– Il n'y a que les monstres pour être aussi aimés, dit Gaston entraînant Lucie par le bras, loin de l'affreux Poupou. Aux yeux de cet avorton, si microscopique soit-il, nous ne sommes pas des obstacles, nous n'existons pas. Attendez qu'il ait une quatre-quatre ou un camion et ce sera l'EXTERMINATEUR des bandes dessinées.

D'une main sur l'avant-bras, elle l'arrêta :

– Pensez-vous réellement ce que vous dites ?

– C'est plutôt parce que je l'ai dit que je me suis mis à le penser « réellement ».

Dans les yeux calmes de Lucie, passa une brève lueur d'indulgence amusée. Deux jeunes gens de seize, dix-sept ans, en chemise et short blancs, des raquettes sous le bras, se retournèrent pour lorgner ses jambes.

– Je déteste ces coups d'œil aux jambes d'une femme à mon bras, dit Gaston.

– Pourtant, c'est un réflexe très français. Dans un recueil de réponses au questionnaire de Proust, un auteur, j'ai oublié son nom, à la question : « Vos qualités préférées chez la femme ? » répond : « De jolies jambes. »

– Un misogyne. La misogynie fait très mâle.

– Mal ? dit-elle, inquiète.

– Non, mâle. Dans toutes les langues on devrait proscrire les mots qui ont, orthographe et accentuation mises à part, deux sons trop voisins. Ça peut déclencher des guerres.

– Je trouve ça plutôt rassurant à une époque où les femmes ne cachent plus rien.

– Vous avez besoin d'être rassurée ?

– On ne l'est jamais assez. Le professeur Duval a presque eu un coup de sang l'autre soir : je sommeillais dans le vestibule et mon peignoir s'était entrouvert. Je n'aurais pas cru ça de sa part.

– Il est revenu ?

– Oui, le lendemain, par hasard selon lui. Il se promenait dans le quartier Saint Sulpice. Mais surtout, il téléphone pour demander des nouvelles de Madame Rose... et accessoirement des miennes. En général, Saïd répond comme elle le lui a appris : qu'elle l'enterrera. A la deuxième question, il dit que je suis sortie pour mes cours. Si c'est moi qui décroche, le professeur m'invite à prendre le thé dans un salon pour couples adultérins du côté de Saint-Julien-le-Pauvre. Ce doit être une vieille coutume française. Des messieurs bien sous tous rapports invitent des étrangères esseulées à prendre un porto ou une tasse de thé, persuadés que le moyen est irrésistible.

Gaston flaira le piège et se garda d'un commentaire.

– L'heure du thé n'est pas un rendez-vous très compromettant, dit-elle.

– Je ne le pensais pas.

Il fut distrait par l'apparition d'un grand jeune homme en short et débardeur, un serre-tête maintenant une volée de cheveux blonds. Le joggeur les croisa au pas gymnastique et, sur le dos de la main, souffla un baiser volant à l'adresse de Lucie.

– Je le reconnais. C'est votre frère. J'aimerais le rencontrer.

– Je n'ai peut-être pas de frère.

– L'autre jour vous m'avez négligemment laissé entendre que c'était votre frère.

– Je n'affirmais rien de tel. A votre question, en répondant par une question : « Et si je vous disais que c'est mon frère ? » j'émettais une hypothèse que vous vous êtes dépêché de prendre pour une certitude. Le français de France est une langue si structurée qu'il ne laisse aucune place aux ambiguïtés. Pour glisser un doute dans la conversation, il faut utiliser des ruses qui échappent à l'autorité tyrannique de la grammaire.

Un côté de la nature de Gaston admit qu'elle disait des choses sensées, l'autre qu'elle virerait en peu d'années à l'espèce raseuse des bas-bleus, espèce qu'il abhorrait depuis un examen de licence portant sur Madame de Staël et son inénarrable roman *Corinne.* Certes, Lucie n'aurait jamais le nez en pied de marmite, les bras d'une lutteuse de foire et les grosses fesses de la châtelaine de Coppet. On pouvait néanmoins craindre qu'un jour elle se prît au sérieux. Comme ils franchissaient la grille d'entrée et se trouvaient sur le trottoir de la rue Guynemer, la jeune fille leva les yeux vers la large baie vitrée de l'appartement de Madame Rose.

– Savez-vous, dit-elle, pourquoi les femmes mentent toujours mieux que les hommes ?

– Elles sont plus faibles. C'est leur meilleure défense.

Lucie haussa les épaules. Gaston se reprit :

– Je veux dire qu'elles aiment se faire passer pour plus faibles qu'elles ne sont.

– Leur seule faiblesse est la crainte de voir fuir si vite les raisons d'être aimées. Pour le reste, elles profitent avec adresse de la suffisance des hommes.

– Vous me trouvez suffisant ?

– Pour être franche, je trouve que vous ne l'êtes pas assez.

Elle leva de nouveau les yeux vers la baie dont une main hésitante soulevait le rideau de tulle.

– Madame Rose m'attend.

– Il y a des moments où vous devez être tentée de la détester ?

– Non. Sincèrement. Parfois, je ressens un bref dégoût devant les problèmes intimes, mais, dans l'ensemble, je lui sais gré de m'apprendre tant de choses, grandes ou petites. Je viens du froid, comme vous dites. Elle me fait gagner des années. Et vous ?

– Pareil, mais parce que je viens du chaud.

Avant que la porte de l'immeuble se referme sur elle, Lucie lui adressa un gentil au revoir : paume ouverte, doigts agités comme des marionnettes. Une si vive bouffée de bonheur envahit Gaston que, toujours son casque à la main, il repartit à grands pas vers le Champ-de-Mars et s'aperçut seulement à la hauteur des Invalides qu'il avait oublié sa moto garée sur le trottoir de la rue Guynemer. Il revint sur ses pas. Elle n'y était plus. Au poste de police de la rue de Mézières, on prit sa déclaration.

– Vous êtes parent du ministre ? demanda l'agent qui recopiait les données de la carte d'identité.

– Pas que je sache.

– Alors, c'est un hasard. Vos noms s'écrivent pareil et vous êtes du Lot comme lui. Profession ?

– Sans profession.

– A votre âge ?

– Je ne suis pas si vieux que ça.

– C'est pas ce que je veux dire. Mais comment que vous faites pour manger ?

L'agent, deux doigts réunis, esquissa le geste de fourrer dans sa bouche une nourriture imaginaire.

– Je me débrouille très bien.

– Ecoutez, Monsieur, je ne suis pas méchant, mais il me faut remplir votre fiche. Dites-moi n'importe quoi : rentier, propriétaire, étudiant, chômeur...

– Si je vous réponds que je suis consommateur, le rouage essentiel de notre société moderne, est-ce que ça vous suffira ?

– Consommateur ! A plein temps ?

– Il y a tant de choses offertes à nos appétits que je ne vois guère la possibilité d'une autre occupation.

– Alors, puisque vous y tenez, va pour consommateur. Allez regarder... votre moto est dans notre fourrière. Ça vous apprendra à la laisser sur le trottoir.

Sans plaisir, il paya l'amende. Dernière avanie, des fientes de pigeon maculaient la selle.

Le téléphone sonna quand, sur le palier, il cherchait encore ses clefs dans la mauvaise poche. La sonnerie s'arrêta à la seconde où il saisit l'écouteur. Peu après, l'appel retentit de nouveau.

– J'ai dû faire un mauvais numéro. Mes lunettes sont chez l'opticienne de la rue du Bac. Tu la connais. L'officine...

Pourquoi employait-elle des mots pareils ?

– ... a été modernisée. L'échange des verres est l'affaire de deux heures. Je les aurai pour ce soir... N'oublie pas que tu dînes à la maison. Huit heures trente. Costume sombre. Blazer, si tu préfères. Les du Chesnes seront là, avec leur nièce Odile. Une ravissante fille. Le type que tu aimes : sportive, intelligente, distinguée et ravissante, ce qui ne gâche rien. Elle vit chez son oncle à cause de ses études, une licence de philologie... Un jour, elle prendra la succession de son père...

– La philologie ne prépare pas à la vocation de négociant en vins. C'est plutôt l'œnologie.

– Je n'ai jamais rien compris au latin.

– C'est du grec.

Pourquoi toutes les jeunes filles étudiaient-elles les Lettres et la philologie cette année ? Serait-ce un nouveau prurit ?

– Ecoute-moi : peu importe !

– Désolé, mais ça importe : ce soir je ne suis pas libre.

– Ah non !

La voix désespéra :

– Tu ne peux pas me faire ça ! J'ai tout organisé depuis quinze jours et déjà ton père me fait défaut. Il est retenu à l'Assemblée.

Gaston se garda d'émettre un doute sur les nombreux nocturnes du Palais-Bourbon qui empêchaient si souvent un mari d'assister aux brillants dîners organisés par son épouse.

– Je répète : huit heures trente. Les du Chesnes arriveront après toi. J'ai à te parler.

– Je ne peux pas.

– Décommande-toi. J'espère que ce n'est pas de nouveau pour cette Céline...

– Maman, nous avons décidé une fois pour toutes de ne jamais aborder ce sujet-là. Puisque vous insistez, je vous donne de vraies raisons : j'ai un rendez-vous. On me propose du travail .

– Tu ne me feras jamais croire ça ! A quoi bon prétendre que tu es un dilettante si tu n'es pas libre de ton temps, de tes dîners ?

– Les jeunes filles à marier me font peur.

– Tout de même, il faudra que tu y songes un jour si tu ne veux pas qu'on te prenne pour un pédéraste.

– Céline me défendra, à ce moment-là. Elle sait à quoi s'en tenir.

– Je te prie de ne pas prononcer son nom devant moi. Je connais, en revanche, cette petite Odile. Ses parents possèdent le cru La Bourdette, une des meilleures familles du haut Médoc. Huit heures trente ! Ne sois pas en retard.

Elle raccrocha. Il avait résisté de son mieux et ne retrouva l'avantage qu'en arrivant après les du Chesnes et leur perle de nièce.

Madame Rose était d'humeur exquise.

– Assez parlé de moi ! Ça n'a aucun intérêt ! En sortant d'ici, je parie que vous pensez des atrocités de cette vieille bête que vous poussez malignement à radoter. Oui, parlons de vous... Vous me cachez tout, je parierais cher que vous avez une vieille maîtresse dont vous ne parvenez pas à vous libérer. Ah ! ces vieilles histoires de cul !

– Vous me reprenez à la moindre faute de français et, de temps en temps, vous êtes d'une crudité qui ne me choque pas mais qui en étonnerait d'autres.

– Cher Gaston, j'ai appris ça des gens du monde.

Dans ma famille, on n'aurait pas osé dire « zut » devant les parents.

Gaston saisit la balle au bond. Des parents, on ne parlait à peu près jamais. A peine un mot ici ou là.

– Voilà qui était bien sévère. Parlez-moi de votre mère et de votre beau-père.

– Laissez-les dans la tombe où ils se tiennent compagnie comme dans la vie. Ils s'aimaient tellement qu'il ne leur restait plus une ombre de sentiment pour leurs enfants.

Depuis le début des entretiens, un accord tacite interdisait d'évoquer le beau-père et la mère. Les demi-sœurs et le demi-frère étaient sans doute morts, en tout cas rayés de la mémoire, rejetés dans une obscurité dont ils n'avaient pas su sortir de leur vivant.

Des nuages noirs s'accumulaient au-dessus de Paris, plongeaient le salon dans la pénombre. Un éclair zébra le ciel, suivi, quelques secondes après, d'un grondement de tonnerre. Les vitres tremblèrent.

– Fermez vite la fenêtre, je vous en prie. Nous n'allons pas mourir foudroyés. C'est trop bête.

Là-haut, quelqu'un ouvrit les vannes et ce ne fut pas une pluie mais une cataracte, des trombes d'eau, des gouttes épaisses qui brouillèrent les vitres. Gaston eut juste le temps d'apercevoir, immobilisée par le flot de la circulation, Lucie qui piétinait sur le trottoir d'en face à la sortie du jardin, éclaboussée par les voitures roulant trop près du caniveau. Elle finit par lever le bras, un taxi ralentit. En trois enjambées, elle s'élança sur la chaussée.

– Elle doit être trempée, je vais lui ouvrir la porte. Saïd est vissé devant sa télévision.

– Vous êtes le plus prévenant des hommes, dit Madame Rose.

Lucie sortit de l'ascenseur pieds nus, ses ballerines à la main, les cheveux collés sur son front et sa nuque, sa légère robe plaquée sur son corps si parfait.

– L'orage m'a surprise.

– Je brûle de vous emmener à Chypre pour vous montrer la plage où Amphitrite est née de l'écume des eaux.

– Je cours me sécher avant de monter dans l'avion avec vous.

– Je peux vous aider ?

– Vous n'apprendrez pas grand-chose !

Elle écarta les bras : sa robe la moulait si exactement que, en effet, Lucie était plus nue que nue.

– Qu'y a-t-il ? cria la voix stridente de Madame Rose.

Lucie passa la tête par la porte entrouverte.

– Je me change et j'apporte votre thé.

– Vous allez attraper la mort, mon enfant, et il faudra sonner Germain Duval.

– Je m'étonne qu'il ne soit pas déjà là, dit Gaston.

Alerté par l'appel de Madame Rose, Saïd apparut.

– La plouie a'èta la match. Pa'is-Saint-Ge'main mène Nantes 1 à 0. Oh ! Lucie tu tombes dans le bazin !

– Mon thé ! cria Madame Rose.

– Je t'appo'te. Sois calme...

Lucie disparut dans le couloir menant à sa chambre.

– Alors, mon Gaston, cette vieille maîtresse ?

– Appelez-la plutôt une amie. Et pas si vieille.

– Quel âge ?

– La quarantaine, je suppose.

– Ça doit être un minimum... Amusant, ce besoin d'être materné qu'ont les hommes les moins bêtes.

– Merci pour le « moins bête ».

La pluie diminuait d'intensité. Des éclairs violets suivis de coups de tonnerre de plus en plus éloignés trouaient encore les nuages. Saïd entra, poussant le chariot du whisky de Monsieur le cousin Gaston et du thé de Madame Rose.

– Préparez-moi les toasts.

– Madame Rose, c'est le t'avail de Loussy.

– Pourquoi prononcez-vous le *r* avec mon nom et pas avec d'autres mots ?

– Mystè'e !

– Je vous mets à la porte, Saïd.

– Il pleut, Madame Rose, et tu dis ça cent fois par jou' !

– Un jour ce sera vrai. Appelez Lucie !

– Elle sèche le cheveu.

On entendait, venant du couloir, le ronronnement du séchoir.

– Dites-lui de venir comme elle est.

Saïd pouffa de rire.

– Eh quoi, Saïd ? Vous regardez par le trou de la serrure !

– Jamais, Madame Rose, jamais !

Lucie vint comme elle était, drapée dans le peignoir bleu qui avait fort ému le professeur Duval, pieds nus, les cheveux encore raides. Quand elle fut partie, Gaston avoua qu'on le mettait à rude épreuve.

– Mon pauvre ami, sans lire dans les tarots, je

crains pour les vieux jours de votre éducatrice. Comment s'appelle-t-elle ?

– Céline.

– Ce sont des prénoms d'autrefois. Votre parent l'adore ?

– Positivement.

Elle rit gentiment et lui tendit la main. Gaston se leva et baisa les doigts gonflés par l'arthrite.

– Pas besoin de me faire un de vos jolis dessins. Je vois Madame mère dans ses états et proposant des jeunes filles bien sous tous rapports. Et Monsieur le ministre ?

– Nous n'avons jamais abordé ce sujet.

– J'ai eu un amant de trente ans plus jeune.

– Pauvre ?

– Insolent !

Elle semblait décidée à n'en pas parler. Dans *Cinquante Ans de mondanités parisiennes*, Léonce X... faisait bien allusion à un sigisbée que l'on avait vu pendant quelques mois accompagner Madame R... Il en disait peu de choses sinon que sa jeune beauté orientale inspirait beaucoup de « concupiscence » (c'était son mot) parmi les dames d'un certain âge dans la société où la veuve de Charles Blumenstein l'entraînait. A force de discrétion, Léonce trahissait ceux-là mêmes dont il voulait respecter la vie privée. Pourquoi écrire Madame R... et quelques lignes plus loin préciser qu'elle était la veuve de Charles Blumenstein. Et qu'entendait cette vieille pédale par « jeune beauté orientale » ?

– ... il s'appelait Ahmed, ajouta-t-elle rêveuse au souvenir de celui qu'elle interpellait certains soirs à la grille du cimetière : « ... et toi, mon pauvre Ahmed, supportes-tu cette grosse dalle sur ta maigre poitrine de chamelier ? Trop lourde, je sais... Je voulais du sable comme chez toi. »

Gaston s'arrêta de crayonner une expression extrêmement mélancolique de Madame Rose.

– Vous pouvez parler. Ce ne sera que pour nous deux. J'oublierai aussitôt.

– Qu'espérez-vous ? Que je verse une larme ? Impossible.

Ainsi, elle avait souffert au moins une fois dans sa vie. A la longue, on en doutait. Quand elle ne les quittait pas, les hommes avaient le bon goût de mourir. « Il s'appelait Ahmed... » Si elle se décidait à l'évoquer, elle en ferait un prince des *Mille et Une Nuits.*

– L'amusant, dit-elle pressée d'effacer le nuage, est que, dans les souvenirs, le temps ne choisit pas les mêmes défauts et les mêmes qualités chez les uns et les autres. Un des hommes les plus riches du monde vous a, un jour, refusé un croissant et vous oubliez qu'il vous a, la veille, offert un yacht, un avion privé, un hôtel particulier. Pas de bijoux parce que je ne les aime pas. Ce croissant refusé est resté là en travers de votre gorge. Vous en avez encore envie même après en avoir bouffé des centaines quand le généreux bienfaiteur n'a plus été de ce monde.

– Epaminondas Sotorakis ?

– Je ne cite pas de noms. J'ai oublié l'indifférence de Patrick dans notre chambre d'étudiant, le linoléum par terre, les vécés à mi-étage, le réchaud à alcool, le rideau de toile cirée isolant la cuvette et le broc. Je lui aurais tout pardonné s'il n'y avait pas eu ce plat de tripes dans une brasserie de la Bastille. Le pauvre, il venait de toucher trois francs six sous pour un article dans une minable revue universitaire. Un an de travail ! La gloire ! Il a voulu fêter ça en m'offrant le restaurant où il a choisi le menu, pas la carte ! Vous vous rendez compte, le « menu » à dix francs : potage paysan et tripes. Il adorait les tripes : « Mange des tripes, ma chérie, ça me fera plaisir ! » Comment lui refuser un jour pareil ? Je suis allée les vomir dans les toilettes. Il se croyait seigneurial avec son menu à dix francs, vin compris ! Je l'ai quitté. Faites attention dans la vie, mon ami Gaston : les femmes ont plus de mémoire pour les petites choses que pour les grandes.

Lucie apparut dans la sage robe d'écolière.

– Le professeur Duval a téléphoné pour savoir si vous n'avez pas eu trop peur pendant l'orage.

– Peur, moi ? C'est cousu de fil blanc.

– Il a demandé s'il peut passer vous voir.

– C'est plutôt vous qu'il a envie de voir. Difficile de lui dire non.

– C'est bien ce que j'ai pensé.

– Fringuée comme vous êtes, il se découragera.

– « Fringuée » ?

– Habillée, traduisit Gaston, amusé.

– Ah ! vous me trouvez mal flinguée ?

Madame Rose leva les yeux au ciel.

– Il faut une vie entière pour connaître l'argot de Paris. Ahmed n'y est jamais parvenu. Encore moins Sam. Monsieur le duc de Worshire parlait pourtant un excellent français avec un accent à couper au couteau. Je l'entends encore : « meur... dre » quand une voiture dépassait sa poussive Rolls sur la route Paris-Deauville. Ou à table, fier de son nez aquilin, demandant à Louise de Vilmorin : « Est-ce que vous aimez mon long paf ? » Pauvre Sam ! « Pif » et « paf » c'était la même chose pour lui. Je suis persuadée que Toto de Granville se faisait un malin plaisir d'entretenir ce genre de confusions chez notre ami.

Lucie s'inquiétait :

– Comment dois-je m'habiller ?

Madame Rose tâtonna du plat de la main la desserte à côté d'elle et renversa la tasse encore pleine de thé.

– Où sont mes besicles ?

La jeune fille les lui tendit et subit patiemment un regard qui la détaillait de la tête aux chevilles.

– Du Chanel, mon enfant. C'est bon pour des siècles. Je parle, naturellement, du vrai Chanel avant que la Grande nous quitte. Le ravissant tailleur vous va comme un bonheur. A peine eu besoin d'une retouche, ce qui prouve que j'étais presque aussi bien foutue que vous au même âge. Je l'ai porté pendant dix ans. A la différence de moi, il n'a pas pris une ride. Et prévenez l'Affreux que Monsieur le cousin Gaston reste dîner avec nous. Ma chérie, vous devez en avoir assez de vous attabler tous les soirs en face d'une momie.

Gaston était libre. Il protesta pour la forme.

– Changez-vous, dit Madame Rose. Cravate noire. Pas de guenilles, s'il vous plaît. Nous ne jouons pas à « autrefois ». Nous y sommes. Mettez-vous ça dans la tête : rien ne s'est passé.

« Autrefois » ? Il était rare qu'elle le rappelât. Sauf

par accès si Gaston se présentait sans cravate, en jeans et chandail, ou que Lucie revenait de son jogging au Bois de Boulogne, en short, ses belles longues jambes offertes sans pudeur au regard des voyeurs. Ces brusques irruptions dans le temps présent l'irritaient fort et Madame Rose le montrait brutalement, se défendant contre le poids de ce XXe siècle si stupide qui inventait des machines inouïes et capitulait devant le seul problème important, le problème de la jeunesse éternelle. En vivant dans un décor immuable – moitié chippendale, moitié art déco –, en habillant Chanel la belle Lucie, en continuant d'appeler « mécanicien » son chauffeur, « praticien » son médecin, « besicles » ses lunettes, en prenant une « médecine » plutôt qu'un médicament, elle arrêtait le temps comme en exigeant de Gaston qu'il vînt dîner en smoking. Peter, immuable, durait depuis un demi-siècle. Seul Saïd aurait pu sembler une nouveauté comme ces serviteurs exotiques qui envahissaient Paris autant par mode que parce qu'il n'y avait plus personne d'autre pour passer les plats, mais elle avait toujours eu – souvenir d'une brève aventure indienne – des serviteurs originaires de Pondichéry. Le premier s'appelait Saïd et les suivants endossaient son nom et une tenue inchangée, au moins pour le service. Par une grâce spéciale, ce siècle s'arrêtait sur quelques épisodes glorieux, et la guerre, l'occupation allemande qu'elle avait vécues aux Etats-Unis ne la marquaient pas au fer rouge comme tant d'autres.

Quittant l'appartement de la rue Guynemer après deux heures passées à entendre ce monologue des jours fossilisés, Gaston, dans la rue, en arrivait à s'étonner des minijupes, de sa propre moto, des femmes sans chapeau, des avions à réaction qui laissent une longue traîne de mariée dans le ciel, des affiches de cinéma avec des femmes nues ou des colosses armés d'énormes pistolets pulvérisant l'ennemi. De retour dans sa garçonnière du Champ-de-Mars, il branchait son électrophone, écoutait Stravinski ou Satie. Sa mère téléphonait :

– Alors, comment l'as-tu trouvée ?

Il était en train de dessiner une Lucie après l'orage.

– Trempée de la tête aux pieds. Un chat tombé dans la Seine.

– Vous avez été pris par l'orage ! Ah ! comme je suis heureuse ! Je me doutais bien que vous sympathiseriez et que vous vous reverriez aujourd'hui. Mon fils est un rapide. Pas trop, j'espère ?

– De qui parlons-nous ?

– Mais d'Odile, voyons, la nièce des du Chesnes.

Il posa l'écouteur, découragé. La voix continuait. Un débit si précipité qu'il n'aurait, de toute façon, pas pu le suivre. Et puis, le silence soudain...

– Gaston ! Gaston, tu ne m'écoutes pas !

– Je n'écoute que vous.

– Encore cette Céline. Elle en veut à ton argent, à ton nom.

– Vous êtes, Dieu merci, bien vivants, Papa et vous. L'héritage n'est pas pour demain. Quant à mon prénom, il a rarement affolé les femmes.

– Un prénom de famille. Nous sommes gens de

tradition. Et puis je te prête un appartement pour que tu puisses te livrer à tes passe-temps sabbatiques !

Il ferma les yeux. Dans quel monde vivait-elle ?

– ... alors, si ce n'est pas Céline, qui est-ce ? A moi, tu peux tout dire.

Le pire était qu'elle le croyait.

– Une jeune étudiante qui s'appelle Lucie.

– Je connais ses parents ?

C'en était trop.

– Peut-être son père si vous avez pris un autobus à Québec.

– Qu'est-ce que tu racontes ? Je n'ai jamais pris l'autobus à Québec.

– Ni ailleurs sans doute. Je disais ça seulement parce que le père de Lucie est chauffeur d'autobus.

Madame Mère éclata de rire.

– Tu as une de ces imaginations, mon garçon ! Tu devrais écrire des romans.

– Pardonnez-moi, j'arrête là. Il faut que je retrouve ma cravate noire.

– Tu as un grand dîner ce soir ? Ah ! comme je suis contente... Je t'embrasse.

Il brancha le répondeur, pas très content de soi. C'était trop facile de marquer des points avec elle qui prêtait si bien le flanc. Par amour-propre, elle ne rappellerait pas pour savoir où il dînait, mais demain la curiosité serait la plus forte et, de nouveau, il s'amuserait à l'égarer. Le jeu datait de ses seize ans quand, le hasard ayant mis sous ses yeux une brûlante lettre d'Hippolyte, déjà fort ancienne, il avait découvert avec une surprise amusée qu'elle n'était pas celle qu'elle prétendait être. Agacé quand elle donnait dans la morale, il était cent fois tenté de la confondre, mais c'eût été blesser gravement leurs rapports. Les liait un secret que chacun gardait jalousement de l'autre bien qu'il fût le même pour les deux. En toute innocence, elle le croyait ignorant de ce secret et il la croyait ignorante qu'il le tînt d'un moment de désordre. Face au miroir de la salle de bains, Gaston ajusta son nœud papillon, aplatit à vigoureux coups de brosse ses cheveux rebelles : le grand front de dilaté, la mâchoire forte, les yeux légèrement bridés ne permettaient guère de doutes. Monsieur le ministre avait-il jamais fait le rapprochement avec son excellent ami Hippolyte ?

Peu avant minuit, selon le rite, Saïd prit Madame Rose dans ses bras et la descendit rue Guynemer où l'attendait la limousine de Peter. Gaston et Lucie les accompagnaient. La jeune fille voulut border la couverture qui couvrait les genoux martyrisés.

– Laissez, ma petite, la nuit est chaude et vous privez Peter de la joie de me pouponner. Gaston, bonsoir, j'espère que vous ne vous êtes pas ennuyé.

Non, ça ne l'ennuierait jamais d'écouter Lucie lire, comme chaque soir après dîner, quelques pages d'un auteur aimé de Madame Rose. La soirée avait été proustienne et on imaginerait difficilement situation plus comique que Lucie lisant de sa voix posée, comme la chose la plus naturelle au monde, le passage de *Sodome et Gomorrhe* où le regard de Charlus rencontre celui de Jupien, et ce qui s'ensuit. A la célèbre exclamation du giletier devant le baron déculotté :

« Vous en avez un gros pétard ! », si étrangère au langage fleuri de Charlus, Gaston avait éclaté de rire devant le regard perplexe de Lucie.

– Pétard ! Pétard ! Je ne comprends pas.

Joie de Madame Rose peu embarrassée de crudités : trois lettres suffisaient.

Saïd étant remonté dare-dare reprendre sa veille devant la télévision, et la limousine tournant déjà dans la rue d'Assas, Gaston se retrouva seul sur le trottoir avec Lucie.

– Nous n'allons pas nous séparer comme ça, dit-il, je vous emmène.

– Où ?

Ce « où » était déjà un « oui ».

– Rue Princesse, chez Castel.

– Pas en tailleur Chanel. Je me change. Attendez.

D'interminables minutes après, elle réapparut en fourreau blanc au ras des fesses, les cheveux dénoués, les yeux fardés. Une autre. Une autre qui, d'un geste autoritaire, dénoua le nœud papillon de Gaston, déboutonna le col de la chemise et le prit par le bras.

Rue Princesse parce qu'on le voyait en compagnie d'une inconnue et sans conteste une de ces fleurs nordiques qui tiennent plus du modèle de haute couture que de l'étudiante en Lettres, les habituées se montrèrent particulièrement enthousiastes et familières : « C'est toi, Gas ! Gas est revenu ! » ou, pour une ou deux jalouses : « 'soir, Tonton ! Tu t'emmerdais sans nous ? » Le regard brillant, Lucie s'amusait autant de le découvrir sous un autre jour qu'il s'étonnait de la voir trépigner d'envie de danser au sous-sol. Dévalant l'escalier en colimaçon, elle se trémoussa sans l'attendre, les bras levés, découvrant d'admirables aisselles plus suaves encore que son cou, ses épaules nues. Il avait déjà rêvé d'un poème sur les aisselles d'une femme – en fait, celles de Céline –, poème qu'il n'écrirait jamais. L'image de Lucie, bras en l'air, tête penchée ou renversée, vibrant au son d'un rock à deux temps, zébrée par les éclairs rouges, bleus et verts d'un projecteur tournant, appelait une étude de la question plus approfondie. Epuisés, ils s'arrêtèrent pour remonter au bar qu'on appelait le bar de l'escadrille où les pithécanthropes du club retrouvaient chaque soir leurs bouteilles privées et se racontaient, vite éméchés, les exploits du temps passé, les virées formidables, les batailles de tartes à la crème, les filles qui sautaient dans les voitures pour se réveiller le lendemain sur la plage de Saint-Tropez et, les yeux gonflés de sommeil, plongeaient nues dans une mer à peine fraîche. De ces surenchères de forfanterie, Gaston ne goûtait plus guère le charme. Certes, il ne regrettait pas de s'y être donné comme on se donne à une thérapie instinctive et parce qu'il n'y a rien de pire que l'ennui. Lucie écoutait en souriant, peut-être amusée de découvrir les quelques folies qu'on prêtait, non sans perfidie, à Gaston. Elle s'amusa encore plus de son embarras quand la voix insidieuse d'une minette aux cheveux rouge sang demanda des nouvelles de Céline.

– Depuis qu'elle t'a rencontré ici, elle n'est revenue que deux fois avec toi. Les bonnes langues assurent que tu la séquestres.

– Elle voyage, dit Gaston. Elle donne de ses nouvelles par cartes postales. La dernière fois, elle chassait le phacochère aux environs de Bangui.

L'idée des phacochères était mauvaise : au moins cinq d'entre les piliers du bar les avaient chassés, trois autres préféraient tirer un éléphant, deux ne juraient que par les ours de Colombie-Britannique. Entre chasseurs on ne se cède pas facilement la parole. Gaston se retourna : disparue Lucie. Le barman l'avait vue descendre au sous-sol. Eh oui... elle dansait avec un grand type au front ceint d'un bandeau maintenant ses cheveux blonds. Gaston retourna au bar.

– Rassuré ? demanda, lissant sa moustache en croc, un trois-pommes qui mettait son monocle chaque fois qu'un décolleté passait à portée.

– Oui, c'est son frère.

– Elles ont toutes des frères doués d'ubiquité. Il est urgent de rétablir le service militaire obligatoire. On veillerait aussi bien qu'eux sur les petites sœurs pendant qu'ils feraient les zouaves en Bosnie.

Gaston ne releva pas. Il en resterait à l'énigmatique réponse : « Et si je vous disais que c'est mon frère ? » Un peu de dignité, éviter le piège si malicieusement tendu. Lucie de retour, il la prit par la taille et la serra ostensiblement contre son épaule. Elle teignit le rebord du verre de Gaston d'une touche de rose corail qu'il porta à ses propres lèvres.

– On part ? dit-elle avec une moue de regret. Madame Rose ne tardera pas.

Place Saint-Sulpice, une main appuyée sur l'épaule de Gaston, elle se déchaussa. Comme elle frissonnait, il ôta sa veste de smoking et lui en couvrit les épaules.

– Tu sais ce que j'aimerais, dit-elle. D'abord que tu portes mes chaussures et ensuite que tu m'emmènes sur le tan-sad de ta grosse moto. Je calerais ma joue contre ton dos. Tu me réveillerais au bord de la mer comme font tes copains avec leurs amies. Je n'aurais pas de maillot, mais tu fermerais les yeux, n'est-ce pas ?

Ah ! ce tutoiement si charmant né au plus exquis moment, qu'il l'aima soudain ! Et le jeu des « si » comme dans l'enfance : « tu serais le gendarme et moi le voleur », « tu serais la malade et moi le docteur. »

– Je ferme assez facilement les yeux comme tous les paresseux, mais ça n'empêche pas les mirages. Je vois dans un songe ton... frère... et toi courir dans l'eau pendant que je tiens la chandelle.

L'orage de l'après-midi avait laissé des flaques d'eau dans le trottoir défoncé. Elle dansa pour les éviter, sautant par-dessus, les contournant avec tant de grâce qu'il la supplia de recommencer. Elle sauta dans une flaque, l'aspergeant de la tête aux pieds.

– Voilà ce que tu mérites, Monsieur le cousin Gaston qui ne crois pas que j'ai un frère.

Au croisement de la rue Férou et de la rue de Vaugirard, une bouffée d'air campagnard les accueillit. Un léger vent caressait les feuillages du Luxembourg et s'engouffrait dans le boyau de la rue Férou que Gaston n'empruntait jamais sans une pensée émue pour Athos et une pensée plus sévère pour Madame de La Fayette.

– Vraiment dommage qu'on ferme le jardin la nuit, dit-elle. A défaut de la mer, je me baignerais dans le bassin. Es-tu sûr qu'il n'y a pas un petit trou par où on peut passer ?

– Je crains que non.

– Il paraît qu'à Rome tout le monde se baigne dans les fontaines.

– Tout le monde est exagéré. Seulement les étrangers.

– Dans un film italien, je ne sais plus de qui... il y avait une Suédoise avec de gros seins...

– Un film de Fellini, *La Dolce Vita*, et la Suédoise aux gros seins s'appelle Anita Ekberg. Un film inoubliable comme tous les films de Fellini. Tu n'as vu que ça de lui ?

– Les heures de cinéma sont les heures où je dois m'occuper de Madame Rose.

– Nous arrangerons ça. Je plaiderai ta cause et t'initierai à Fellini. Ou bien... non... je le garde pour moi.

Il se souvenait d'une fille qui avait un très joli derrière mais qui n'aimait pas les poèmes de Valery Larbaud. Du jour au lendemain, il avait cessé de la voir.

– Egoïste !

– Egoïste, non. Prudent, oui.

Devant la porte de la rue Guynemer, elle composa le code et poussa du bras le lourd vantail. Après quelques erreurs de jeunesse, on n'embrasse plus goulûment les jeunes filles la nuit, en les quittant devant leur porte. Gaston tendit la main. Lucie parut si surprise qu'elle hésita et répondit d'une gentille caresse sur sa joue.

– J'ai bien aimé, dit-elle.

– Moi aussi.

Il saisit la main, la retourna et déposa un baiser dans la paume.

– A demain.

La porte refermée, il se retrouva en bras de chemise dans la rue, tenant les ballerines de Lucie dans la main. Des taches claires se dessinaient déjà dans le ciel. Deux hommes en survêtements verts couraient à côté d'une benne dans laquelle ils balançaient des montagnes de cartons et de sacs en plastique, vidaient des poubelles au relent de vomi. Il interpella le plus jeune.

– Tu permets que je te donne un coup de main ?

– Mon pote, faut des gants.

– Je ferai attention.

Glissant dans ses poches les deux ballerines, il accompagna les éboueurs jusqu'au bas de la rue Bonaparte, prenant grand plaisir à engouffrer dans les mâchoires gargantuesques de la benne les détritus de Paris. Demain, la ville serait nette et brillante au réveil de Lucie. Quai Voltaire, les hommes verts grimpèrent dans la cabine du chauffeur.

– Dans quelle direction allez-vous ?

– On prend les quais.

– Pouvez-vous me déposer à la tour Eiffel ?

– Allez, grimpe ! Y a pas de prise en charge. Dis donc, tu te balades toujours avec des souliers de fille dans les poches ? T'as piqué ça dans une boîte ?

– Non, c'est un échange : elle a pris ma veste et laissé ses chaussures. On est forcés de se revoir.

– Pas bête.

A hauteur de l'avenue La Bourdonnais, le chauffeur ralentit, Gaston sauta en marche après les avoir remerciés avec une politesse du temps jadis et regagna son immeuble pour se rappeler devant la porte que ses clés étaient restées dans la veste sur les épaules de

Lucie. Au bout de dix minutes de sonnerie, le gardien apparut. A travers le verre dépoli, on ne distinguait que son énorme silhouette flottant dans ce qui devait être un pyjama rayé. Les gardiens changeaient souvent. Depuis longtemps ce n'étaient plus des Français. Suivant les vagues d'immigration, on avait eu des Espagnols, des Portugais, des Polonais. Le dernier tenant était un colosse lituanien qui entrouvrit de quelques centimètres le vantail. Les explications s'avéraient difficiles. Dans l'homme échevelé, en bras de chemise, maculé de boue, son pantalon déchiré au genou, à la main des chaussures de femme, le gardien comateux de sommeil ne reconnaissait pas le locataire du troisième. Gaston glissa son pied dans la porte et répéta son nom plusieurs fois. L'homme hésita, ouvrit un peu plus, attrapa Gaston par le bras, le malaxant à le briser comme pour s'assurer qu'il ne rêvait pas, et le reconnut enfin. Son visage de pomme blette troué de très petits yeux gris se fendit d'un sourire si réjoui que Gaston crut qu'il allait l'embrasser.

– J'ai perdu mes clés. Vous avez un double ?

– Non, pas clés.

Il se frappa le front, retourna dans la loge et revint avec un passe, un fil de fer et un tournevis. Avant d'accéder au grade d'homme de confiance, il avait dû exercer un métier moins noble et plus aventureux. En une minute, il eut raison du verrou et de la serrure. Gaston lui glissa un billet dans la main aussitôt voracement refermée. Planté sur le seuil, le gardien pencha la tête en avant, examinant le studio encore dans la pénombre bien que la baie restée ouverte occupât un rectangle de ciel déjà pâli par l'aube.

– Merci, dit Gaston repoussant doucement la porte.

– Grand !

Grand n'était pas le mot sauf si on comparait avec la loge sur cour où il s'entassait avec sa femme et ses quatre filles. Dans un monde parfait – et bien que tout le monde en le souhaitant fût décidé à ne pas lâcher d'un pouce le moindre privilège pour précipiter cet avènement –, dans un monde parfait, Gaston aurait dû dire : « Ça vous plaît ? Alors installez-vous donc ici, je me contenterai de la loge », mais serait-ce assez pour museler sa mauvaise conscience ? L'épouse, une baba suivie de quatre petites babas aussi ballonnées qu'elle, ne préférait-elle pas les cinq pièces du sixième étage avec la terrasse et le jardin suspendu où les enfants pourraient jouer à cache-tampon ? Le locataire, un P.-D.G. à la retraite après une vie passionnante vouée au trafic des métaux ferreux, l'occupait seul avec une femme en forme d'idole cycladique.

– Le monde est très injuste, dit Gaston pressé de rompre le silence et persuadé que, même si on n'y pouvait rien, on devait au moins montrer qu'un cœur charitable en souffrait, ce qui ne l'empêchait pas de désirer violemment en profiter encore une fois et passer quelques heures dans le confort.

– Injoust' ?

L'homme comprenait les mots qui désignent les choses : escalier, porte, serrure, fenêtre, en somme tout ce qui se rapportait à ses fonctions dans l'immeuble et au bien-être des locataires, mais les mots abstraits – et rien n'est plus abstrait que l'idée de Justice ou d'Injustice – ne parvenaient pas jusqu'à son entendement.

– Merci encore, répéta Gaston en poussant et fermant la porte avec assez d'autorité pour obliger son libérateur à reculer et peut-être rester sur le palier, la minuterie éteinte, l'oreille collée au battant à épier le sommeil d'un privilégié.

D'un instant à l'autre, le gardien reviendrait avec son passe, son fil de fer, son tournevis pour installer la baba et les quatre enfants. Gaston le voyait très bien en charentaises et pyjama rayé, vautré dans le profond fauteuil en cuir – un souvenir du grand-père –, absorbé dans la contemplation du faîte des arbres, de la Tour vernie par la rosée de l'aube et, en face, des toits luisants de l'avenue Charles-Floquet. La baba se dévisserait à mi-corps pour libérer les quatre petites babas dont les tailles allaient decrescendo, et se revisserait fermement pour se mettre aussitôt au travail. Il la voyait vider le contenu des placards et des tiroirs dans une couverture dont elle ferait un ballot facile à balancer par la fenêtre dans la cour, au pied de la loge où, nouveau saint Martin, il allait emménager. Elle garderait le magnétophone pour amuser les petites, mais pas ses livres qui sont des nids à poussière, ni ses dessins que, au mieux, elle donnerait aux chères petites pour qu'elles les colorient comme le calendrier de la Poste. Le mari se servirait des deux jolies boîtes peintes par Céline pour écraser ses mégots baveux. L'installation resterait provisoire d'ailleurs, en attendant l'occasion de monter au sixième étage d'où l'on a une encore plus belle vue sur l'Ecole militaire et le Palais de Chaillot et où l'on jouit d'un air pur nécessaire aux chères têtes blondes dont une persistante odeur de cuisine à base de choux et de gras-double encrasse les poumons.

Allongé sur le lit sans en ouvrir les draps, enroulé dans un vieux plaid écossais, souvenir de ses grippes d'enfant, Gaston s'abandonna au sommeil. Les rêves répondent rarement à ce que nous souhaitons. Les éboueurs l'entraînèrent boire un ballon de rouge servi par Madame Rose sur le zinc d'un comptoir, les mâchoires d'acier de la benne broyèrent le gardien et sa famille qui poussèrent des cris si indécents et si horribles qu'il se réveilla : deux pigeons se battaient méchamment sur le balcon. La fenêtre fermée, les rideaux tirés, les images du rêve reléguèrent dans un temps improbable la dernière scène avec Lucie. Par chance, elle lui avait abandonné ses ballerines qu'il sortit des poches de son pantalon et déposa précieusement, bien en évidence, sur le désordre de son bureau jonché de papiers, de notes collées à l'abat-jour. Au réveil, il les retrouverait et, avec elles, Lucie à cette minute où ils s'étaient pudiquement quittés, trop pudiquement sans doute. Il aurait dû la prendre dans ses bras et goûter à son visage, défiant la sagesse qui enseigne combien il importe de différer ces plaisirs quand, au risque de les perdre, on souhaite les voir durer.

Vers midi, il ouvrit les yeux. Les ballerines triomphaient sur le bureau, madeleines proustiennes de cette singulière soirée : le dîner au gruaud-larose et dom-pérignon avec Madame Rose racontant comment Alberto Giacometti avait tenté de la violer lors d'une séance de pose, Lucie en sage et distingué tailleur Chanel, puis, en un tournemain, changée en sirène et se tortillant comme une vis sans fin dans la lumière bigarrée des projecteurs, bras levés découvrant ses jolies aisselles blanches, le bar et la discussion entre chasseurs sur la meilleure manière de tirer le phacochère, le verre où elle trempait ses lèvres avant lui, le retour et le gymkhana par-dessus les flaques d'eau, le final devant la porte. Au pied du lit gisaient la chemise au col empesé, le pantalon maculé de boue et déchiré au genou. On ne s'offrirait jamais de fêtes si on en imaginait les conséquences le lendemain.

Il examina les ballerines : marque italienne, souple cuir noir, avec un nœud crêpé et, bien qu'elles ne fussent pas neuves, aucune de ces cassures, aucune de ces déformations qui trahissent un pied imparfait. Il n'y a rien de plus indiscret qu'une paire de chaussures. Beaucoup plus révélateur qu'un linge intime. Gaston cherchait le défaut qui lui rendrait l'avantage. Dans *La Tempête*, Ferdinand se plaint que les femmes dont les plus nobles grâces lui inspirent de l'amour découvrent soudain un défaut caché, même à peine sensible, qui ruine ses espérances et leur porte un coup fatal. Avec Lucie, il y avait juste une petite faille, sa réponse à une question en apparence anodine : « Et si je vous disais que c'est mon frère ? », réponse à laquelle les apparitions « spontanées » du grand jeune homme aux cheveux blonds prêtaient une ambiguïté dont elle jouait avec plus d'art qu'on n'aurait pu en attendre de sa part.

Gaston interrogea le répondeur. Sa mère, bien sûr !

Pour dire quoi ? Qu'elle ne voulait pas le déranger quand il était plongé dans ses « lectures ». En somme, par une de ces pures maladresses dont les mères ont le secret, elle le dérangeait pour dire qu'elle ne le dérangerait pas. Incapable de le lui reprocher, il s'estimait déjà heureux qu'elle eût promis de ne plus passer à l'improviste vérifier s'il ne manquait de rien.

Deuxième appel. Céline, cette fois : depuis la nuit de Pontchartrain, elle s'inquiétait. Sans raison, bien entendu. Elle terminait : « Tu as toujours eu un peu de mal à être heureux » suivi d'un second message plus ironique : « Je te serais reconnaissante de ne plus raconter dans tout Paris que je chasse le phacochère à Bangui. D'abord, je ne sais pas ce que c'est qu'un phacochère, ensuite voilà six mois que je n'ai pas bougé de France. Les confidences, la nuit, au bar de l'escadrille, c'est la traînée de poudre dans Paris. Incidemment, j'espère que Mademoiselle Lucie a aussi bon caractère que moi. Je t'embrasse. »

Il leva les yeux vers la grande photo de Céline encadrée devant lui sur l'étagère : cheveux ébouriffés, fume-cigarette à la main, la stupéfiante beauté de ses yeux noirs, le pli amer aux commissures des lèvres. A l'époque, il avait dix-huit ans.

– Gaston, vous ne m'écoutez pas !

Il sursauta. Depuis un moment – il n'aurait su dire quand – ses pensées couraient ailleurs, son regard se perdait dans le feuillage des grands arbres masquant les profondeurs du jardin qu'il n'appellerait plus jamais que le jardin de Lucie.

– Mais si ! je vous écoute.

Molle était la protestation. Madame Rose ne s'y trompa guère. Elle se pencha en avant pour mieux scruter le visage du jeune homme, mettant soudain à nu, sorti de la corolle de dentelle, un cou d'une longueur inusitée. Soutenu par deux tendons tirant sur la peau quadrillée de rides, ce cou évoquait à s'y méprendre une gargouille, la tête d'une tortue émergeant de sa carapace pour happer une feuille de salade.

– Mon pauvre ami, ça ne va pas ! On vous mène par le bout du nez. Cette femme a trop d'ascendant sur vous. Aimez votre âge, même plutôt moins. Aurait-elle six mois de plus que vous ce serait encore trop.

Gaston sourit de la confusion. Il ne la dissiperait pas. Madame Rose appuya sur la sonnette à portée de sa main. Dans la seconde, la porte s'ouvrit, poussée par le chariot de Saïd apportant le whisky, l'eau à gaz, les salés gâteaux, le thé, les toasts. Les rites sauvent du désordre les jours les plus distraits.

– Gaston, vous beurrez mes « rôties » pendant qu'elles sont encore chaudes et vous étalez une fine lamelle de marmelade.

– Je risque de n'être pas aussi adroit que Lucie.

– Vous ferez sûrement ça très mal, mais elle n'est pas là. La pauvre chérie affichait une figure si chiffonnée, si pâlotte que je l'ai envoyée chez mon praticien.

– Duval ? Mais il est gynécologue !

– Mon cher, c'est de là que, souvent, tout vient.

L'idée que Duval, sous prétexte de soigner la gueule de bois de Lucie, en profiterait pour se rincer l'œil irrita si fortement Gaston qu'il bondit de son siège et tapa du pied. Saïd, prompt comme une souris, sortit en claquant la porte.

– Qu'est-ce qui vous prend, Gaston ?

– Vous avez fait exprès !

La force de Madame Rose avait toujours été de montrer un calme admirable quand on se mettait en colère devant elle.

– Ce Duval est un ami de Maman. Je le connais. Il a la main baladeuse. Sa seule excuse est qu'il n'y a pas de pire emmerdeuse que sa femme.

– Eh bien, pour une fois, sa main caressera la beauté. Après tant de femmes gonflées comme des grenouilles, quelle timidité doit être la sienne à l'approche d'une chair virginale ! J'ai hâte de savoir ce qu'il en pense.

– Un cachet d'aspirine aurait mieux fait pour la mauvaise mine de Lucie. Son estomac habitué aux laitages, peut-être à la viande d'ours arrosée de jus de pomme ne supporte pas le bordeaux, le champagne et le canard à l'orange.

– Son éducation est à compléter. Elle n'apprendra pas à vivre en passant ses matinées à la bibliothèque de la Sorbonne. Ne vous agitez pas comme ça. C'est peut-être une simple migraine. Lucie a de l'avenir.

– Dans quoi ? La galanterie ?

Madame Rose rit franchement.

– La beauté est un capital qu'il faut se dépêcher de placer pour en toucher de gros intérêts. Avec le temps, il se dévalue très vite.

– Je ne suis pas sûr d'apprécier la comparaison du corps de Lucie à un capital.

– Dites-moi, mon cher cousin, ne seriez-vous pas

un peu… comment m'exprimerais-je… un peu… concerné par Lucie ? Je gardais l'impression qu'elle n'est pas votre genre.

– Je ne suis pas sectaire.

Madame Rose poussa un grand soupir.

– Nous voilà bien !

La tête de Saïd apparut dans la porte entrebâillée :

– Tu oublies pas ta veste de smoke, Monsieur le cousin. J'ai b'ossé.

– Merci.

Gaston dut s'expliquer.

– Ah ! bon… dit-elle, et vous rapportez ses ballerines ?

– Non, je les garde en souvenir. Je lui en offrirai de neuves si vous lui accordez cinq minutes de liberté.

– Rien du tout. Je l'enfermerai à clé dans sa chambre.

– Vous êtes la pire des égoïstes.

– C'est un compliment que l'on m'a souvent fait.

Difficile d'avoir le dernier mot avec elle.

– Où reprenons-nous ? dit-il avec une brusquerie agacée.

Madame Rose leva les yeux au ciel.

– Je ne savais pas que c'était à ce point ! Rassurez-vous. Duval est un frôleur et je m'étonnerais que ma Lucie ne sût pas se défendre. Revenons à ce cher Pami…

Madame Rose but son thé, mordilla un toast et prit sa respiration :

– Quand Anatole me laissa la maison du Cap-Martin sans papier dans les toilettes ni même une caisse de champagne dans la cave…

– Vous lui aviez « emprunté » son peignoir...

– Ça ne meuble pas une maison... J'ai été si dégoûtée que je l'ai mise en vente le jour même avant de repartir pour Paris. Gare de Lyon, je descendais du Train Bleu... mon avocat attendait sur le quai, frétillant comme...

– Je vous en prie, ne dites pas comme un gardon.

– Gaston, vous reviendrez quand je vous sonnerai. Aujourd'hui, filez avant que j'appelle Saïd au secours...

– Pardon !

– Il n'y a pas de pardon.

– Si ! Continuez...

– Alors, servez-moi une seconde tasse de thé... merci... Qu'est-ce que je disais ? Ou plutôt : que disais-je, Monsieur le puriste ?

– Epaminondas Sotorakis achète votre maison sans l'avoir vue.

– En fait, il voulait seulement m'être présenté.

– Etait-ce si difficile ?

– Oui. Dans le monde où je vivais, un homme trop riche était suspect.

Gaston laissa filer. On ne se bat pas sur les mots quand le dernier témoin remonte le cours du temps. A la Bibliothèque nationale, les journaux de l'époque racontaient avec force photos le fabuleux mariage à Nice, le feu d'artifice qui embrasait la baie des Anges. *L'Illustration* lui consacrait un numéro spécial et, fait exceptionnel, le *Tatler* une demi-page bien que le Kyrios Epaminondas Sotorakis n'appartînt pas à la « gentry ». *Vogue* publiait une photo du collier de diamants de chez Cartier que portait glorieusement la jeune épousée le matin du sacrement à l'église orthodoxe de Nice. Dans la vieille femme tassée au creux de son fauteuil orthopédique, le cou replié sous la collerette de dentelle (la tortue se retirait dans sa carapace, mais l'œil veillait), Gaston retrouvait difficilement la mariée radieuse, un bouquet de camélias serré des deux mains contre son audacieux décolleté, au bras d'un homme qui lui arrivait à peine à l'oreille. Pami, en redingote grise, le haut-de-forme gris recoiffé dès la sortie de l'église en retard d'une marche sur le parvis pour être à la hauteur de Rose, arborait la satisfaction voilée de modestie d'un homme qui vient de réussir un joli coup de Bourse et de rafler la majorité d'une société par actions. *L'Excelsior* étalait une page entière de ses jouets : le trois-mâts rebaptisé *Rose-des-Vents*, l'hydravion quadrimoteur particulier, le palais vénitien, le haras de Chantilly, le duplex de Park Avenue... enfin le bonheur pour ceux qui aiment ça. Dûment arrosée, la presse à scandale ne publiait pas le nombre de suicides provoqués par ses spéculations à Wall Street, au Stock Exchange, à la Bourse de Paris.

– Aussitôt après le mariage, continuait Madame Rose savourant, les yeux mi-clos, ces jours de gloire, nous avons mis la voile pour Corfou, son île d'où il était parti à seize ans, les pieds nus dans des espadrilles et, pour tout vade-mecum, un grand parapluie noir à bec, un bien de famille qui, pendant trente ans, l'a suivi partout dans une jolie boîte en cuir de chez Holland and Holland, portée par un valet affecté à sa seule garde. Cher Gaston, ces huit jours en mer je ne les oublierai jamais. Je vomissais mes tripes et me disais, tout le temps de la traversée, claquemurée dans ma cabine : « Si c'est ça le mariage, on ne m'y reprendra plus. » Pami, sur le pont, aux anges dans la tempête, jouait les marins de Conrad. Enfin... sans le savoir, cet homme exceptionnel n'ayant jamais – vous m'entendez : jamais – ouvert un livre de sa vie, à plus forte raison un roman. Toutes les heures, il descendait me voir en se pinçant le nez : « Alors, ça va mieux ? » et tapotait l'oreiller. En vue de Corfou, il a eu pitié et nous avons mouillé dans la baie de Paléocastrizza. Ça ne vous dit rien, mon ami ?

– Oui, je connais, j'y suis allé faire du ski nautique et de la planche à voile.

– Vous me provoquez. En ce temps-là, il n'y avait ni ski ni planche à voile, juste le silence brisé par la cloche du couvent sur son gros rocher. Pami a fait porter aux moines du caviar et de la vodka. Un peu d'argent aussi, je crois. Il était très pieux. Je suis montée sur le pont pour la première fois depuis le départ. Ah ! mon cher, la lumière de Grèce, le bleu de la mer Ionienne ! Pami exultait. Cet homme qui aurait pu acheter la moitié du monde redevenait un enfant une fois sur son île. Dans un élan romantique qui en aurait étonné plus d'un, il m'a dit : « Ma chérie, tu as dû te demander pourquoi je ne voulais pas faire l'amour avec toi avant d'arriver à Corfou, eh bien c'est que j'attendais d'être chez moi pour faire de toi une Grecque ! » A ce moment-là, il a remarqué, au milieu de la baie, une barque rouge et verte, toute pourrie. Un vieil homme en haillons, coiffé d'un chapeau de jardinier, ramait à genoux, traînant une ligne qu'il tirait de temps à autre pour amener un pauvre petit poisson. Au comble du bonheur, Pami m'a dit : « Tu vois, Rose, lumière de ma vie, mon père pêchait comme ce vieux. Tous les matins, il partait dans sa barque et rapportait du poisson à la maison. Le reste – pas beaucoup ! – il le vendait. » Je l'entends encore crier au vieil homme quelque chose comme : *« Barba Yanni, elado ! »* Le vieux, à demi sourd, n'entendait rien. On lui a envoyé une chaloupe qui l'a remorqué de force jusqu'à l'échelle de coupée. Furieux, il nous insultait en levant le poing. Pami a sauté dans sa barque et l'a calmé. Ils ont pêché ensemble toute la journée. L'équipage les regardait, applaudissant chaque fois qu'ils remontaient un malheureux poisson rouge. Ces deux-là faisaient une bonne paire. Du *Rose-des-Vents*, on leur a envoyé une dame-jeanne de vin résiné, du pain, des olives noires et du fromage blanc. Ils ne voulaient rien d'autre. De temps en temps, le vieux remplissait d'eau de mer une boîte de conserve, la versait sur son chapeau de paille et sur la tête de Pami. On les voyait rompre le pain, boire à la régalade, compter leur pêche. Le soleil se couchait quand ils ont regagné le bord. Le vieux a refusé de monter, partagé les poissons et ajouté une belle daurade spécialement pour moi. Pami lui a offert cent drachmes – une fortune à l'époque – que le vieux, malgré son orgueil, n'a pas refusées. Il est reparti le dos rond, tout noueux, poussant ses grosses rames jusqu'à la plage où l'attendait une femme en noir qui l'a aidé à tirer la barque au sec. Pami étreignait ma main : « Tu vois, ma chérie, mon père était exactement comme lui et lui il aura peut-être un fils qui sera l'homme le plus riche et le meilleur du monde. Voilà les Grecs ! » Cher Pami, écarlate de sa journée au soleil, les bras, la nuque rouges... non, je ne dirai pas comme un coq, Gaston... je dis rouge comme une langouste qu'on sort de l'eau bouillante. Le soir, j'ai mangé seule ma daurade, il n'a pas pu dîner. Une migraine à hurler, les yeux injectés de sang. Il s'est couché avec une fièvre – non pas de cheval, Gaston, vous ne m'y prendrez pas ! –, une fièvre de plus de 40, de quoi tuer un bœuf... Le capitaine a envoyé chercher un médecin à Kerkyra. Un gros homme est arrivé en fiacre peu avant minuit. Trois hommes l'ont hissé à bord. J'étais à côté quand il a soulevé les paupières de Pami et pris un air docte et méprisant pour lâcher juste un mot que j'ai retenu à jamais : *« Péthané ! »* comme si, du haut de sa science, il parlait à des imbéciles qui le dérangeaient pour un bobo. Je crois qu'on avait interrompu sa partie de jacquet. Nous n'avions, Pami et moi, pas eu la nuit d'amour qui devait faire de moi une Grecque. Je suis restée française. Le lendemain, pavillon en berne, le *Rose-des-Vents* a contourné l'île pour aller mouiller dans le port de Kerkyra. Les quais étaient noirs de monde et de popes qui se chamaillaient déjà pour savoir qui dirait l'office des morts. D'autres vautours ont fondu sur nous. Je parle des enfants d'un premier mariage arrivés par l'hydravion. Ils ont eu la décence de me renvoyer en France par l'Orient-Express avec un peu de monnaie pour les pourboires, mes dry Martini et des cigarettes.

– Vous avez quand même gardé le collier.

– Pas du tout, cher Gaston ! En voyage, nous avions apporté sa copie. Le vrai collier dormait dans le coffre de Pami à Monaco. La villa du Cap-Martin n'avait pas été réglée. J'aurais pu faire annuler la cession mais les avocats coûtaient trop cher. J'ai renoncé. Il a fallu remonter la pente.

– Alors, rien ?

– Rien... oh ! si quand même... soyons juste. Le parapluie !

– Vous l'avez ici ?

– Je l'avais ! Vous ne connaissez pas la passion des Indiens pour les parapluies. Terrible ! Obsédante... Ils tueraient père et mère pour hériter le parapluie familial. Saïd fourre son nez partout. Il a ouvert la belle boîte de Holland and Holland et découvert un trésor. Pendant huit jours, il s'est promené dans le quartier, parapluie ouvert malgré le beau temps. Et puis, un soir, on le lui a volé, dans un café, dit-il. Je croirais plutôt dans un hôtel de passe où Monsieur va de temps à autre assouvir ses passions. Adieu, Epaminondas Sotorakis !

Madame Rose piqua du menton, ferma les yeux. Lucie avait oublié les faux cils lors du maquillage de l'après-midi. Dans les rides du visage, les paupières épousaient le globe de l'œil et on ne voyait plus que ces demi-coques de batracien comme les yeux aveugles des statues de l'île de Pâques. Gaston lui prit les deux mains qui répondirent par une légère pression.

– Je suis très fatiguée, dit-elle d'une voix caverneuse. Je dois dormir. Appelez Lucie et revenez demain. Faites attention en traversant la rue. Un cheval est vite emballé. Bonne nuit.

Gaston appuya sur la sonnette et sortit vivement pour se heurter à Saïd.

– Madame Rose n'est pas bien. Lucie est là ?
– La Canadienne est revenue, Monsieur le cousin.
– Dis-lui de venir tout de suite.
– Impossible.
– Va chercher Lucie avant que je te botte les fesses.
– Elle se pu'ifie.
– Qu'est-ce que tu racontes ?

Saïd prit une coupe vide sur la commode et la retourna au-dessus de sa tête en fermant les yeux comme s'il s'aspergeait d'eau lustrale.

– Va voi' toi-même, dit-il en clignant de l'œil.

Restée ouverte, la porte de la salle de bains donnait sur la cabine en verre dépoli. Lucie, de dos, promenait sur ses épaules, ses seins, son ventre, le jet de la douche. Vit-elle Gaston ? Ou le plaisir qu'elle prenait à se « purifier » dépassait-il ce que ce beau corps si doucement sculpté, si sûr de soi, gardait de pudeur ? Quand elle arrêta la douche et sortit à reculons de la cabine pour placer ses pieds dans des babouches en tissu-éponge et saisir un peignoir, il ne bougea pas. Tout dépendait d'elle qui ôta le bonnet, libérant ses cheveux, et s'approcha du miroir du lavabo. Menton tendu en avant, elle lissa de l'index ses sourcils, redressa une mèche. La grimace découvrit les dents très blanches dans les gencives roses. Impossible qu'elle ne l'aperçût pas dans le miroir comme il la voyait. Elle se retourna sans marquer de surprise.

– Rose te demande, dit-il, la voix altérée. Nous avons trop parlé ou plutôt elle a trop parlé. On dirait une grande fatigue.

– J'y vais.

Elle serra sans hâte les pans de son peignoir et noua

la ceinture. Dans le mouvement, il vit – sans savoir encore si c'était une aumône – l'éclair de ses beaux seins un peu lourds, le ventre parfait et les longues cuisses encore rosies par le jet brûlant de la douche.

Dans le vestibule, Saïd attendait, tournant le casque de motocycliste entre ses mains. D'un revers de manche, il feignit de chasser un grain de poussière et le tendit l'air goguenard :

– Tu viens demain, Monsieur le cousin Gaston ? Non, ne va pas, c'est l'affai'e des femmes.

Du salon parvenaient les voix alternées de Madame Rose exténuée, de Lucie rassurante.

– Tu entends ? reprit Saïd. C'est toujours comme ça. La Québecoise est t'ès bonne avec elle.

Plus tard, de chez lui, il appela. Saïd lui passa aussitôt Lucie.

– Juste un petit coup de fatigue, dit-elle. Et puis le passé fait mal. Cette nuit elle ne sortira pas. Je reste auprès d'elle. Le professeur Duval est là. Veux-tu qu'il te rassure ?

– Non, je veux qu'il s'en aille. Comment es-tu habillée ?

– En blouse blanche.

– Et en dessous ?

Elle rit.

– Quel intérêt ? Est-ce que maintenant tu ne sais pas ce qu'il y a en dessous de mes dessous, espèce de voyeur ? Allô... attends une seconde.

Il l'entendit encore proche de l'appareil : « Au revoir, Monsieur le professeur... non, je parlais à mon frère » ; la voix indistincte de Duval et la réponse parfaitement claire : « Oui, il achève ses études à Paris » ; de nouveau un brouhaha duvalien, puis elle : « Entendu, elle dînera au lit. Elle m'obéit assez bien. » Le bruit de la porte qui claque, et, de nouveau, Lucie :

– Il est parti.

– Merci de me faire passer pour ton frère. Combien de frères sors-tu de ta manche quand tu en as besoin ?

– Je déguise et maquille mon frère selon les besoins du jour. Duval est plus généreux que toi. Il me croit.

– C'est un satyre.

– J'attends des preuves. Je ne peux pas te parler longtemps. Madame Rose est seule. Viens demain.

Il raccrocha et appela le cabinet de consultation de Germain Duval. En partant, la secrétaire branchait le répondeur. Gaston, déguisant sa voix, laissa un bref message :

– Le professeur Duval est une ordure.

Tête de la secrétaire quand elle transcrirait le message et le laisserait sur le bureau du médecin. Enchanté à cette idée, il lança plusieurs autres messages, chacun avec une voix et un accent différents, tous aussi insultants. Il en ajouta encore un qui prêtait des vices innommables à Marie-Thérèse Duval, et se sentit aussitôt tellement mieux qu'il appela Céline.

– Bon ! dit-elle. Je sors du purgatoire. Où es-tu ?

– Nulle part.

– Pas très confortable.

– En effet... pas très, mais je me demande si ce n'est pas préférable et si Tantale appréciait sa chance.

– Oh ! Là, je te reconnais. Viens t'expliquer.

– Je peux ?
– Puisque je te le dis.

Quand on arrivait de jour, dès le début de l'allée de peupliers, on apercevait une jolie maison du XIXe, sans prétention, démodée il y a cinquante ans, redevenue poétique avec l'âge, au cœur d'un petit parc protégé des voisins par une haie de tilleuls centenaires et un volubile massif de rhododendrons mauves. Céline conservait les anciens volets pleins qui s'ouvraient le matin sur la pelouse d'un vert agressif dans le doux paysage noyé de brumes flottantes sous le ciel encore frileux. De la vallée parvenait, assourdie, lointaine mais persistante, estompée par la distance, la rumeur de l'autoroute. Si on mentionnait cette rumeur devant elle, Céline tendait l'oreille et hochait la tête avec mépris. Elle n'entendait plus la scie des temps modernes.

Gaston paressait en travers du lit déserté. Il l'entendait préparer du thé, du pain grillé que, dans un instant, elle monterait au premier étage. Pour rien au monde il ne manquait l'apparition de Céline poussant la porte avec son plateau chargé de bols rustiques, d'une théière en argile, d'une motte de beurre de campagne comme s'ils se trouvaient dans la France profonde d'avant les guerres : une héroïne romantique, somptueuse dans son ample robe de chambre noire croisée sur un cou mordoré, sous le casque de sa belle chevelure prématurément grise. Dans ce noble visage tout était finesse sauf l'ourlet un peu fort des lèvres mauves qui trahissait un quart de sang noir fièrement revendiqué.

– Passe ta tête sous l'eau et peigne-toi. Tu as l'air d'un collégien en fugue. On va m'arrêter pour détournement de mineur.

– Céline ! Je vais avoir vingt-cinq ans.

– Oui, dans cinq ans.

– Non. Trois.

– Tu as quand même dépassé le stade où on ajoute : « et demi » pour se vieillir.

Elle posa le plateau sur une table basse près de la porte-fenêtre. Au retour de la salle de bains, il la trouva penchée, beurrant le pain de campagne, sa lourde chevelure argentée masquant ses joues.

– Tu devrais me laisser faire, dit-il. Depuis hier, je possède à fond cet art difficile. En même temps, ce serait me priver de tes mains et de ta robe de chambre qui bâille.

Elle releva la tête et lui jeta un regard si plein de tendre malice qu'il s'arrêta net.

– Non, je t'en prie, ne te moque pas de ce que je t'ai raconté hier. Vous êtes le jour et la nuit.

– J'aimerais la connaître.

– Difficile, elle est enchaînée.

– C'est bien le tour des femmes blanches.

– Nous serions encore au début du XIXe siècle que je t'achetais, te ferrais à la cheville, t'enfermais dans la cave après avoir joui à mort de toi et ne t'en sortais que la nuit à l'abri des regards concupiscents de mes amis, des débauchés sans plus de scrupules que moi.

– Le rêve de tous les hommes.

– Je passe mon temps à rêver.

Quelques jours auparavant, dans une vente, il avait acheté une photo prise par Nadar en 1865 : Sarah Bernhardt à vingt et un ans, accoudée d'un bras à une commode, drapée dans une sorte d'ample burnous qui découvrait à demi ses épaules, le visage incliné, le regard d'une calme et profonde jeunesse attiré par l'objectif. La ressemblance était frappante, à l'exception des lèvres finement dessinées de Sarah et gourmandes chez Céline. « Une Mauresque, avait-elle dit, mais je suis flattée. Elle était consciente de sa beauté. » Ils avaient mis un disque repiqué d'un rouleau en cire pour écouter la vieille voix grave percée d'intolérables aigus, la ridicule emphase. Dieu que la diction muait en un siècle alors que la beauté s'éternisait. Le temps passait sur Céline sans l'effleurer comme il était passé sur l'inoubliable portrait posé par la comédienne. Ah !... oui, ces cheveux grisonnants ! Mais après l'avoir aimée ainsi on ne l'imaginait plus autrement. Des fils blancs étaient apparus dès ses vingt ans : « Je suis la négresse grise », disait-elle, se peignant avec amour devant un miroir, le visage de Gaston apparu derrière son épaule. Au début de leur liaison à épisodes, il posait des questions stupides :

– Pourquoi habites-tu si loin ?

– Loin de quoi ?

– Loin de moi.

– Tu ne vis pas en Terre de Feu.

– Réponds à ma question.

– Mon « protecteur », que tu ne connaîtras jamais, trouve que l'air de Pontchartrain convient à mon teint. Ailleurs, je bronzerais et j'aurais vraiment l'air de la négresse que je ne suis pas. Il est persuadé qu'ici je ne crains pas les tentations et a lu dans Giraudoux que Pontchartrain est le bourg de France où les hommes sont le plus fidèles à leurs femmes légitimes et les maîtresses le plus fidèles à leurs amants. Il y a des statistiques qui ne trompent pas.

– Il ne m'a pas prévu.

– Oh ! si. Mais il te préfère. Il sait qu'avec toi je ne cours pas de danger.

– Pas très flatteur ! Qui l'a si bien ou si mal renseigné ?

– C'est un homme très intelligent et beaucoup plus sensible qu'on ne croit en général. N'oublie pas que tu m'as juré de ne jamais essayer de savoir qui c'est.

– Auprès de toi, je me sens inexprimablement bien et j'ignore pourquoi.

– Il y a deux raisons : nous ne parlons jamais d'amour et tu es un incestueux refoulé.

– Si tu connaissais ma mère, tu ne dirais pas ça.

– Je ne pense pas à ta mère, qui est sûrement très belle, mais à ton goût pour les cheveux gris et aux quinze ans de plus. Quand tu veux tout savoir des femmes, qui vas-tu chercher ? La vieille, vieille Madame Rose.

– Tu oublies Lucie.

– Je m'étonne que tu sois si peu avancé avec elle.

– Laisse-moi du temps.

Ils riaient beaucoup, elle montrait des trésors de tendresse. S'il demandait : « Je peux venir ? » elle l'arrêtait aussitôt : « Non, pas cette semaine. » Il l'oubliait un mois, deux mois et rappelait. Tout reprenait en un soir. Elle vivait dans l'indolence, lisait peu, peignait sur le couvercle et à l'intérieur de boîtes en ébène, en ivoire, des scènes de son enfance à la Martinique, des danseurs ou des musiciens, parfois des combats d'anges et de démons : « Les anges l'emportent toujours, disait-elle. Ne ris pas. Je suis un peintre du dimanche. » Lui : « Non, du lundi... » Ou bien elle relevait haut sa jupe et tendait les jambes aux longs muscles étirés.

– Je me suis arrêtée à temps. Si tu les voyais, mes pauvres copines, à quarante ans, percluses d'arthrite, des genoux de percheronnes. J'ai eu raison d'arrêter.

Elle était venue en France avec les ballets noirs de Dorothea Putnam et Paris leur avait fait une fête.

– Au premier cheveu blanc, à vingt ans, je suis partie.

Ou encore, à une question pressante souvent renouvelée au début, abandonnée par lassitude :

– Bien sûr qu'il m'aime ! Ne suis-je pas aimable ? J'occupe ses pensées... quand... il n'en a pas ! Je ne pèse pas sur sa vie. Je suis là, c'est tout. C'est un homme public. Tu devrais changer ta coupe de cheveux. Tu as l'air d'un joueur de rugby.

– J'ai joué au rugby en Angleterre. Mon père aussi : il a été demi de mêlée.

– Je le sais.

– Comment le sais-tu ?

– Oh ! tu as dû me le dire, il y a longtemps déjà.

Il ne se souvenait pas. S'il s'inquiétait de ses journées solitaires, elle le rassurait :

– A dix heures, après avoir conduit ses enfants à l'école, Nastasia – oui, je sais, elle s'appelle Louise mais trouve ça pas très chic, Nastasia fait plus cinéma –, Nastasia vient et nous parlons pendant qu'elle prépare le déjeuner. L'après-midi, Gaston arrive – je te jure que je n'ai pas fait exprès d'engager un jardinier qui porte le même nom que toi – et, de mon atelier, je le vois tondre la pelouse, tailler les haies, arroser, élaguer mes arbres. Il a des idées : j'approuve toujours. Nous buvons un coup de blanc quand il a fini.

Entre-temps, elle se tenait dans son atelier, un ancien jardin d'hiver, peignait ses boîtes en écoutant, sans se lasser, la musique des ballets qu'elle avait dansés autrefois : John Cage, Ned Rorem, Darius Milhaud, Stravinski, Satie, Auric. Les boîtes s'accumulaient dans une armoire. Gaston – pas le jardinier ! – avait réussi à lui en dérober deux où il semblait bien qu'elle s'était peinte elle-même dansant un pas de deux en maillot couleur de sa chair. Il arrivait à Céline d'aller à Versailles en taxi et de se promener dans le parc en compagnie de Nastasia.

– Naïve comme moi, elle aimerait beaucoup rencontrer le Grand Roi parti depuis si longtemps. Nous n'avons pas de chance. Son fantôme est revenu pour deux vieilles Anglaises qui l'ont raconté partout. Jamais pour nous. J'ai appris quelque part qu'il soulevait son chapeau quand il croisait une chambrière dans les couloirs du château. On ne sait pas qui croire.

Il lui écrivait souvent de longues lettres. Elle ne répondait pas, mais commentait quand il revenait.

– Tu me flattes trop. Je ne suis pas vraiment comme ça. Merci de m'embellir même si je sais bien que mon visage s'alourdit avec l'âge. Après m'avoir perdue depuis ma grand-mère, mes ancêtres africains reviennent me chercher pour me ramener parmi eux.

C'est le retour du mélanisme. Mais je suis heureuse que tu me voies comme une femme assez proche des hommes par le caractère pour ne pas provoquer une passion destructrice de leur immense ego. Une femme qui apporte la paix du cœur à ceux qui en ont tant besoin. Je n'entre pas dans leur vie, et c'est en entrant dans la mienne qu'ils reposent sur des eaux calmes. Il est possible que j'aie été conçue pour accueillir des hommes dévorés d'inquiétudes souvent dérisoires, bourrelés d'hésitations puériles, et pour leur rendre la paix du cœur.

– Et des sens.

– Pourquoi pas ? Tu es bien placé pour savoir que j'aime partager ces plaisirs. Je me répète que si c'est ma raison d'être sur cette terre, c'est que les dieux m'ont voulu du bien. Tu l'as parfaitement compris.

– L'Autre aussi ?

– L'Autre aussi l'a compris. Que veux-tu qu'il cherche auprès de moi ? Ma conversation ? Je n'en ai guère. Mais j'écoute. C'est ma principale qualité. Quand je dansais, je ne parlais pas aux autres danseuses. Je les écoutais. Elles ignoraient tout de moi et je savais tout d'elles. Et aussitôt j'oubliais pour qu'elles n'aient pas honte de leurs confidences. En vérité, l'Autre et toi, vous êtes assez semblables et vous m'aimez bien pour les mêmes raisons et parce que je ne me cache pas. Devant moi, vos défenses tombent.

De chez Céline, il appela la rue Guynemer et tomba sur Saïd. La « Québécoise » venait de partir pour la Sorbonne. Madame Rose dormait, ayant impérativement demandé la visite de Gaston dans l'après-midi, plus tôt même que d'habitude si possible.

Céline polissait ses ongles, occupation silencieuse qui congédiait le visiteur. Elle tendit son front à baiser et resta sur le perron, sa lime à la main, attendant que la moto eût franchi le portail. Dans la cuisine, Nastasia ceignait son tablier et empilait la vaisselle du petit déjeuner dans l'évier. Céline s'assit à la grande table rustique près du cageot contenant les provisions du déjeuner. Elle aimait les vernis rouges, verts et jaunes des poivrons, le violet intense des aubergines, la chair blanche des reinettes, les élégantes fanes des carottes, la peau grumeleuse des clémentines et s'en inspirait souvent pour peindre ses boîtes quand Nastasia en avait fini de donner les dernières nouvelles du monde :

– L'Irlande a encore emporté l'Euro-chanson. Les Français étaient pourtant très bons. Tout le monde est contre nous à cause des bombes à nucléaire dans le Pacifique. Vous prenez un café ?

– Oui. Comment sais-tu tout ça ?

– La télé, bien sûr. Je comprends pas pourquoi vous en voulez pas. Vous vous en servez que pour passer des films en vidéo, et souvent les mêmes comme *La Cage aux folles* et *Le Charme discret de la bourgeoisie*, un drôle de titre et un drôle de cadeau de Monsieur, pour un homme comme lui.

– Ce sont mes meilleures soirées. J'aime être seule de temps à autre. L'idée de ces gens qui entreraient dans ma maison par la petite fenêtre m'ennuie profondément. Je te l'ai dit vingt fois.

– Belle comme vous êtes... c'est malheureux. Ils arrivent pour la nuit. Un brin de causette et hop les voilà repartis à l'aube. Deux monstres d'égoïsme.

– Oh ! arrête !

– Je sais bien que ça vous fâche quand je dis la vérité. Faut pourtant la regarder en face.

– Apporte le café dans l'atelier. Je monte m'habiller.

– Vous habiller ? Voilà encore un grand mot. Vous restez toute la journée dans votre salopette couverte de peinture. Monsieur vient ce soir ?

– Je pense que oui.

– Il ne vous emmènera donc jamais dîner dehors ? Il a les moyens.

– Il est plus heureux ici.

– Dans un sens on le comprend, mais c'est d'un égoïsme... un égoïsme forcené ! D'autres se gonfleraient comme des grenouilles à vous montrer partout : à la Tour d'Argent, chez Maxim's.

– J'y suis déjà allée.

– Il y a combien ? Dix ans au moins.

– Mais rien n'a changé depuis.

La conversation du matin ne variait guère de thèmes. Nastasia rêvait de gloire pour Céline. Céline s'interrogeait : est-ce que je continue la série des papillons ou est-ce que je commence celle des oiseaux ? Elle écoutait distraitement la bonne qui ne désarmait pas et tentait depuis dix ans d'animer la vie de sa patronne sans y parvenir. Cette campagnarde solide et ordonnée puisait sa science du monde dans les magazines féminins et à la télévision. Dix ans avaient suffi pour qu'elle coupe ses cheveux à la garçonne, porte pantalon, roule à scooter, trompe son mari avec le facteur et envoie ses petiots en classe de neige. Tout cela sans un physique fascinant, même un peu d'odeur, mais beaucoup de santé. Céline répondait en quelques mots et partait se réfugier dans l'atelier où elle glissait un disque compact dans le lecteur. Depuis qu'elle avait quitté la troupe de Dorothea Putnam, elle n'était jamais retournée au théâtre voir un spectacle de ballet. A peine, deux ou trois fois, Gaston avait réussi à l'emmener la nuit rue Princesse pour l'anniversaire de leur première rencontre.

– Qu'est-ce que tu as ? demandait celui que Gaston appelait l'Autre et Nastasia Monsieur bien qu'elle sût parfaitement qui il était mais se serait coupé la langue plutôt que de prononcer le nom du visiteur du soir, même devant son mari.

– Qu'est-ce que j'ai ? Mais rien... Rien qui vaille que je t'en parle. Non, je t'assure, je n'ai rien.

– C'est impossible.

– Oh ! peut-être ai-je, parfois, le sentiment que ma vie est une longue et paisible attente du plaisir que j'ai à te voir.

– Et avec Gaston ?

– Gaston se fait plus rare que toi mais je l'aime aussi, à ma façon.

Lucie ouvrit la porte à Gaston.

– Elle s'impatiente. Il n'y a pas eu de promenade avec Peter cette nuit. Je l'ai levée plus tôt. Tu verras...

il y a un changement en elle. Je vais deux heures à la bibliothèque Sainte-Geneviève. Ne pars pas avant mon retour.

– Saïd ?

– Il est devant sa télévision.

Un changement ? Il n'y paraissait guère de prime abord, à part le maquillage plus forcé que d'habitude. Lucie avait eu la main lourde en fardant les yeux et rosissant les pommettes.

– Vous vous faites désirer, mon petit Octave ! dit Madame Rose impérieuse et tapotant des deux mains les accoudoirs de son fauteuil.

– Gaston.

– Quel Gaston ? Nous n'allons pas revenir encore une fois sur cette histoire. Une passade dans ma vie. Asseyez-vous, cher Octave.

Il se résigna à porter le prénom du grand-père cavaleur.

– Il faut qu'aujourd'hui je vous raconte mon extravagant mariage avec Pami et sa mort, sa mort tragique dans les bras de son père.

– Plutôt du vieux pêcheur qui lui rappelait son père. Vous me l'avez raconté hier.

– Cher Octave, vous m'inquiétez. A votre âge on n'a pas ces trous de mémoire. Passe pour moi, mais vous à cinquante ans et dans votre situation...

– Je n'ai ni situation ni cinquante ans, même pas vingt-cinq.

– Vous ne les paraissez pas !

– Parlez-moi du mari numéro deux, Charles Blumenstein.

– Encore ! Enfin... si vous y tenez...

Elle prenait un tel plaisir à se raconter qu'il aurait été cruel d'interrompre ce long récit, pas mal confus bien qu'avec des éclairs de lucidité, qui reconstituait par bribes un portrait en pied de Charles Blumenstein tel que le conservait la mémoire de plus en plus emmêlée et embrumée de Madame Rose.

On aurait, d'après elle, difficilement imaginé homme plus séduisant malgré sa réserve que d'aucuns appelaient timidité bien qu'il fût un mondain souhaité dans tous les milieux parisiens. Au cours de multiples déménagements depuis plus de soixante ans, le tableau de James Tissot le représentant au Cercle, debout sur une marche devant un groupe composé du prince et du duc de Guermantes, du baron de Charlus et de Monsieur de Norpois, ce tableau avait disparu mais des reproductions en figuraient partout dans les annales de l'époque. Charles, un blond-roux au front légèrement dégarni, aux cheveux frisés partagés par une raie médiane, la moustache comme deux charmantes virgules, le regard d'un bleu si limpide qu'on l'aurait cru aveugle, un nez d'une rare finesse presque féminin, des lèvres moqueuses. Sa coquetterie lui interdisait les lunettes et il se contentait, en public du moins, d'un monocle qui soulevait si élégamment le sourcil gauche qu'on croyait toujours le voir manifester un étonnement plein de bienveillance quand on lui offrait un sucre (ou deux) pour son café.

– Il n'en prenait pas, spécifia Madame Rose levant

les yeux au ciel au souvenir de cette particularité si délicate.

Charles, bien que la coqueluche du Tout-Paris, s'amusait énormément à fréquenter des milieux plus modestes où la conversation se révélait moins raffinée que chez la duchesse Dupont-Dufort.

– C'est pourtant là que je l'ai rencontré, dit Madame Rose après un instant de réflexion. Pas ailleurs. Non, ça paraît impossible.

Il avait dû coucher une ou deux fois avec la duchesse. Une chose tout à fait inhabituelle parce que au fond ce genre de promiscuité n'intéressait pas cette dame. Peut-être Charles ne lui avait-il cédé que par goût des mondanités et pour qu'il n'en fût plus question par la suite mais de peur d'être obligé de recommencer encore cette expérience, il préférait depuis quelque temps fréquenter le salon de Madame Blanc-Manger – ainsi l'appelait-on à cause d'un grand-père charcutier – qui réunissait trois fois par semaine un clan de peintres peu connus, d'aspirants écrivains ou acteurs, de demi-mondaines et de jeunes avocats à la recherche d'une clientèle. Pas ennuyeux du tout ces artistes, un peu arrivistes mais si prompts à admirer bruyamment le moindre propos d'un invité jugé utile à leur dessein qu'ils offraient à Charles l'occasion de briller à peu de frais, de les éblouir par ses autres relations auxquelles, pourtant, il renonçait de gaieté de cœur.

Sur le cœur de Charles, Madame Rose en avait des montagnes à raconter. Ce dandy, que l'on croyait seulement occupé de son nœud de cravate et de sa pochette, se dévouait en secret à une œuvre pour jeunes ouvrières abandonnées par leurs amants.

– C'était juste avant qu'elles prissent le pouvoir avec le Front populaire qui ne fit d'ailleurs rien, mais rien ! pour leur assurer la fidélité de leurs amants ! dit Madame Rose avec indignation à l'idée de cette grave lacune dans un programme social.

L'œuvre installée à Fontainebleau, dans un décor discret, recevait chaque semaine la visite de Charles accompagné de quelques amis de son âge. Toujours dans la plus grande discrétion. Il ne voulait pas qu'on le sût si charitable. Par pudeur ? Non, plutôt par élégance naturelle et afin qu'on l'aimât pour lui-même. Le reste de son temps, il l'occupait à écrire un essai capital sur l'utilisation du goudron et du guano dans l'œuvre picturale de Duplacard. Madame n'y entendait pas grand-chose elle-même et, pour tout dire, trouvait que les tableaux de cet artiste évoquaient des gribouillis d'enfant handicapé. Charles aimait la musique bien qu'il fût lui-même incapable de jouer d'un instrument. Mais pas Wagner ! Surtout pas Wagner ! Il préférait les simples mélodies et s'était pris d'amitié pour un jeune compositeur, auteur d'une ravissante sonate : « Tes grands yeux noisette » qu'il ne pouvait entendre sans ressentir aussitôt comme une espèce de sanglot intérieur à grand mal réprimé. Avec une malice inattendue de sa part, Madame Blanc-Manger, dès l'entrée de Charles dans son salon, faisait signe au pianiste invité de jouer une phrase de la sonate pour embarrasser son ami. Dans ce milieu... comment dirons-nous ?... un peu... composite, Charles brillait par des répliques à double sens qu'on se répétait sans toujours discerner s'il y mettait de l'ironie ou s'il fallait en admirer la profondeur de vue. Quand la maîtresse de maison achetait un Picasso – probablement faux – et sollicitait son approbation, il ajustait son monocle, reculait d'un pas après avoir examiné la signature et, d'une voix à peine audible, lâchait un : « J'adore le picassisme » qui soulevait un murmure inquiet : devait-on admirer ou ricaner ? Pareillement avec un Matisse également douteux : « C'est très matissé. » Le mot courait Paris et on riait de Madame Blanc-Manger.

Les années du Front populaire avaient été dures, très dures pour Charles, non qu'il n'eût pas pris, grâce à la Suisse, ses précautions contre les dévaluations successives, mais à Paris on ne respirait plus le même air, les valeurs traditionnelles étaient battues en brèche. Monsieur Blanc-Manger, qui possédait des filatures dans le Nord, avait été enfermé par ses ouvriers dans les toilettes d'une de ses usines. Quarante-huit heures pendant lesquelles il n'avait pu boire qu'un peu d'eau en tirant la chasse. Une bonne âme lui ayant balancé un sandwich par la lucarne, le maladroit industriel l'avait laissé tomber dans le siège des cabinets où, malgré sa faim dévorante, il n'avait pas osé le repêcher. Monsieur Blanc-Manger y serait encore, réduit à l'état de squelette, si son épouse ne s'était précipitamment inscrite au parti communiste après, à l'exemple de la baronne Marie-Gertrude de Ruesbach, s'être commandé une broche en forme de faucille et de marteau, chef-d'œuvre d'un joaillier de la rue de la Paix. En rubis, bien entendu. Beaucoup, même parmi les plus fidèles, avaient déserté le salon de cette opportuniste qui vendait ses Derain et Vlaminck, peintres réputés de droite, pour ne garder sur ses murs que des Picasso, Matisse, Léger, Pignon dûment inscrits au Parti. Ecœurés, Charles et Madame Rose étaient partis pour les Etats-Unis, vivre dans le Connecticut où la famille Blumenstein possédait un château façon médiévale. Sombres années de guerre ! Le monde brûlait ! Charles, ayant oublié à Paris le manuscrit de son essai sur Duplacard, errait sombre et désorienté dans le château désert.

– Et moi je m'ennuyais ! dit Madame Rose, la voix éraillée par le long monologue. Autrefois, pendant les guerres, les femmes réunies pour préparer de la charpie à l'intention des grands blessés ou empaqueter des pots de confiture destinés aux prisonniers, donnaient l'impression de contribuer à la victoire de leurs défenseurs, mais aux Etats-Unis on trouvait de tout, même en temps de guerre. Oui, je m'ennuyais. Sauvagement. Avec pour seule distraction de lire Proust en anglais, la seule édition disponible à l'époque. C'est très bien en anglais, vous savez. Par moments même je crois que ça l'améliore. De retour à Paris après la Libération, nous avons partagé les privations des Français. Charles dépérissait. Dans notre hôtel particulier de la plaine Monceau, il a commencé par faire chambre à part et à fermer la porte communicante. J'ai regretté. C'était, comme on dit, un homme bien sous tous rapports et les rapports les plus intimes avaient un grand charme. N'attendez pas que je vous donne des détails. Pas mon genre. Enfin, de la chambre voisine, il est passé à une chambre plus petite au premier étage, puis à une autre encore plus petite au deuxième, enfin sous les combles pour finir dans la nurserie où il dormait recroquevillé dans un lit de bébé laissé par les précédents propriétaires, bien inutilement, hélas, puisque je n'ai jamais pu avoir d'enfant. J'ai compris que Charles ne tournait plus rond !

– Et de trois !

– Comment « et de trois » ?

– Oui, Jean-Baptiste Couvert, Juste Saint sont morts à Charenton.

– Mais pas Charles ! Charles est mort dans son berceau, étouffé dans son oreiller. Le docteur Cottard appelé d'urgence...

– Je croyais que c'était Duval.

– Cottard j'ai dit. Ou Duval. Peu importe. Oui, il a diagnostiqué une asphyxie par biberon et un arrêt du cœur. Pas étonnant pour un homme qui en avait tant. Mis au courant des déménagements successifs de Charles, Cottard-Duval a dit : « C'est kafkaïen. »

Le salmigondis des dates s'avérait tel qu'il devenait impossible de situer les derniers avatars de Madame Rose dans la deuxième moitié du demi-siècle : veuve éplorée, muse parisienne, ambassadrice occulte du général de Gaulle... jusqu'à la faute !

– Qui n'en fait pas ? dit-elle. Bien malignes celles qui ne se laissent pas piéger un jour.

Une femme a vu toute sa vie les hommes tomber à genoux devant elle. A l'âge mûr (légère toux de Gaston) soudain, comme un don du ciel, un jeune homme s'éprend d'elle. Il est beau, élégant, passionné de musique, ne manque pas un concert, zozote avec charme. La lecture matinale de l'édition internationale du *Herald Tribune* le tient au courant des affaires du monde et donne à sa conversation un vernis et une aisance admirables. Un détail se révèle pourtant d'importance : le jeune homme refuse de fonctionner hors mariage. Il faut donc l'épouser. Madame Rose hésite longtemps puis se jette à l'eau, si l'on ose dire. Nuit miraculeuse, mais sans suite. Le jeune homme a montré ses capacités et désormais préfère les compagnons de son âge et des fêtes plus secrètes.

– J'avais épousé un maquereau et un pédé ! s'écria Madame Rose soulevée par une colère ancienne qui ne tenait pas seulement au souvenir des millions envolés mais aussi à l'humiliation d'avoir été jouée. Je lui ai donné son congé comme à un domestique, sans même ses huit jours. Vlan, dehors.

– Il y a beau temps qu'un domestique renvoyé demande plus que ses huit jours de gages.

– On n'en finit pas de payer le Front populaire. A la porte, à la porte !

Ce dernier effort l'avait épuisée. Madame Rose ferma les yeux.

– Je crois, dit-elle, la voix sourde, que je vais dormir un petit coup. Mon cher Octave, soyez bon de prévenir la jeune fille blonde... vous savez de qui je parle. J'ai grand besoin de la sentir près de moi.

Gaston en aurait bien dit autant. Les yeux de Madame Rose se fermèrent, la tête s'affaissa, dévertébrée.

– Oui, je dois dormir un petit coup, murmura-t-elle encore.

Il inclina en arrière le dossier et cala la tête entre

deux coussinets. Le terrible effort qu'elle venait de faire pour trier ses souvenirs noyés dans l'imaginaire creusait encore plus profond les rides que les fards appliqués avec générosité par Lucie non seulement ne masquaient pas mais aggravaient, découpant les joues, le front, le menton en un effrayant lacis de folle géométrie. Le rictus qui tordait ses lèvres s'apaisa aussitôt et elle sourit aux anges. Gaston saisit le tendre du poignet : le pouls battait normalement. Madame Rose possédait l'art de donner à son organisme épuisé un repos qui lui rendait le souffle une heure après. Au sortir de ces brèves léthargies de plus en plus rapprochées, la machine à ressasser des souvenirs repartait, volubile jusqu'au moment où elle déraillerait de nouveau. Depuis quelques jours, elle déraillait beaucoup.

Gaston appela Saïd. Courbé en deux, l'Indien scruta par en dessous le visage de sa maîtresse comme on fait d'une volaille au marché. Le cou était bien d'un poulet. L'épaisse couche de pancake ocre, craquelée par endroits, laissait à nu la chair flétrie dont la pomme d'Adam saillait tragiquement hors du ruban de velours noir qui retenait les fanons. D'une main légère, Saïd redressa le toquet de velours et remonta sur les pitoyables jambes un châle de soie noire brodé de roses rouges.

– Elle do't, dit-il extasié comme une mère devant son enfant. C'est souvent l'ap'ès-midi. La Québécoise va 'eveni'. Tu peux aller.

Il retira ses babouches, découvrant ses pieds nus à la plante jaune, s'assit par terre auprès du fauteuil, dans la position du lotus. Lui manquait juste un grand éventail de palmes à balancer devant la molle poupée endormie.

Le préposé à l'entrée de la bibliothèque Sainte-Geneviève demanda sa carte à Gaston qui n'en avait plus depuis la fin de sa licence et voulait seulement avertir une étudiante, Mademoiselle Lafleur, qu'on la demandait d'urgence chez elle. L'homme fouilla dans son fichier, en tira un papier marqué d'une croix.

– Lafleur. Une grande blonde, n'est-ce pas ? Elle n'est pas restée longtemps.

Un geste balayeur en direction de la sortie accompagna sa réponse comme s'il était impossible de retenir longtemps ce genre de créature. Gaston descendit la rue Soufflot, dépassé par un flot de garçons et de filles qui sortaient de la Faculté. Trois ans il avait été l'un d'eux avec une nonchalance dont il ne se repentait pas. Il n'était pas comme eux : « Xavier de Chaussac a le même âge que toi, disait Madame Mère, et il est déjà chef de cabinet d'un ministre. » – « Oui, du ministre des Pensions et Anciens Combattants. Ça doit être passionnant. » – « Peut-être, mais c'est le pied à l'étrier, comme pour la fille des Montval, première secrétaire d'ambassade. » – « Oui, à Ouagadougou avec une révolution par semaine. » Si elle insistait : « Pense à ton avenir... », Gaston répondait : « L'avenir n'existe nulle part. Dans mon cas, je le fabrique moi-même pour combler une inquiétante lacune à coups de hasard. » L'avenir n'existait pas, on ignorait même comment, par quel coup de chance,

Lucie surgirait ou ne surgirait pas de cette foule joyeuse et indifférente.

Un doigt léger tapota son épaule :

– Elle est au café du Départ.

Le « frère » le dépassait déjà, marchant à grandes enjambées pour disparaître dans la rue Toullier, en jeans et blouson, les cheveux aussi blonds que ceux de Lucie.

Assise dans la véranda, Lucie avait dû renoncer à lire, absorbée par le spectacle de la rue Gay-Lussac, la cohorte des passants qui traversaient hâtivement au feu rouge pour s'engouffrer dans le R.E.R. Elle ne guettait personne et s'intéressait seulement au baroque de cette foule commandée militairement par des signaux verts et rouges. Les piétons défilaient au pas, par vagues ethniques : Asiatiques, Africains, Scandinaves ou Germains, et même parfois Français que ne distinguaient plus un béret basque et une baguette de pain, mais un air d'ennui profond, des journaux sous le bras, et une démarche impatiente. Six heures du soir approchaient. Le soleil oblique tremblait dans la vitrine à chaque passage d'autobus, tortillant le reflet du buste de Lucie comme un miroir magique. Sur le guéridon devant elle, une eau minérale et un verre à demi plein qu'elle portait à ses lèvres sans quitter des yeux le spectacle de la rue. Leurs regards finirent par se rencontrer quand il dut se rapprocher de la vitrine pour laisser passer un landau poussé par une énorme Noire coiffée d'un madras. Un sourire heureux éclaira le visage de Lucie qui ramassa son livre et déposa de la petite monnaie dans une soucoupe.

– Je pensais plutôt te retrouver dans ton grand jardin privé, dit-il.

– Il n'est plus du tout privé. Figure-toi qu'une espèce d'orchestre s'est installé sous le kiosque à musique, toute une famille comme dans les feuilletons de télévision : le père, micro en main, beuglant « Je ne regrette rien », la grand-mère aux percussions, la mère au violon, une fille obèse soufflant dans un harmonica, le fils en culotte courte au trombone. Les gens s'attendrissaient et criaient bravo. Je n'étais plus chez moi.

Passant le portail, ils aperçurent la famille de musiciens emballant ses instruments sous le kiosque entouré de chaises vides.

– Elle t'attendait avec impatience, cet après-midi. Comment l'as-tu trouvée ?

– Je dirais : un peu confuse. Elle a fini par s'endormir, Saïd à ses pieds.

– A ces moments-là, elle est touchante. A d'autres aussi, bien sûr.

– Je parie qu'hier soir tu lui as lu des pages d'*Un amour de Swann.* Elle m'a raconté son mariage avec Charles Blumenstein comme s'il était Swann et elle Odette... ou presque. Aujourd'hui, elle s'obstine à m'appeler Octave comme mon grand-père. Elle confond Duval et Cottard. Encore un peu de temps et tu seras Céleste.

– Ou Albertine ?

– Céleste est un cœur pur.

– Rien ne dit que j'en sois un.

– Si, les apparences. C'est une aventure assez extraordinaire. Elle n'a plus de vie, elle entre dans les livres qui ont accompagné sa carrière de grimpeuse. Les romans l'accueillent à bras ouverts, ils deviennent plus vrais que ses souvenirs de plus en plus brumeux et sujets à caution alors que les personnages d'*A la recherche du temps perdu* rejouent sans fatigue une vie inventée une fois pour toutes par Proust, cette vie qu'elle est menacée de perdre. Les amours de Swann et Odette ne vieilliront pas. Ces deux-là sont immortels. Chaque fois que notre chère amie t'écoute lire Proust, Swann et Odette rejouent le même rôle. On peut commencer par la fin et finir par le commencement, les promenades en fiacre, les catleyas, tandis que les amours et les chagrins de Madame Rose, peut-être plus réels et imaginables, sont condamnés à sombrer dans l'oubli. Comment ne pas comprendre que, pour se sauver, elle se glisse inconsciemment dans la peau d'Odette et de Swann ? Je n'ai pas souri un instant quand elle s'est identifiée à eux.

Ils s'arrêtèrent en haut des marches dominant le bassin que le soleil déjà bas nappait de frissons orange. Les mères rassemblaient les enfants, de vieux couples ankylosés se levaient pesamment, traînant les pieds dans la poussière blanche.

– J'aime bien quand tu parles comme ça, dit-elle. C'est trop rare. Ou tu es affreusement sarcastique ou tu te refermes comme une méchante huître.

– Je me défends.

– Personne ne te veut de mal.

– On me voudrait du mal si on ne voyait pas que je me défends.

– Il y a bien quelqu'un dans la vie qui t'apporte un peu de bonheur.

– Oui.

– Pourquoi ne dis-tu pas son nom ? Je le sais : Céline. Madame Rose m'en a parlé.

– Ça m'apprendra à me taire.

– Tu l'aimes, cette Céline ?

– C'est plus simple et plus compliqué que ça.

Elle le prit par le bras et l'attira contre elle pour lui déposer un baiser sur la joue.

– Et moi ? dit-elle.

– Pas encore. Je m'interroge. Quand te décideras-tu à faire le premier pas ?

Ils contournaient le bassin au moment où une main invisible ouvrit les jets d'eau arrosant les parterres de fleurs.

– C'est magique, dit Lucie. Qui pourrait raconter ça ?

– On ne le raconte pas. On peut le peindre, c'est tout. Raoul Dufy par exemple.

– Je ne connais pas.

– Tant mieux ! J'ai encore plein de surprises pour toi.

– Oui, entre autres, comment une femme fait le « premier pas » ? Est-ce que tu te rends compte de l'énormité de ce que tu viens de dire ?

Il rit de bon cœur. A la hauteur des serres, un couple âgé marchait devant eux en se tenant par la main, la femme boitillant, aidée d'une canne.

– Tu vois ce qui nous attend ? dit Gaston.

– Oui, profitons-en vite.

Elle avait fait le premier pas, mais des ombres demeuraient.

– Gaston, j'ai promis de ne rien dire mais, avec toi, je ne peux pas m'en empêcher.

– Tu remarqueras ma discrétion : je ne te questionne pas sur ton « frère ».

– Il s'agit bien de ça ! En effet, tu peux t'étonner. Je prenais un café avec lui au Départ quand nous t'avons vu passer et partir vers le Panthéon. Je lui ai demandé de te rattraper et de te dire où je t'attendais.

Gaston admit que l'explication en valait une autre même si elle enlevait de son charme aux petits mystères de Lucie.

– Je ne pensais pas à mon frère, mais à elle, à Madame Rose. Tu ne répéteras pas ce que je vais te dire. Jure-le !

Il tendit le bras, main ouverte et les doigts joints.

– Ne ris pas ! C'est grave... Tu ne t'es aperçu de rien ?

Ils longeaient les courts de tennis. Gaston se laissa distraire par une jeune fille (ou femme) qui poussait de rauques « han » à chaque service. Elle avait raison de porter un short très court et serré. Le buste ne suivait pas.

– Je m'aperçois bien qu'elle déraille de plus en plus, dit Gaston. C'est triste et drôle en même temps. J'aimerais tant savoir deux ou trois choses de sa vie qu'elle refuse d'aborder.

– Et qu'en feras-tu ?

– Rien. C'est ça le luxe.

– Je n'arrive pas à te comprendre.

– Je ne me comprends pas non plus. Voilà tout le problème. Disons que je m'amuse quand elle dit, par exemple...

Il contrefit la voix aux accents rauques de Madame Rose.

– « ... assez parlé de moi, Gaston, parlons un peu de vous... » Et elle enchaîne aussitôt sur une aventure avec le duc de Worshire ou Toto de Granville avant que j'aie pu placer un mot.

– Tu la trouves vraiment bien, cette fille ?

– Quelle fille ?

– La joueuse de tennis.

– Jusqu'à la ceinture. Après, c'est la débandade. Et ce « han » à chaque coup fait peur. La nuit de noces avec elle ne sera pas triste pour les voisins de chambre.

Ils arrivaient rue Guynemer sous les fenêtres de Madame Rose. Lucie leva les yeux.

– Elle a dû se réveiller et nous guette. Par moments on dirait d'un oiseau de proie. Lâche mon bras.

Gaston obéit à regret. Il ne voyait pas pourquoi sinon que, hors de sa présence, Madame Rose la prévenait contre lui. Dans le hall d'entrée, un fauteuil roulant barrait la porte de l'ascenseur, de la gomme à mâcher écrasée sur les accoudoirs. Lucie le nettoya et le remisa sous la cage de l'escalier.

– Les enfants du cinquième jouent avec. C'est exaspérant. J'ai pourtant parlé aux parents. Ils craignent de traumatiser leurs chéris en les grondant. Un jour, les chéris casseront le fauteuil. Qu'est-ce que je ferai avec Madame Rose ? Je n'ai pas la force de la porter plus de dix mètres dans mes bras.

– Je croyais qu'elle haïssait les fauteuils roulants.

– Pas autant que moi.

– C'est mon tour de ne pas comprendre.

Elle prit un air si découragé qu'il l'entoura de ses

bras sans qu'elle se défendît. Dans un immeuble moderne et haut-bourgeois, les cages d'escalier manquent de poésie. Leur structure, leur impersonnalité fonctionnelle, ce silence que peuvent, à tout instant, interrompre une porte qui claque, l'ascenseur qu'on appelle, imposent la brièveté aux épanchements les plus désirés. Leurs joues se frôlèrent et Lucie s'écarta.

– Je n'en peux plus, dit-elle. Ça fait huit jours que je la promène la nuit.

– Et Peter ?

– Ah !... tant pis... je mange le morceau comme on dit dans les basses classes.

– Les basses classes ? Personne ne parle plus comme ça !

– Si. Balzac.

– A tout hasard, je te signale aussi un écrivain romantique anglais : Walter Savage Landor.

– On ne peut pas tout lire.

– C'est vrai. Alors, Peter ?

Elle prit sa respiration comme un coureur qui part pour un cent mètres :

– Peter ne vient plus depuis huit jours. La nuit, je pousse Madame Rose dans la chaise roulante. Le premier soir, elle m'a entraînée jusqu'au Palais-Royal. J'ai freiné. Maintenant nous nous contentons de tourner sous les arcades du marché Mabillon, mais ensuite il faut aller jusqu'au Pont-Neuf.

– A cause d'Henri IV ? Elle a peut-être couché avec lui dans sa jeunesse.

– Non, quand même pas ! Elle veut boire l'eau fraîche de la fontaine Wallace à l'angle du pont et du quai des Grands-Augustins. Il paraît qu'après celle du square Lamartine, c'est la meilleure de Paris.

– Tu veux dire qu'en pleine nuit tu véhicules la pauvre vieille vers ses lubies. Si Peter est malade, pourquoi n'empruntes-tu pas son corbillard ?

Un grésillement précéda l'ouverture de la porte d'entrée. Lucie fronça les sourcils. Deux garçonnets revenaient de l'école, cartable au dos.

– Vous avez encore joué avec le fauteuil roulant, dit-elle.

– Nous ? Jamais, m'dame.

Ils pouffèrent de rire dans l'ascenseur, imitant des bruits de baisers gluants.

– Un huissier a saisi la voiture que tu appelles le corbillard et Peter est interrogé par la police, dit Lucie. Et ce n'est qu'un commencement. Il faut que je monte, elle va s'inquiéter.

– Elle sait ?

– Oui... enfin... pas tout le temps, si tu vois ce que je veux dire. Oh ! les sales, sales gosses... ils ont encore bloqué l'ascenseur.

Debout sur la première marche, ses lèvres étaient si proches de Gaston qu'il s'invita. D'une main ferme, elle le repoussa.

– A quoi ça rimerait ? dit-elle en montant d'une marche, puis de deux, et, plus vite, à mi-étage.

Le bas de sa légère robe voletait découvrant l'émouvante saignée des genoux.

Enfourchant sa moto, Gaston avait encore dans les yeux cette image aussi captivante que celle des aisselles quand Lucie dansait dans la cave de la rue Princesse. Mais l'avoue-t-on à une femme sans l'inquiéter ? Elles préfèrent toutes qu'on aime leurs yeux, leur bouche et qu'on jette des regards gourmands sur leur poitrine. La saignée est une pliure maladroite, une faiblesse secrète, l'envers du décor d'un genou, et c'est déjà si rare qu'un genou soit parfait !

Un bar à vin de la rue Lobineau restait ouvert jusqu'à minuit. Gaston s'installa au comptoir près de la vitrine. La serveuse ne gagnait pas à se décolleter si bas. Il est vrai qu'après une journée douce Paris vivait une nuit tropicale. Assis derrière le comptoir, le patron en gilet, les manches de chemise retroussées sur ses tatouages, s'épongeait le front avec une pièce de tissu à carreaux comme on en vendait encore aux marchés du samedi dans l'Aveyron. Gaston se réjouit de ne connaître personne dans l'étroite salle qui sentait injustement la vinasse car le bordeaux était excellent, suave et velouté. Au troisième verre, il eut un petit creux et commanda un sandwich : pain de campagne et jambon fumé qui ne lui parurent pas la meilleure idée de la journée. Chaque fois qu'elle passait derrière le bar, la serveuse buvait une gorgée d'un diabolo menthe et le remettait dans le réfrigérateur après s'être essuyé la bouche d'un revers de main. Aux tables, les conversations erraient : les courses, la Coupe du Monde, les voitures, l'effet de serre responsable de la grande soif de la soirée. Des noms passaient : Panis, Platini, Virenque, Pioline. Ozone revenait souvent, tantôt ozône, tantôt auzaune. Le sport est une grande affaire pour ceux qui ne le pratiquent pas. Au quatrième verre, Gaston se trouva plus léger que nature. En fin de compte, le whisky saoulait moins vite que le bordeaux, mais il eût été déplacé d'en commander un dans ce sanctuaire et ce n'était même pas certain qu'il y en eût. Dans les bars à vin, on boit français, on est très patriote. Des gouttes de sueur perlaient le front de la serveuse que les habitués appelaient Mirabelle, quand il aperçut enfin Lucie arc-boutée derrière le fauteuil roulant qu'elle parvint à hisser sur le trottoir en le présentant de biais. Gaston vola à son secours.

– Mais qui vois-je ? s'exclama Madame Rose sur un ton si Comédie-Française (d'autrefois) qu'il éclata de rire.

– Je suis de la famille, dit-il.

– Bien sûr, je vous reconnais, cher cousin Gaston. Depuis quelques jours, j'hésite à vous le demander, mais... enfin... pourquoi portez-vous une montre-bracelet ? Serait-ce à la mode ?

Gaston se souvint d'une réflexion semblable de grand-père Octave qui ne connaissait d'heure que celle donnée par un superbe oignon en or précieusement gardé dans une poche de son gousset et relié par une chaîne également en or à un bouton de gilet. D'un geste étudié, il tirait sur la chaîne, prenait la montre dans sa paume et, d'une pression sur une encoche à peine visible, soulevait le boîtier : « Voici la VRAIE heure », sentence qui condamnait tout ce qu'on avait inventé en horlogerie depuis les débuts de la IIIe République. Les montres-bracelets, en particulier au poignet d'une femme, l'irritaient au plus haut point : « Une femme n'a pas besoin de savoir l'heure. Elle attend ou on l'attend, c'est tout ! » Avait-il fait la leçon à Madame Rose au temps de leur brève liaison ? Si oui, elle ne l'oubliait pas.

Malgré la moiteur de la nuit, Madame Rose exigeait une couverture en mohair sur ses misérables jambes et drapait ses frêles épaules dans un châle en cachemire beige. On imaginait mal pareil contraste avec Lucie dans sa petite robe de toile courte, sans bas, les bras nus.

– Vous frissonnez, mon enfant, disait-elle. C'est comme ça qu'on attrape une pneumonie et qu'on finit à l'hôpital dans la misère. Et vous, Gaston, sans cravate ? Vous alliez vous coucher ?

Elle monologuait entre ses dents, bercée au rythme des cahots du trottoir défoncé par les éternels travaux qui découragent de marcher dans ce quartier. D'une poussée, Gaston aida le fauteuil à passer sous les arcades du marché Mabillon. Là, il fallait encore zigzaguer entre les clochards couchés, le dos au mur, la main enserrant le goulot d'une bouteille.

– C'est insensé ! dit Madame Rose. On défigure Paris. Je vous ai raconté au moins cent fois que Toto de Granville avait parié avec Hervé de Belair de passer dix jours chez les clochards sans se laver, sans un sou en poche. Il n'a pas tenu cinq nuits et encore, en se cachant, il allait prendre un bain chez une amie. Il disait que la soupe populaire était très mauvaise. Trop salée. Mais sous le pont Saint-Michel, il avait fait ami-ami avec un philosophe qui lisait Platon en buvant du pastis sec. Ma petite Lucie, vous vous endormez ! Le paysage défile au ralenti.

Ils en étaient au troisième aller et retour sous la galerie. Quel paysage ? Croyait-elle revoir à travers les arcades les splendeurs aperçues de « La Colombière » à Roquebrune : le cap Martin, la mer trop bleue, les toits de tuiles ocrées du vieux Menton ?

– Nous avons l'air de deux parents qui promènent leur enfant, dit Gaston.

– On est toujours l'enfant de quelqu'un ! ricana Madame Rose qui jouait la sourde ou la distraite quand ça l'arrangeait.

– Si c'est comme ça, dit Lucie à voix basse, je n'aurai jamais d'enfant.

Un clochard pissait debout dans l'allée. Les phares d'une voiture l'éclairèrent jusqu'à la ceinture, débraguetté, prolongé par un jet argenté qui rebondissait en paillettes sur le ciment. D'autorité, Gaston s'empara du fauteuil et sortit des arcades en direction de la rue de Seine. La vision avait égayé Madame Rose :

– Ça me rappelle D'Annunzio. Quand sa voisine lui plaisait, il lui prenait la main, la conduisait sous la table entre ses jambes pour lui faire mesurer son admiration et son désir animal. Tout ce qu'on racontait de ses exploits m'a, personnellement, paru fort exagéré.

Malgré l'heure tardive, une foule déambulait boulevard Saint-Germain et place Danton. On s'écartait à peine sur leur passage. A la hauteur d'un cinéma, une queue de spectateurs encombrait le trottoir.

– Du champ, du champ ! s'écria Madame Rose. Laissez passer la jeunesse.

On rit et on leur ouvrit le passage sous des quolibets qu'elle prit avec une bonne humeur déconcertante bien qu'ils eussent trait à son toquet de velours et à son teint d'un jaune caca d'oie sous la lumière au néon de l'enseigne du cinéma. Rue de l'Ancienne-Comédie et rue Dauphine, ce fut plus difficile sur l'étroit trottoir envahi par les panneaux alléchants des restaurants : menu à 99,95 F, steak et salade aux noix, vin compris, ou les étals des marchands de frites et de crêpes. Les voitures défilaient au pas comme pour un enterrement. Ils durent rouler sur la chaussée parfumée au graillon et à la vapeur d'essence.

– Comme c'est étrange ! soupira Madame Rose. Je ne reconnais rien. Le temps passe trop vite. Je préfère les cimetières où l'heure s'est arrêtée. Ma petite Lucie des neiges et vous, mon cher petit cousin, ne voudriez-vous pas pousser jusqu'au Père-Lachaise ?

– Non, Madame, dit Lucie avec une fermeté proche du désespoir. Je hais les cimetières.

– Attendez, attendez... un jour vous y aurez des amis. Ah ! si Peter était là, avec sa limousine. Le pauvre... sur la paille dure des cachots pour des vétilles. Demain nous irons à Fresnes lui apporter des Traoumad. Vous saviez qu'il adore les Traoumad ? C'est devenu un vrai Breton.

Lucie ne savait pas. Pour la première fois, Gaston la voyait si mal à l'aise qu'il en eut pitié, lui prit la main et la maintint sous la sienne. Ils avaient, l'un et l'autre, bien besoin de complicité. Une belle jeune fille, apparemment saine, quitte ses neiges pour espionner l'étymologie française et se retrouve en train de pousser la chaise roulante d'une jacassante infirme à minuit dans un quartier qui a perdu son charme et n'est plus qu'un ghetto de gargotiers et de fripiers, de crapoteuses boîtes de nuit baptisées « clubs ».

– Ça sent la mer ! s'écria Madame Rose en agitant les bras.

– Je crois que c'est plutôt la Seine, dit Gaston amusé. Et elle sent le poisson pourri, les crottes de mouettes et de chiens sur les berges.

– Ah ! quelle vieille folle je suis ! La Seine, bien sûr, je reconnais !

D'une voix chevrotante, elle chantonna :

– « Sous le pont Mirabeau coule la Seine – Et nos amours – Faut-il qu'il m'en souvienne – La joie venait toujours après la peine. » Vous ne connaissez pas ? Vous ne connaissez rien ! Cette jeunesse...

Gaston aurait pu continuer : « Vienne la nuit, sonne l'heure – Les jours s'en vont, je demeure », mais c'eût été gâcher le plaisir de Madame Rose. A l'égard de la poésie, il restait d'une pudeur maladive. Ça ne se partage pas. C'est affaire trop personnelle. Comme les rêves. L'heure n'y était pas non plus, occupée par la circulation, les insultes des conducteurs et la présence boudeuse de Lucie dont il frôlait la hanche ou l'épaule et maintenait la main prisonnière sur la poignée du fauteuil. Gaston traversait une de ces heures où nous sommes nous-même et plusieurs autres à la fois qui s'observent sans très bien savoir lequel est le vrai, celui qui l'emportera dans la durée ou un de ceux qui se perdront dans la seconde et ne sont qu'illusions. Il se partageait entre l'auditeur passionné des contes de Madame Rose, l'infirmier involontaire d'une vieille poupée tassée sous le large toquet de velours, le soupirant prudent de la belle créature marchant à son côté dont, comme dans un songe, il convoitait le corps blanc et flou entrevu à travers le verre dépoli de la cabine de douche. Un autre Gaston se prélassait, puérilement heureux dans le lit de Céline qui, le matin, devant la fenêtre ouverte sur son jardin, lui beurrait des tartines : luxe, calme et volupté. Lequel l'emporterait ?

Quai des Grands-Augustins, ils durent attendre longtemps le feu rouge pour traverser impunément devant un front mugissant de voitures. A la fontaine Wallace, récemment repeinte en vert épinard, Lucie tendait sous le mince jet d'eau une timbale argentée jusqu'à ce qu'elle débordât. Madame Rose, dans un geste enfantin, la prit entre ses deux mains et but en suçant gloutonnement le bord.

– Exquis ! dit-elle en renversant la tête en arrière comme elle l'eût fait pour un verre de haut-brion. Pas la moindre trace de sel ni ce goût de métal que donnent les canalisations modernes. M. Wallace savait y faire. Pas compris pourquoi la France a refusé la collection de tableaux d'un homme qui connaissait si bien la valeur de l'eau. Dans les pays civilisés par les Arabes, on élève des monuments à l'eau, des autels de marbre et d'azulejos. N'avez-vous jamais, ma chère Lucie, rempli à la fontaine et porté sur votre épaule une lourde jarre d'argile ? Voilà qui fait des femmes altières et muscle les seins. Dans une vie antérieure, vous posiez pour le Poussin. Dès demain, nous courrons au Louvre retrouver ce tableau où vous portez une longue tunique bleue qui laisse voir vos chevilles, votre col de cygne et la délicate chair de vos bras nus. On n'aime plus la beauté aujourd'hui mais elle reviendra, je le jure. Alors... vraiment... vous ne voulez pas aller jusqu'au Père-Lachaise ?

– Sincèrement non.

– Une autre nuit.

Ils suivirent le quai jusqu'à hauteur de l'Institut. Exhaussée par des projecteurs, la coupole noir et or luisait à contre-ciel. Madame Rose exigea un temps d'arrêt à la minute même où les projecteurs s'éteignirent, plongeant la coupole dans la nuit.

– Ils m'ont vue arriver ! s'exclama-t-elle, triomphante. Vous pensez si je les ai connus, ces académiciens ! Tous célèbres à l'époque et maintenant noyés dans l'oubli dont ils n'étaient sortis que l'espace d'une vie. Il paraît que les nouveaux ne portent plus la barbe. Enfin, il en reste un, je crois, fidèle à la tradition. Tout se perd. De mon temps, on n'aurait jamais élu un homme sans barbe, un homme tout nu, même avec du talent. La barbe, mes enfants, c'était l'immortalité assurée. Je dis cela bien que je n'aie jamais aimé d'homme à barbe. J'avais la peau des cuisses trop irritable. Enfin... vous voyez ce que je veux dire ! Ne rougissez pas, ma petite Lucie ! Il y a de ces vérités auxquelles on n'échappe pas.

– Je ne rougis pas.

– Vous devriez.

– Vraiment ? Tu sais ce qu'elle veut dire ? demanda Gaston, surpris.

– Tu poses une bonne question, se contenta-t-elle de répondre.

Sur le trottoir de la rue Guynemer, Saïd s'empara de Madame Rose comme on arrache un enfant à ses ravisseurs. C'était son bien qu'il cédait à Lucie aux seules heures trop intimes. La lumière s'éteignit et il n'y eut plus d'illuminée que la cabine d'ascenseur dans laquelle Saïd se glissa de biais, prenant soin de ne pas heurter les jambes ballantes de Madame Rose. Gaston et Lucie virent s'élever avec majesté la cabine glissant en silence sur ses rails. Un homme en blanc, une espèce d'ange au sombre visage luisant, enserrait dans ses ailes les restes de ce qui avait été Madame Rose, une reine de Paris.

– Ça ne m'étonnerait pas du tout que l'ascenseur continue après le dernier étage, murmura Gaston. Il y a, en moins moderne, une scène de ce genre dans un tableau du Tintoret, à Venise. Ma cousine s'est réservé une place au Purgatoire où elle compte bien retrouver quelques amis et bavarder un moment avec eux avant d'accéder au Paradis où il y a trop de snobs.

Ne les éclairait plus que la lumière diffuse de la cage vide. Gaston avança la main et saisit la nuque de Lucie pour l'attirer doucement vers lui. Leurs lèvres se frôlèrent. Il y eut un bruit de portes et Saïd appuya sur la minuterie du quatrième. Le hall s'illumina de nouveau. Lucie repoussa Gaston.

– C'est toujours comme ça ! dit-il résigné mais gardant sur les lèvres le goût délicat de la bouche de Lucie.

Elle pressa le bouton de rappel de l'ascenseur. On entendit Saïd ouvrir d'un coup de pied la porte de l'appartement et grommeler quelque chose d'indistinct.

– Saïd est un ange gardien, dit-elle, mais seulement un ange gardien terrestre. A cause de ses péchés, l'ascenseur n'a pas une chance sur des milliards de crever le toit et de s'envoler vers le ciel.

– Peter réussirait mieux.

– Peter est indisponible.

– Malade ?

– Non. En prison. On a fini par l'inculper. Dans la journée, il utilisait la limousine pour transporter les petites acquisitions de son fils, le cambrioleur. En somme, cet esclave dévoué comme l'Oncle Tom est un receleur. Son trafic lui permettait de payer l'entretien de la voiture, l'essence, les glaces, les gages de Saïd et même mon argent de poche de jeune fille au pair. C'est peut-être un vrai saint, victime de son bon cœur. Voilà ! Tu sais tout...

Il en doutait, et, en vérité, se foutait pas mal que saint Peter fût un receleur et le sauveur d'une maison en détresse. L'envie le brûlait de serrer Lucie dans ses bras, de goûter de nouveau à ses lèvres fussent-elles obstinément closes. La cabine s'arrêta au rez-de-chaussée et les portes s'ouvrirent automatiquement.

– Il faut que je monte la coucher.

Et comme il essayait de l'attirer vers lui, elle ajouta sans conviction :

– A quoi bon ? Tout a une fin.

Du bout des doigts, elle lui caressa la joue avant de s'engouffrer dans la cabine. Il resta un moment dans l'obscurité, épiant les claquements de portes, puis le silence.

A ce genre de situation, Gaston connaissait deux remèdes : la route de Pontchartrain ou la rue Princesse. Le premier remède n'était pas « libre ». Céline eut un mot de regret si tendre qu'il fut incapable de lui en vouloir. Le second remède n'était qu'à trois pas. Certes, il risquait une nouvelle conversation sur les phacochères ou la chasse au lion, mais ce serait encore cent fois moins déprimant que de ressasser le « à quoi bon ? tout a une fin » qu'il venait d'essuyer sans comprendre la règle du jeu inventé par Lucie.

Chez Castel, ce n'était pas la foule des grands soirs. Les « locomotives » prenaient déjà leurs quartiers d'été à Saint-Tropez où continuaient les mêmes palabres à la terrasse de Sennequier, à Tahiti Plage, dans les boîtes qui ouvrent une saison et disparaissent à l'automne. Ne montaient la garde au bar qu'un vieillissant journaliste exophtalmique titulaire d'une chronique sur la vie nocturne à Paris et un romancier qu'un trop puissant prix littéraire avait brouillé à mort avec son percepteur et à vie avec l'écriture. Il n'est pas important de beaucoup se connaître quand on n'a rien à se dire de personnel. Gaston aurait détesté qu'on lui fît, comme l'autre soir, une allusion à Céline ou qu'on lui demandât des nouvelles de la belle créature à la peau de lait et aux cheveux d'or qui dansait avec son prétendu frère. Il y avait bien les ordinaires jolies filles pressées de se convulser dans la cave avec des gandins de leur âge. Elles descendaient ou montaient, le visage rosi en sueur, boire un coke avant de replonger dans l'enfer. Pour Gaston qui, à vingt ans, avait traîné à la recherche d'une improbable fatigue raccourcissant le cruel dilemme de la nuit, la rue Princesse restait le recours parfait avant l'aube.

Le journaliste signait ses chroniques du pseudonyme de Philoctète, non seulement pour ses flèches empoisonnées mais aussi parce qu'il reconnaissait – et s'en faisait même gloire – puer des pieds. Le romancier se résignait à n'être plus connu que sous le sobriquet fabriqué par Philoctète : le Con-Gourd qui lui allait bien depuis que, paralysé par le succès d'un livre jugé par lui-même fort médiocre, il renonçait à un nouvel affrontement avec la Critique. « Je les prive de sarcasmes, disait-il. Bien fait pour eux. Ils crèveront de leur propre venin. »

Les deux hommes accueillirent Gaston comme le sauveur dans le désert. Il venait à point pour relancer le jeu imbécile de primer les filles qui défileraient sans leur jeter un regard. A les entendre on aurait aisément cru que, dans un élan éperdu de reconnaissance, les deux plus belles se jetteraient dans leurs bras. L'arrivée de Gaston redonnait l'espoir que l'une au moins se déciderait et qu'un rien de la chance du nouveau venu rejaillirait sur eux. N'était-il pas – bien qu'il fît tout pour qu'on l'oubliât – fils de ministre, partageant un peu de cette aura qui entoure les Puissants avant qu'on les prenne la main dans le sac ? Dans sa chronique bourrée de ragots, Philoctète épargnait le ministre parce que Gaston payait à boire. Con-Gourd trimballait un tel sac d'amertumes que n'importe qui feignant de l'écouter lui tirait des larmes.

– Vois-tu, dit-il enchaînant comme s'ils ne s'étaient pas quittés de la nuit, vois-tu, ce qui manque à la littérature contemporaine ce sont des statistiques. Des statistiques qui mettraient en garde les débutants contre les clichés du roman ou au contraire leur donneraient la recette imparable du succès au goût du jour. Il suffirait de prendre toute la production des dix dernières années, pour établir les hauts et les bas des tendances les plus répétitives. Il y a des vagues. Tantôt une déferlante, tantôt une gentille houle. J'ai commencé par la sodomie. Elle sort de l'Enfer de la Nationale il y a une dizaine d'années, discrète, comme ça, en passant, puis, brusquement, on la voit surgir dans le commerce : trois romans par an, puis dix, vingt, et maintenant cinquante pour cent du P.N.B. littéraire. J'ai été obligé de réviser ma méthode, compter seulement sur les livres où elle apparaît avant la page vingt. Eh bien, ça fait encore un joli total ! Il y a aussi le coup du peignoir... Tu sais qu'il n'y a rien de plus érotique qu'une femme nue dans un peignoir qui bâille...

Oui, Gaston le savait d'expérience. Une brève distraction passa sur son visage. Con-Gourd le prit par le revers de sa veste et le secoua :

– Tu ne m'écoutes pas. Le coup du peignoir était très en vogue dans le début des années vingt : Victor Margueritte, Maurice Dekobra, Marcel Prévost, Binet-Valmer, Francis de Croisset... On le voit disparaître pendant l'Occupation, puis réapparaître quand la France est libérée. Il disparaît à la fin des années soixante où le roman explose sous la poussée estudiantine. Je le sens de retour prochainement. Une juste réaction contre les scènes torrides.

Philoctète avait déjà entendu ça dix fois. Il prit

discrètement la bouteille de whisky étiquetée au nom de Gaston et remplit à moitié son verre.

– Il y aurait plus intéressant encore, dit-il de sa voix déjà pâteuse. Combien de romanciers chauves, combien de romanciers aux longs cheveux pelliculeux dans le cou comme toi ? On établirait des taux de réussite certains. Les éditeurs n'auraient plus besoin de comités de lecture. Pour être plus pointus, ils ajouteraient des subdivisions : crasseux ou pas crasseux.

Con-Gourd s'impatienta. Ce pauvre imbécile de Philoctète ne comprenait rien. Les statistiques ne s'appliquaient pas aux créateurs mais à leurs créatures.

– Tout roman est autobiographique, dit le journaliste.

– Poncif ! Poncif ! cria Con-Gourd en tapant si fort sur la table que les verres s'entrechoquèrent dangereusement et que le barman leur jeta un regard noir. D'après toi, dans combien de romans par an les héroïnes cachent-elles les lettres de leurs amants dans leur linge intime ?

– Je n'en sais rien et je m'en fous ! dit Philoctète dont une trop rapide gorgée de whisky venait d'attirer une giclée de sang dans les yeux jaunes.

– Eh bien, si tu t'en fous cette nuit, demain tu t'interrogeras. Douze pour cent, mon cher. Pas moins. Retiens ça pour un de tes articles de merde.

– Je le sais que mes articles sont de la merde, mais est-ce de ma faute si les lecteurs sont coprophages ? Je ne vais pas les laisser mourir de faim.

– Tu devrais. L'éthique...

– Dès que tu prononces le mot « éthique » on sait que tu es saoul.

Con-Gourd ne se décourageait pas facilement quand il suivait une piste. Depuis qu'il n'écrivait plus, il distribuait ses idées avec la prodigalité d'un riche amateur. On en disposait comme on voulait. Philoctète, mine de rien, lui empruntait beaucoup et se faisait un scrupule de ne jamais rien lui rendre.

– Et quelle est, reprit Con-Gourd, la répartition des métiers les plus utilisés dans le roman contemporain ?

Philoctète leva les yeux au ciel. Gaston avoua son ignorance.

– Eh bien, mes chers amis, le héros des temps modernes, c'est le photographe de presse : en jeans et Pataugas, la chemise largement ouverte sur une poitrine velue, bardé d'appareils de photo qui présagent une forte scoliose vertébrale à quarante ans. Il épouse les querelles du siècle et vend cher les cadavres. Le monde lui inspire un profond dégoût à mesure qu'il en traque les horreurs. De retour à Paris, il baratte une nénette éblouie par sa chance et qui jouit à rendre l'âme. A peine s'est-il débarrassé de son préservatif que le téléphone sonne. Le directeur de son agence l'envoie au Bangladesh photographier un million de noyés dont les ventres ballonnés explosent, libérant une nappe de gaz toxique qui tue le reste de la population. Notre héros a plus de chance si on l'embarque dans un superjet en direction des Caraïbes où il doit surprendre une princesse royale en train de se baigner sans soutien-gorge. Loin derrière ce chevalier des temps modernes arrivent l'architecte génial que les grandes nationales veulent empêcher de construire une cité pour les pauvres, ou l'avocat qui, abandonnant pour un jour les affaires véreuses de ses riches clients, met son talent au service de la veuve et de l'orphelin et se voit du coup abandonné par sa maîtresse. Les femmes, elles, sont toutes dans un métier baigné de mystère : le « design ». En fait, elles vendent du fonctionnel. Mes statistiques donnent du quarante-cinq pour cent avec les photographes et du soixante pour cent avec le « design ». Dans une proportion variant de trois à dix pour cent selon les décennies, les amants qui font l'amour pour la première fois ne trouvent rien de plus confortable que le tapis ou la salle de bains ou, mieux, le rude plancher.

– Pas de mère au foyer ? demanda Philoctète avec cette fausse ingénuité qui ouvrait des trappes sous les pieds de ses interlocuteurs.

– Plus depuis Delly, Max du Veuzit, Berthe Bernage. Du moins sous la forme employée par ces auteurs. Maintenant la femme au foyer s'est intellectualisée et, deux fois par semaine, elle place ses enfants à la garderie pour aller tirer un coup avec une sorte de hippie qui méprise la société et peint des tableaux abstraits en bandant. Le soir, en rentrant, son mari lui apprend qu'il est chômeur. Elle prend ça très courageusement.

Gaston s'amusait. Ces deux-là ne préparaient pas leur numéro. Tous les soirs, ils improvisaient. Dommage que Con-Gourd fût moins inventif la plume à la main. Avec ses cent dix kilos, son mètre quatre-vingt-dix, son crâne passé au papier de verre, sa lippe humide et pendante, Philoctète ressemblait à ses articles : il écrasait. Con-Gourd lui arrivait à l'épaule, le nez chaussé de lunettes d'acier rafistolées avec du papier collant, un long nez hérissé de poils follets, les dents jaunes et un léger accent du Midi. Un Daumier.

– Dans tout ça, dit Gaston, je ne vois pas beaucoup de romans où le héros ne fait rien que chercher obstinément à ne rien faire dans un milieu où tout le monde travaille. Un type qui résisterait au mouvement. Une sorte de monolithe impassible. Il ne s'ennuie jamais. Il est à tout jamais immunisé contre la fièvre. Pour lui, la musique s'est arrêtée à Satie et Stravinski, le roman à Proust, la peinture à Braque, le sport à Ladoumègue, Cochet, Georges Carpentier et Jaureguy. Il partage sa maîtresse avec un inconnu dont il n'arrive pas à être jaloux. Il prend l'amour pour une affaire si sérieuse qu'il ne brusque pas la femme qu'il désire et va, inévitablement, la laisser filer entre ses doigts.

– Zéro ! dit Con-Gourd. Le crétin qui écrirait ça ne vendrait pas cinquante exemplaires et encore, ces cinquante crottes seraient volées dans les librairies ou rachetées par les familles déshonorées par leur rejeton...

Il resta la bouche ouverte et désigna l'escalier de la cave.

– ... ou leur rejetonne.

Venait de surgir une jeune fille aux raides cheveux vert pomme, moulée dans un étroit fourreau noir qui laissait peu de doutes sur la gentillesse de son corps. Derrière, en retard de quelques marches, un jeune homme en costume rayé bleu et cravate à pois, réussit à l'attraper par la cheville. Elle manqua tomber et se dégagea d'une ruade mais un escarpin vola jusqu'aux pieds de Gaston qui, s'en emparant, le lui rapporta galamment.

– Non, mais qu'est-ce qu'il est con ce mec ! dit-elle en remettant sa chaussure, appuyée de la main sur l'épaule de Gaston.

Le « mec » voulut la saisir par le bras.

– T'es complètement folle, Odile ! J'blaguais...

Philoctète se leva et s'avança vers eux.

– Jeune homme, dit-il avec un calme énorme, rentrez dans vos foyers. Vous affrontez ici un commando spécialement organisé pour la défense des jeunes filles en détresse.

Ils avaient la même taille mais le journaliste n'avait qu'à tomber sur le « mec » pour l'aplatir comme une galette. L'un des deux devait retraiter. Dressée sur la pointe des pieds, Odile plaqua un baiser sur la bajoue de Philoctète et allait faire la même offrande à Gaston quand elle éclata de rire.

– Gaston ! Mais qu'est-ce que tu fous là ? Ta Maman t'a laissé sortir ?

– Mademoiselle, je ne vous remets pas.

– Et comme ça ?

D'un geste rapide, elle arracha sa perruque verte, libéra une charmante tête de mouton doré et tira – inutilement – sur son fourreau en pliant les genoux pour une révérence.

– Odile du Chesnes ! Jeune fille à marier. Un nom. Du bien.

– Bon ! dit Gaston. Je te préfère comme ça.

L'image revint du dîner chez sa mère, de l'oncle et la tante qui n'avaient cessé de s'intéresser à lui, à ses projets d'avenir, avec d'évidentes intentions. Pour ne pas peiner sa mère, il s'était efforcé d'entrer dans le jeu, réfrénant une mortelle envie de les horrifier, d'horrifier la sage jeune fille dont on lui vantait les mérites (« elle a une passion pour les musées italiens, elle part cet été " faire " la Grèce, elle apprend le japonais ») et, incidemment, les espérances : le cru La Bourdette. Assise sur sa chaise comme sur une pelote d'épingles, maniérée avec ses couverts, Odile avait joué la modestie exemplaire du bon chic bon genre. Comment peut-on si bien se prêter à une comédie pareille et se retrouver, la nuit déjà avancée, au sous-sol chez Castel, coiffée d'une perruque verte achetée dans un magasin de farces et attrapes et traitant de « pauvre con » le « mec » qui la faisait danser et venait probablement de lui proposer la botte ?

– Mademoiselle, dit Philoctète, vous êtes désormais sous notre protection. Veuillez vous asseoir avec nous. Je vous présente mon ami Con-Gourd connu dans le monde des Lettres, monde qui est fort possiblement un mystère pour vous.

– Tu parles Charles. J'ai une licence de philologie.

– Une intellectuelle, s'écria Con-Gourd. Fuyons... On n'est plus chez soi.

Odile coiffa Philoctète de sa perruque verte.

– Vous savez, mon vieux, que vous êtes beaucoup plus séduisant comme ça.

Le miroir derrière le bar renvoya l'image d'un joyeux clown.

– Jamais je n'ai autant regretté d'être impuissant, dit Philoctète soudain pensif. Heureusement Gaston est là pour ces choses.

– Et moi ? dit Con-Gourd.

– Tu ne t'es pas regardé, mon pauvre ami.

– J'ai été marié à Consuelo Ybarra. La plus belle femme du monde.

– Enfin... du monde... disons : de son village au Mexique. Elle a cru épouser un génie. C'était au temps de sa splendeur.

– D'accord, je l'ai vite détrompée. La sincérité coûte cher.

Le menton dans la paume de sa main, Odile les écoutait gravement.

– C'est très ennuyeux d'être impuissant ? demanda-t-elle avec sérieux.

– Dans certaines circonstances, oui, mon enfant. Plus souvent, ça fait gagner du temps.

– Allons, allons, mon gros, sois pas mélancolique.

Philoctète prétendit écraser une larme au coin de son œil.

– C'est fou ce qu'il est sensible, dit Gaston.

A cinq heures du matin, on les poussa gentiment dehors. Le jour naissait. Con-Gourd habitait à deux pas, Philoctète à cinq. Odile et Gaston se retrouvèrent sur la place Saint-Germain-des-Prés. Elle frissonnait sous la mince veste de toile qui couvrait ses épaules. Dans les vérandas des Deux-Magots et du Flore, les chaises s'empilaient sur les tables sans se parler. Les friperies de luxe avaient chassé les libraires, le disquaire, les bureaux de tabac. Les bistros baissaient pudiquement les yeux. Sous le porche de l'église, dormaient deux clochards. Gaston raconta un des premiers films de René Clair : *Paris qui dort* à une Odile titubant de fatigue et peut-être d'un excès de champagne qu'elle avait royalement réglé à l'étonnement des hommes.

– Ça m'embête de rentrer chez moi, dit-elle en bâillant. Où habites-tu ?

– Au Champ-de-Mars.

– Très chic. On y va dormir en copains ?

Il héla un taxi qui, par une chance absolument inouïe, ne rentrait pas chez lui. En savates et pyjama, le Lituanien rangeait les poubelles.

– On peut vous aider, Monsieur ? demanda Odile.

Les mots les plus simples ne parviennent pas à leur destinataire. Le concierge baissa la tête sans répondre. Dans l'ascenseur, Odile s'accrocha au bras de Gaston.

– Heureusement que tu n'habites pas au vingtième étage... je dors déjà.

Dans le studio, elle ne dit pas : « C'est gentil chez toi », mais :

– Où vas-tu dormir ? J'espère que tu ne te fais pas une fausse idée de moi. Je ne m'envoie pas en l'air comme ça !

– Quand les apparences sont contraires, c'est là qu'il faut se méfier.

Il l'aida à dégrafer sa robe dans le dos. En dessous, elle portait le strict minimum. Elle se coucha enroulée dans un drap et s'endormit aussitôt. Gaston s'empara des escarpins et les plaça en vue sur son bureau comme les ballerines de Lucie quelques jours auparavant. Au réveil, ils se dresseraient pour lui rappeler les épisodes de la nuit : Odile se rechaussant appuyée contre lui, Philoctète coiffé de la perruque verte, Con-

Gourd perdu dans ses statistiques farfelues, Odile séduite parce que aucun d'eux n'essayait de lui mettre la main aux fesses et, au contraire, lui parlait comme à une grande personne. Elle avait même dit : « Ah ! c'est fou, ce que j'aime les vieux ! », ce qu'ils n'avaient pas semblé mal prendre, Gaston tout de même flatté de n'être pas classé parmi les « mecs » qui draguaient grossièrement les filles.

Il avait à peine sommeil. Les dernières grisailles de la nuit se dissipaient dans le ciel rouge. Store baissé, le studio plongea dans l'ombre. On ne distinguait plus que les boucles blondes sortant de la forme en polochon repliée dans le lit. Il glissa un disque compact dans le lecteur et baissa le son avant de se blottir dans le grand fauteuil en cuir, un plaid sur les jambes, envahi par une extrême félicité grâce à Satie et au suave parfum émanant du lit et qu'il finit par identifier : le monoï tahitien.

Réveillé vers dix heures, son regard tomba sur les escarpins. En 1930, pour une exposition surréaliste, Dali avait présenté un escarpin de satin rose rempli de lait, déclenchant une tempête d'Aragon : « Le lait, c'est pour les enfants des chômeurs ! » Pour secouer ce siècle si stupide, si cruel, si prétentieux, si inepte et si sanglant, des artistes s'étaient livrés à des blagues de collégien. On ne pouvait guère espérer que Boulez baptiserait ses œuvres : *Morceaux en forme de poire*, *Embryons desséchés*. Peut-être consentirait-il un modeste emprunt à Satie : *Airs à faire fuir*, mais rien ne paraissait moins sûr. L'Art (avec un très grand A) devenait l'alibi de la bêtise, une affaire d'Etat. Gaston prit son carnet de croquis. Il lui arrivait de se trouver du talent en tournant les pages : Madame Rose dans son fauteuil orthopédique, coiffée du fameux toquet de velours, levant la main pour jurer qu'elle ne fardait pas la réalité, Saïd insolent et malicieux, Peter au volant de son corbillard, et beaucoup, beaucoup de Lucie, au Luxembourg, servant le thé, sortant nue de la douche ou en peignoir – toujours cette obsession dénoncée par Con-Gourd –, dans sa robe collée au corps après la pluie diluvienne. En regard, il esquissa la maigre silhouette d'Odile quand, débarrassée de son fourreau, elle avait sauté dans le lit. Il remonta légèrement le store et la lumière du matin gagna le lit où elle dormait, jambes découvertes et pliées en équerre. Ah ! cette saignée des genoux, quelle tentation ! La tête bouclée comme une brebis dépassait à peine. Il alluma la bouilloire et prépara le thé.

Au bruit du plateau sur la table de chevet, Odile sursauta et, dans un mouvement d'une pudeur inattendue, couvrit ses jambes et ses épaules.

– Tu ne m'as pas dit : « Où suis-je ? » remarqua Gaston.

– Non, mais... où as-tu dormi ?

– Tranquillise-toi.

Il désigna le fauteuil et le plaid. Elle parut rassurée, passa les doigts dans ses cheveux bouclés.

– Je dois avoir une tête pas possible.

– L'appartement n'est pas grand, mais il y a tout le confort moderne : bain et douche.

Elle en sortit drapée dans le peignoir de Gaston.

Décidément, les statistiques de Con-Gourd avaient du vrai.

– J'ai un cours à onze heures, dit-elle après un bref regard à sa montre. Il faut que je passe me changer. Tu m'imagines arrivant à la fac avec une robe au ras des fesses pour un cours sur la ponctuation orale et la ponctuation écrite ? Au début, je croyais que ce serait chiant, mais pas du tout ! C'est très amusant quand on compare l'écriture des auteurs dramatiques et des romanciers. Gide ponctuait très mal. Duras ne s'embarrassait pas de virgules. Un point, c'est tout ce qu'elle concédait. On a les recommandations très précises de Montaigne à ses imprimeurs. Dans « La chanson du mal-aimé », pour toute ponctuation, il y a un point au dernier vers : « Et des chansons pour les sirènes. » Céline, c'est la débauche, des trois points partout. Fargue et Larbaud voulaient monter une association pour la défense du point-virgule. C'est raté, il a pratiquement disparu. Tu n'as pas un morceau de pain virgule n'importe quoi virgule le thé virgule sur un estomac vide virgule donne la nausée point d'interrogation.

Madame Rose n'avait-elle pas dit lors d'une de leurs premières rencontres : « Vous auriez grand besoin d'une liaison avec une grammairienne » ? Voilà que l'occasion s'offrait. Il lui beurra une biscotte pendant qu'elle feuilletait le carnet de croquis.

– Qui est-ce ?

– Céline, en train de peindre une petite boîte.

– Elle a l'air un peu négroïde.

– Un quart seulement.

– Et là ?

– Madame Rose, une cousine éloignée. Dans sa jeunesse, elle s'est envoyée en l'air avec mon grand-père.

– Le franc-mac' ?

– Je vois que tu es au courant !

– Avant notre dîner chez ta maman, l'oncle et la tante m'ont briffée.

– Briffée ! De l'argot militaire.

– Ça se dit.

Gaston accepta. Elle regarda de nouveau sa montre.

– Pour mon cours, je crois que c'est nase. Il faut tout de même que je repasse me changer. Cette nuit, j'ai bien entendu, tu as mis un CD de Satie. J'ai dû faire de beaux rêves. Chez moi, le matin, avant de sortir, je m'en joue un petit air au piano et voilà une journée de gagnée. Et là, qui est-ce ?

Elle désignait plusieurs croquis de Lucie, de face, de profil, sa belle nuque quand elle relevait ses cheveux. A la page suivante, Lucie sortait de sa douche.

– Ah ! monsieur est un peu voyeur. Réponds-moi, qui est-ce ? Ou je te fais une scène de jalousie.

– Lucie, une Canadienne. Ce qu'on appelle dans notre monde : une demoiselle de compagnie. Et ailleurs, une au-pair.

– Elle est vraiment aussi bien que ça ?

– J'ai regretté de n'être pas Ingres.

– Pingre ?

– Non, Ingres, le peintre : *La Source*, les *Odalisques*.

– J'ai des lacunes. Les musées m'emmerdent.

Une nuit à boire un peu trop de champagne, à tenir tête à trois hommes, laissait des cernes sous les yeux en amande d'un petit visage au front têtu, au nez légèrement retroussé, aux minces lèvres que n'agrandissait plus le bâton de rouge. D'un point de vue purement esthétique, elle ne supportait pas la comparaison avec Lucie, mais elle avait autre chose, ce « knack » que Sam, duc de Worshire, reconnaissait à Madame Rose. Quant aux deux corps, n'en parlons pas : Lucie une Vénus callipyge, Odile une délicate sauterelle. A la Vénus, on ose à peine toucher. Avec la sauterelle, on a envie de danser. Odile finit son thé.

– Tourne-toi ! Il faut que je m'habille.

Il dut tout de même lui agrafer sa robe dans le dos. Comment faisait-elle quand elle rentrait chez elle, seule au milieu de la nuit ?

– Ne dis rien ! Je sais trop que mes omoplates saillent comme des nageoires de *Stethojulis bandanensis.*

– Connais pas.

– Pour le vulgaire, c'est la girelle à lignes bleues du Pacifique.

– J'en ai des choses à apprendre.

Après son départ, il découvrit le bordel laissé dans la salle de bains : robinets gouttant, serviettes trempées et piétinées sur le carrelage, tube dentifrice écrasé sur l'étagère, savon baignant dans le bidet plein. Un espoir cependant : elle tirait la chasse et abandonnait derrière elle la suave odeur du monoï qui eût peut-être mieux convenu à la peau ambrée d'une molle créature du Pacifique qu'à ce corps mince et tout en nerfs. « Tu me plais », écrit au rouge à lèvres sur le miroir arrangeait un peu les choses. Deux boucles d'oreilles en argent oubliées sur la tablette de verre achevaient d'attester son passage. Dans les romans qui traitent du passionnant et toujours actuel sujet de l'adultère, on voit souvent le mari effacer le passage de sa maîtresse avec un vaporisateur à l'eucalyptus et fouiller fauteuils, canapés et lit pour s'assurer que la tentatrice n'a pas laissé une preuve de la trahison : épingle à cheveux, mouchoir oublié. Ou l'épouse infidèle ouvrir en grand la fenêtre pour dissiper les relents de tabac de l'amant (trop pauvre pour l'entraîner dans un hôtel de passe), laver les cendriers, les verres et tirer plusieurs fois la chasse d'eau afin de noyer le ou les préservatifs accusateurs flottant tristement dans le siège des toilettes. Gaston n'avait pas ces obligations qui dégradent le souvenir d'un moment agréable pimenté par le danger d'être découvert, mais, à vivre seul, il connaissait les charmes de l'ordre. Il en voulut à Odile et pensa lui téléphoner. Simple pensée. Elle ne figurait pas dans l'annuaire et, apparemment, l'oncle et la tante du Chesnes se gardaient des intrus en se portant sur la liste rouge. Si l'envie se révélait vraiment trop impérieuse, il pourrait toujours passer par sa mère quitte à donner de faux espoirs à la chère femme. Cela dit, le « tu me plais » n'engageait à rien. Il aurait aussi facilement répondu : « Tu me plais aussi, tu as oublié tes boucles d'oreilles. »

L'inconvénient de vivre seul, sans autre obligation que de faire ce qui vous inspire le plus dans la minute sans en mesurer les conséquences, est que ce genre de rencontre avec une femme – comment dirions-nous ? « primesautière » serait démodé, « enfant gâtée » péjoratif, peut-être « imprévisible » qui ne limite pas un caractère et en souligne l'inconséquence charmante au premier abord, probablement insupportable à la longue, mais synonyme de liberté –, ce genre de rencontre, avec une femme imprévisible donc, s'empare de l'esprit d'une façon déraisonnable comme si tout le reste s'effaçait : le rapide contact des lèvres de Lucie dans l'obscurité du hall de l'immeuble rue Guynemer, la fascination pour le délire d'une vieille momie peut-être immortelle ou l'ombre protectrice de Céline. Il n'y a plus que ce bout de femme enroulée dans le drap, sa tête bouclée enfouie dans l'oreiller, ses yeux noyés de fatigue, sa voix éraillée par une nuit de bringue et, dans la paume de Gaston, deux boucles d'oreilles en argent, deux serpents lovés sur eux-mêmes. Alors où est la vérité ? Où est le fil qui relie les événements de la nuit à ce qui était réel la veille ? Il n'y a pas de fil, il y a une sorte d'impuissance à dresser un tableau synoptique des jours passés. Les pièces du puzzle ne s'emboîtent pas. Quelqu'un a dû les mélanger avec malice et, devant ce chaos, Gaston est là, plus ou moins perdu, indécis, tellement peu sûr de soi qu'il appelle Céline pour tout lui raconter, mais Céline est sortie avec Nastasia se promener à Versailles (il fait très beau) et n'a même pas branché son répondeur. En dernier recours – absurde tant il sait d'avance qu'il n'en tirera rien –, il appelle sa mère qui, elle, n'en revient pas et, hasard providentiel, se réjouit de l'avoir à déjeuner d'autant que les du Chesnes, oncle et tante seulement, sans Odile, seront là. Que leur trouve-t-elle qui provoque cette soudaine amitié ? Enfin, peu importe... le destin a l'imagination contrariante ou complice. A l'idée de rencontrer les marieurs, Gaston devrait paniquer ou voir la solution du problème hamlettien qui l'agite : revoir ou ne pas revoir Odile ? Bravement, il accepte le défi. Madame mère n'en revient pas. Une chance encore plus incroyable veut que le ministre n'ait ni séance ni déjeuner politique. Il partira d'ailleurs après le café pour le Parlement européen.

– La famille sera au complet.

Elle le dit avec sa merveilleuse innocence à s'illusionner comme si, à trois, ils constituaient une famille avec un mari plus absent que présent et un fils conçu dans l'adultère. D'ordinaire, il lui faut supplier à genoux ce fils de venir déjeuner rue de Courcelles, mais elle est, sincèrement, si heureuse de cette conjoncture qu'elle n'y pense pas une seconde et, se rêvant gynécocrate d'une société traditionnelle, elle ajoute avec sa maladresse habituelle qui, pour une fois, ne lui vaut pas une rebuffade :

– La charmante Odile, dont tu as remarqué les qualités la dernière fois, ne peut pas se joindre à nous. Elle a un cours juste avant et un autre à deux heures. Elle déjeune d'un sandwich et d'un café. Il y a une telle tension et une telle compétition entre les jeunes d'aujourd'hui qu'ils n'ont aucune diététique. A se nourrir avec tant de désinvolture, Odile risque des problèmes de poids dans les années qui viennent. Il est certain, quoi qu'on en dise, que cette enfant a besoin de stabilité, d'une vie de femme d'intérieur plus que d'études de psychologie qui ne mènent à rien.

– Pas de psychologie. De philologie.

– L'autre jour, tu m'as dit un autre mot : latin ou grec.

– Œnologie parce que je la croyais intéressée par les vignobles de ses parents. Apparemment, c'est la philologie.

– Ah bon ! dit Madame mère qui, en vérité, s'y perdait. Treize heures. Mets une cravate, je t'en prie. Ils sont plutôt à cheval. Et viens en taxi. Je n'aime pas qu'on te voie arriver à moto avec un casque de livreur de pizzas et une veste de coursier. Les du Chesnes sont des Parisiens de province, si tu vois ce que je veux dire.

Il voyait très bien. Par acquit de conscience, il téléphona rue Guynemer sans obtenir de réponse. A son habitude, Madame Rose dormait, Saïd ne quittait pas sa télévision pour répondre à une imbécile sonnerie et Lucie devait être au cours du matin ou à la bibliothèque Sainte-Geneviève.

Le déjeuner résuma tout ce que Gaston fuyait depuis l'âge d'homme. John-Gerald du Chesnes et Marie-Mathilde appartenaient au monde totalement imaginaire dans lequel vivait sa mère : snobs comme des pots de chambre, une conversation semée de références à des relations mondaines et, pire que tout en présence de Gaston, s'affirmant partisans des durables mariages de raison infiniment plus solides que les mariages d'inclination, ce qui, après tout, est fort possible et n'a de rebutant que les apparences. Malgré le peu d'enthousiasme du premier dîner avec Gaston, ils avaient repris courage et se félicitaient même que, cette fois, il fût seul et, sans risque d'agacer leur nièce, pût être questionné sur ses activités et ses projets d'avenir. Ils tombaient bien.

– Gaston se cherche, il a pris une année sabbatique, dit Madame mère, se précipitant au secours de son fils ou, plutôt, craignant une incartade qui dérouterait les invités.

Gaston trouva excellente la formule à laquelle il n'avait jamais pensé. Rien ne lui parut plus exact dans la situation actuelle : il se cherchait entre Lucie, Céline et Odile. Laquelle l'emporterait, il était dans l'incapacité de le dire. La trouvaille de la mère plut également à l'oncle et à la tante. La jeunesse s'embarque trop facilement dans des carrières qui, la trentaine venue, la découragent. Ainsi, lui, John-Gerald du Chesnes, obéissant à la volonté aveugle de son père, s'était beaucoup trop tôt enfermé dans un cabinet d'agent de change pour découvrir, la quarantaine venue, que sa seule passion était l'Art, enfin le commerce de l'Art exactement, bien qu'il ne fît pas la différence.

– Gaston a un joli talent de dessinateur, dit Madame mère sautant sur l'occasion de célébrer un fils trop modeste.

– Chez qui exposez-vous ? demanda John-Gerald voyant s'ouvrir une porte au moment où il désespérait d'intéresser ce jeune homme qui le regardait avec une bienveillance apitoyée et peut-être même insolente.

– Maman se fait des illusions, dit Gaston. Je suis un professionnel de l'amateurisme, je dessine ce que je vois comme je le vois. Ça n'a qu'un intérêt personnel.

– Il ne faut pas être modeste ! assura Marie-Mathilde du Chesnes qui ne parlait guère que pour assener des compliments mondains aussi légers que des coups de massue.

L'éventualité d'une carrière d'expert en dessins du XVIIe ou XVIIIe siècle auprès des tribunaux ou des commissaires-priseurs fut envisagée comme si c'était déjà dans la poche avec les recommandations de l'oncle. On allait passer à table quand le ministre apparut avec, dans le retard, cette exactitude qu'il cultivait depuis longtemps. Son air soucieux mit un terme provisoire aux perspectives envisagées pour Gaston qui marquait un enthousiasme raisonnable. Non, rien de grave, assura le ministre. Les indiscrétions de la presse – oui comment lui faire respecter une politique qui demande le secret sans la museler, ce qui est contraire aux principes sacro-saints de la démocratie –, ces indiscrétions arrêtaient pile les négociations avec l'Irak affamé. Les Etats-Unis s'indignaient d'une trahison des Français qui, en fait, les prenaient de vitesse. Gaston aima que son père, cet homme dont il connaissait la lucidité, se mît si complaisamment au niveau de John-Gerald. Au dessert, on en revint brièvement aux projets d'avenir pour la jeunesse, histoire de parler surtout d'Odile.

– Elle bosse comme une dingue, dit Marie-Mathilde empruntant au vocabulaire de sa nièce avec l'intention de montrer qu'il n'y a pas de fossé entre deux générations et que le langage de l'une déteint sur l'autre. Oui, elle bosse tard la nuit après ses cours. Résultat, ce matin à dix heures, je monte la réveiller dans le pied-à-terre qu'elle occupe au-dessus de chez nous, eh bien, croyez-moi, j'ai eu beau sonner, tambouriner, redescendre téléphoner, rien ne l'a réveillée. A midi, je la croise dans l'escalier. Ma pauvre petite affichait une mine de chien battu : des cernes sous les yeux, marchant comme un zombi. Ses examens tournent à l'obsession.

John-Gerald en profita pour critiquer sévèrement les méthodes d'enseignement. Il avait sur cette question quelques vérités longuement mûries : les têtes bien faites et les têtes bien pleines.

Avec une bienveillance tout électorale, le ministre affirma partager ces vues. Il n'accepterait jamais le portefeuille de l'Education nationale. Les syndicats d'enseignants et les associations d'étudiants empêchent toute réforme qui ne soit pas démagogique et porte atteinte à leurs droits. On se heurte à un mur. Du Chesnes approuva d'autant plus vigoureusement qu'il voyait dans la personne du ministre un des rares politiques susceptibles d'être le dernier recours contre la « chienlit ».

– Pardonnez le mot, il est du général de Gaulle lui-même.

On en revint à Odile qui « littéralement se tuait » à préparer ses examens. Madame du Chesnes tentait en vain de l'attirer au théâtre, de l'intéresser à des expositions de peinture. Elle avait même essayé, sans succès, de l'inscrire dans un rallye très bien coté.

– Elle est musicienne et joue à ravir du piano depuis l'âge de six ans. Nous lui avons offert un piano électronique dernier modèle. Vous pressez un bouton et vous avez le son que vous désirez : clavecin, orgue et même xylophone...

– J'aime bien la trompette, dit Gaston. Armstrong ou Miles Davis.

– Je ne crois pas que ce soit possible, dit Madame du Chesnes avec dédain et sans relever ce qu'avait d'incongru cet air de trompette. Odile est résolument classique. Ce qui me désespère est de la voir remettre ses exercices à plus tard, quand elle aura décroché son doctorat. A peine l'entend-on, le matin, exécuter quelques ritournelles avant de plonger dans ses livres ou de partir pour les cours. John-Gerald a très peur qu'elle devienne une femme savante... vous savez... de Molière.

On fut très heureux de la référence. Gaston mûrissait quelques doutes sur le danger encouru par Odile. Dès que s'ouvrait une brèche dans la conversation, la tante revenait à elle :

– Depuis que nous n'avons plus de chien...

– Comment, le pauvre Victor n'est plus de ce monde ? demanda Madame mère cherchant n'importe quelle diversion.

– Oui, je ne l'ai dit à personne. Mort à dix-huit ans. Il était sourd et incontinent. J'ai pleuré comme jamais dans ma vie. Tout être humain a plus besoin d'aimer que d'être aimé. Ça vous paraîtra scandaleux ce que je vais dire mais, après que Victor nous a quittés, tout notre amour s'est porté sur Odile. C'est vrai !

– Tu exagères ! dit John-Gerald.

– Non, je le dis comme je le pense. Personne ne m'empêchera de dire ce que je pense... Odile est venue habiter au-dessus de chez nous. Elle a son indépendance. Une nécessité pour la jeunesse d'aujourd'hui qui exige d'être responsabilisée.

– Il y a quand même des dangers, dit Madame mère.

– Pas avec elle. Odile a une prédilection pour les milieux littéraires. Au cours de notre brève rencontre ce matin dans l'escalier, elle m'a parlé de ses deux nouveaux amis, un romancier connu, Goncourt, et un journaliste en vue : Philopatte.

Gaston trouvait Odile de plus en plus marrante. Son père, qu'il ne soupçonnait pas de s'amuser autant, rectifia :

– Je crois savoir que le journaliste s'appelle Philoctète. Une méchante langue, mais comment aurait-on de l'esprit sans être méchant ? Il a surnommé son souffre-douleur : Con-Gourd... pardonnez-moi... à la suite d'un prix littéraire qui a paralysé son activité... créatrice. Je crois que mon fils les connaît aussi. Ils se rencontrent chez Castel, rue Princesse.

Gaston s'étonna sans commentaire. Comment son père le savait-il ?

Dans l'ascenseur qui les emmenait, Marie-Mathilde dit à John-Gerald :

– J'ai l'impression que nous avons été très bien. En dehors des milieux politiques, ils ne doivent pas connaître grand monde. Et que penses-tu du fils ?

– Pas génial. Parle peu. Ça fera une moyenne avec Odile qui parle trop. De toute façon, les meilleurs couples sont ceux où l'un des deux domine l'autre. Odile le mènera par le bout du nez.

– Tu en parles comme si c'était déjà fait.

– Invite-les à dîner un soir. Avec Odile, bien sûr. Après le café, tu suggéreras à Odile de l'emmener visiter son appartement. Je lui fais confiance.

– Tu es d'un cynisme... mais si ça pouvait être vrai !

Les du Chesnes partis, le ministre se fit préparer une légère valise. Il allait à Strasbourg et reviendrait le lendemain.

– Nous venons de vivre, dit-il à Gaston, une version presque améliorée d'un film de Buñuel que tu as peut-être vu : *Le Charme discret de la bourgeoisie.* Buñuel n'a rien inventé.

Gaston admit que Buñuel restait en dessous de la réalité. Une amie gardait le film en cassette et se le repassait souvent. Il demanderait à le voir ce soir.

– Ou demain, dit le ministre en endossant son pardessus qui le faisait encore plus grand que nature.

– Vous n'oubliez rien, mon ami ?

– Si, ma chère, je vous oublie pour vingt-quatre heures, mais demain soir nous sommes invités à l'Opéra Bastille.

– C'est une première ?

Elle craignait les spectacles où il n'y avait personne de connaissance à l'entracte.

– Oui, c'est une première. Soyez rassurée, vous aurez des mains à serrer.

Elle encaissa. Seule avec Gaston, elle osa :

– Alors, mon chéri, qu'en penses-tu ? On ne t'a pas beaucoup entendu.

– Je n'avais rien à dire. Vous parliez tous pour moi.

– Lui est très conventionnel, mais Marie-Mathilde a du piquant.

– Dommage qu'elle soit idiote. On la voit venir de loin.

– En tout cas, ils ne sont que l'oncle et la tante. Leur nièce est une perle. Motus sur les parents... j'ai dans l'idée qu'ils ne doivent pas être aussi bien que leur fille. Ces choses arrivent en province. Il faut redresser la barre.

Il lui abandonna le « redresser la barre » qui faisait partie depuis longtemps de l'arsenal maternel et résolvait les problèmes d'avenir toujours si préoccupants. Bien jolie femme, elle aurait encore séduit si elle ne s'était pas livrée aux coiffeurs, aux maquilleurs et à ces nouveaux confesseurs que sont les esthéticiens. A une époque de sa vie, délaissée par son mari pour son peu d'intelligence et les artifices dont elle s'entourait imprudemment, elle avait plu à un homme d'esprit et de talent qui, après une rapide passe, s'était détourné d'elle non sans lui faire un enfant. Elle l'avait oublié et on pouvait même se demander si elle y pensait jamais. Dommage qu'avec les seuls êtres dont nous aimerions connaître la vérité, la conversation soit impossible sans blesser. Gaston la rudoyait bien assez pour ne pas en rajouter. Un geste involontaire lui fit plonger la main dans sa poche et en sortir les boucles d'oreilles.

– Pour qui est-ce ?

– Pour Odile.

– Ah ! vous en êtes là ! Et ils n'en savent rien, dit-elle en pouffant. Je ne te conseille pas de passer déjà aux cadeaux. C'est mettre le doigt dans l'engrenage.

– Rassurez-vous : ce n'est pas un cadeau. Non. Elle les a oubliées ce matin au réveil sur l'étagère de ma salle de bains.

– Tu me coupes le souffle.

– Pas de quoi. J'aurais dû les remettre à sa tante. J'ai oublié.

– Heureusement ! Tu imagines sa tête ?

– Et la vôtre ?

– Mon petit garçon, je serai toujours ta complice.

Il raconta brièvement la soirée de la veille.

– C'est toujours mieux de savoir à qui on a affaire, dit-elle bravement.

– Dans ce cas précis, je l'ignore toujours.

– Si elle se conduit comme ça avec toi, je dis bravo, mais avec d'autres moins respectueux, elle court des risques.

Respectueux ? Il n'aurait jamais employé ce mot pour la scène de la nuit. Odile avait dit : « On va dormir en copains ? » et rien ne paraissait plus naturel que de respecter ce genre de relations.

– Je me demande, dit Madame mère, si les du Chesnes ne sont pas pressés de la marier avant qu'on découvre le pot aux roses. Et la fille du chauffeur d'autobus à Québec, tu la vois toujours ?

Dans son désarroi, elle se raccrochait à n'importe qui à part cette Céline qu'elle savait seulement être une quarteronne, une ancienne danseuse vivant entretenue aux environs de Paris, mais que, par une de ces intuitions propres aux mères plus qu'aux épouses, elle soupçonnait de lui voler l'amour de son fils. Son propre amour plutôt sommeillant se réveillait à l'idée d'une rivalité dont elle n'était pas l'inspiration.

– Lucie est le négatif d'Odile.

– Cette Lucie... encore une qui cherche à se faire épouser.

Gaston rit de bon cœur. Il ne s'estimait pas un si beau parti que toutes les jeunes femmes de Paris fussent dévorées par l'ambition ou le simple désir de l'épouser. Et qui veut encore se marier aujourd'hui ? Lucie cultivait peut-être les raisons les plus compréhensibles de ne pas se donner sur un coup de tête, soit que, par un restant de morale, elle appartînt à une génération du passé, soit que, méfiante à la perspective d'une liberté trop vite consommée, elle appartînt déjà, au contraire, à une génération future qui réinventerait le plaisir en élevant de nouvelles barricades. Il est vrai qu'elle ne craignait pas de dévoiler beaucoup d'elle-même un après-midi sous la douche, mais n'était-ce pas là aussi un signe de santé alors qu'Odile, a priori mille fois plus libre, s'enfermait à double tour dans la salle de bains ?

– Méfie-toi quand même, dit Madame mère mal convaincue. A vivre auprès de Madame Rose, elle a dû apprendre à mettre le grappin sur les hommes : en sautant dans leur lit ou en se refusant. Tu vois toujours notre... cousine ?

Il eut beau jeu de lui rappeler qu'un jour, sur un mot de Germain Duval (et il y avait peut-être eu quelque chose entre eux aussi), elle l'avait aiguillé vers cette source... historique serait un grand mot... disons anecdotique. Sa belle-famille l'avait assez humiliée pour qu'elle y prît une malicieuse revanche. Oui, il voyait toujours Madame Rose et même, de ce pas, comptait se rendre chez elle, rue Guynemer. La pauvre déraillait depuis pas mal de temps et ses confusions de dates, de personnes, ses fabulations de plus en plus intéressantes évoquaient assez bien l'écriture automatique des premiers surréalistes. Grâce à des souvenirs, vrais ou fardés – mais qui ne farde pas son passé, ne l'enjolive pas ou ne l'efface pas ? –, il détenait désormais la version crue du coup de foudre de grand-père Octave lors d'un banquet républicain, coup qui avait ruiné sa carrière politique et probablement empêché que le département du Lot lui élevât l'obligée statue de la petite patrie reconnaissante à ses grands hommes. Gaston préférait de loin le portrait d'alcôve et les anathèmes de Juste Saint à l'image rigide et plutôt terrifiante qu'il gardait d'Octave. Au lit, prétendait son ancienne séductrice, n'était-ce pas un gamin curieux des « petits mystères du corps féminin », le naïf explorateur des chatouilleries de Cupidon ?

– Tu me raconteras tout ?

– Tout, je vous le promets. Je ne suis pas une tombe. Vous permettez que j'appelle chez elle ? Ce matin, personne ne répondait.

Après une longue insistance, Saïd décrocha.

– Ah ! Monsieur Gaston, c'est toi enfin ! La Québécoise te che'che pa'tout...

– Passe-la-moi.

Il entendit le pas, puis la voix autoritaire :

– Viens tout de suite.

– Qu'est-ce qui se passe ? Elle est malade ?

– Il s'agit bien de ça. Viens, je te dis. Tu comprendras.

Elle coupa et il n'y eut plus que le bourdonnement de la tonalité, lointain signal d'un autre monde où l'on pénétrait seulement avec un chiffre de passe. Gaston sauta dans un taxi. Rue Guynemer, un camion de déménagement fermait son panneau arrière. De la paille, du papier bulle jonchaient le trottoir. Un petit homme en chapeau mou, costume de lustrine sombre, serviette de faux cuir sous le bras, parlait avec un homme plus grand d'une tête, en costume de tussor beige, coiffé d'un chic panama d'où dépassait sur la nuque une abondante chevelure grise, la soixantaine élégante, trop élégante, eût dit Brummell. Leur conversation, interrompue à l'arrivée de Gaston, reprit derrière son dos. Le camion démarra, lâchant une nauséabonde vesse de diesel.

On avait démonté la serrure de sécurité de la porte béante du quatrième. Debout dans le vestibule vidé de ses meubles, adossé au mur nu d'où ne dépassaient sur le fond grisâtre du papier que les pitons d'un portemanteau disparu, Saïd se tenait tête baissée, bras croisés.

– Ah ! Monsieur le cousin Gaston... c'est t'agique. Z'ont p'is ma télévision...

Dans son fauteuil, Madame Rose souriait aux anges. Assise à la turque sur le parquet nu, Lucie lui tenait la main. D'un coup de baguette magique, meubles, tableaux, tapis, bibelots et jusqu'aux rideaux et tentures du salon s'étaient envolés. Sur les murs tendus de toile beige, des plaques grisâtres tissées de toiles d'araignées et cernées de traînées de crasse rappelaient l'emplacement des vingt portraits en pleine gloire de la malheureuse vieille chose maintenant ratatinée dans son fauteuil comme un pruneau confit dans un berceau.

– Cher, cher Gaston, vous tombez mal ! Grand nettoyage ! On a tout enlevé pour faire place aux lessiveurs et aux cireurs. Voilà des années que je le demande ! Saïd est un incapable. On n'est plus servi, aujourd'hui. Il faut appeler des entreprises spécialisées. Heureusement Willy a été un chou de s'en occuper. Avec lui, les choses ne traînent pas.

– Willy ?

– Je vous en ai parlé cent fois. Mon mari, puisque c'est comme ça pour l'état civil. Bien que maquereau et pédé, mon mari réapparaît quand j'ai besoin de lui. Ce soir, tout sera de nouveau en place et vous resterez dîner avec nous trois. Inutile de retourner vous habiller. Vous venez comme vous êtes. A la bonne franquette. Un dîner de chez le traiteur. Malgré de ridicules cheveux longs, Willy a ses qualités. Le goût, mon cher, le goût est son affaire... Un seul défaut : il n'a pas l'odorat très fin, je l'avais déjà remarqué. Il aurait tout de même dû exiger que ses hommes prissent une douche avant de vider l'appartement. Ces relents d'aisselles et de pieds sont insupportables. Les gens du peuple transpirent abominablement. Ça ne devrait pas exister sous un gouvernement de droite.

– ... qui fait une politique de gauche, chère cousine.

– Alors, c'est explicable.

Lucie décroisa ses jambes et se leva. Elle portait, nota Gaston, un léger tailleur de voyage en provenance de la riche et indémodable garde-robe de

Madame Rose. Sur une vieille affiche publicitaire du Train Bleu, on voyait une jeune femme en chapeau cloche et même tailleur fumer et boire son thé au wagon-restaurant.

– Dans ma chambre, dit Madame Rose, je leur ai demandé de laisser mon lit tel quel. Peu importe la poussière en dessous. Ce n'est pas comme mes livres. Willy les a soigneusement emballés pour les confier à un libraire. Ils ont besoin de quelques soins. Vous savez que je possède la première édition des *Fleurs du mal* dédicacée à Théodore de Banville, les manuscrits du *Voyage en Orient* de Flaubert et vingt lettres du pauvre Beyle à sa sœur Pauline ? Il faut demain que je vous montre ces trésors, mon cher petit cousin. Charles achetait sans regarder au prix. Heureuse époque ! Willy s'y connaît très bien aussi, il pense à tout, il voit tout. Ma vieille émeraude avait besoin d'un coup de chiffon. Quelle gymnastique pour la retirer ! J'ai vu le moment où il faudrait me couper le doigt. Willy a couru place Vendôme et la rapportera ce soir. Trouvez-moi des hétérosexuels avec autant de prévenances... Pas un, mon cher cousin.

Elle tendit la main gauche vers la lumière. La bague avait laissé un anneau de chair blanche juste avant la jointure meurtrie et gonflée.

– Quelle imprudente je suis ! Je vous invite à dîner mais Willy préfère que je ne passe pas la nuit dans une caverne de troglodytes. Des amis m'invitent à la campagne. J'ai beau dire du mal de lui, je reconnais ses qualités : il est tellement attentionné ! Un peu crapule, c'est la rançon de son charme. Vous resterez seul avec ma belle Lucie. Emmenez-la dîner dans un bistro d'étudiants. Elle adorera. Et ramenez-la sagement avant minuit. Une vierge, mon ami, une vierge... ça ne se trouve pas sous le pied d'un cheval. On ne consomme pas ça gratis.

Son ricanement l'étrangla et Lucie lui tapota le dos.

– Pauvre Willy ! L'ai-je assez calomnié. Imaginez... à douze ans, groom dans un grand hôtel de la Côte d'Azur. Un page de l'ancien temps, avec une clientèle de vieux beaux et de vieilles décaties. Est-ce vraiment sa faute si les vieux beaux et les vieilles décaties ont faim de chair fraîche et, disent les Anglais, *« turn the bottom of the page »* ? Saïd ne vous a pas encore servi votre whisky et vos « glazons ». Il ne fout plus rien. Je le renvoie aujourd'hui.

Lucie fit signe à Gaston de refuser. Auraient-ils tout raflé ?

– C'est l'heure de la sieste, dit Lucie. J'appelle Saïd...

– Ah ! non, ma petite... je suis très bien ici avec vous deux pendant qu'on fait le ménage.

– Les cireurs vont s'attaquer au salon. Vous les gênerez. Vous serez mieux dans votre chambre.

– Les cireurs ! Vous connaissez le tableau de Caillebotte ? Trois gaillards, torses nus, agenouillés sur le plancher et le rabotant avant de le cirer. C'est si réaliste qu'on croit sentir leur odeur mêlée à l'odeur de la cire d'abeille. L'ennui est qu'ils transpirent abondamment. Le mélange est irrespirable. Lucie, vous garderez l'œil sur eux. Ils bâclent leur travail et le plancher se fendille, des termites se faufilent dans le bois et le dévorent. La maison s'écroule. Il n'y a plus qu'un tas de sciure. Sans compter que, la nuit, ces horribles bestioles vous sautent dessus et au réveil vous n'avez plus que la peau sur les os.

Elle tendit en avant ses maigres bras, ses mains gonflées par l'arthrite.

– Voyez le résultat... moi qui avais les plus beaux bras de Paris ! A propos, cher Gaston, comment va cet excellent Octave avec lequel, je crois, vous êtes lié ?

– Il est mort.

– Voilà qui n'est pas gai, mais ça simplifie tout. Je n'aurais pas aimé le recevoir dans un appartement sens dessus sens dessous. Il n'était pas simple comme vous. Il était même très pompeux. Préférait le style Henri II au style chippendale. Willy est tout le contraire. Finalement, j'ai fait le bon choix.

Gaston prit Madame Rose dans ses bras. Elle ne pesait rien. A leur passage, Saïd décolla du mur et ouvrit les bras.

– Repos aujourd'hui, Saïd. Vous pouvez rester vissé devant votre télévision. On s'occupe de moi.

– Ma télévision, Madame Rose, c'est mo't.

– Bonne nouvelle.

Le lit trônait dans la chambre vidée de ses livres, fauteuils et table de chevet. Une seule ampoule pendait au plafond, misérable. On n'avait pas oublié le présentoir resculpté par Brancusi. Lucie déchaussa Madame Rose, la couvrit d'un léger édredon, retira le toquet de velours. Une épingle oubliée déplaça la perruque.

– Laissez, laissez, ma petite. Le merlan vient tout à l'heure me couper les tifs.

– Le merlan, les tifs ?

– Le coiffeur, les cheveux. Vous débarquez de vos arpents de neige ! Quelle bêtise d'avoir laissé partir ça ! Toto a chassé l'ours. Il a même rapporté une peau pour moi et l'a oubliée dans le train. Une chance ! Vous me voyez avec une peau d'ours sous les pieds ?... Profitez de ma sieste pour apprendre l'argot avec Gaston. C'est un bon voyou. Il sait.

Elle ferma les yeux. Une rapide grimace passa sur son visage, le souffle ralentit. Ils sortirent sur la pointe des pieds. Saïd s'était réfugié dans sa cuisine. Du mobilier de la chambre de Lucie ne subsistaient que l'ordinateur déjà empaqueté dans sa caisse de provenance et le lit à demi recouvert par une valise béante remplie de linge intime, de légères robes pliées et de quelques livres.

– Si je n'avais pas gardé la facture de la machine, ils l'auraient aussi embarquée. Le nommé Willy n'a pas été odieux, comme tu pourrais le supposer. L'huissier, évidemment, c'est son métier, on ne lui en veut pas. Willy a prévu qu'une ambulance viendrait la chercher en fin d'après-midi pour l'emmener dans une maison de repos.

– Tu veux dire un « mouroir ».

– N'y pensons pas. Il n'y a pas d'autre solution.

Elle rangea ses dernières affaires, des chaussures, les photos de famille et un épais cahier : « Journal. » Elle empila le reste des livres et les lia avec une courroie de cuir.

– Georges doit passer les prendre. Il en tirera bien trois sous chez Gibert. L'ordinateur est pour lui.

– Il y a déjà eu Willy. Maintenant Georges ?

– Mon frère.

– Alors, c'est vraiment ton frère ?

Elle rit et lui donna une tape sur le bras.

– Bien sûr. Tu en doutais parce que tu es l'esprit le plus masochiste que j'aie jamais rencontré.

Qui n'aurait pas douté et ne douterait pas encore ? Elle jouait bien, peut-être même un peu trop bien avec les ambiguïtés. Il hésitait à poser la question, non par discrétion mais pour son improbable réponse.

– Tu retournes à Québec ?

– Non. Enfin, pas tout de suite. Peut-être jamais, peut-être très vite. Sais-tu toi-même ce que tu feras demain, après-demain ?

– Mon année sabbatique tire à sa fin.

Dans la penderie, elle prit la blouse blanche, la déchira rageusement et poussa du pied les lambeaux sous le lit.

– J'ai eu horreur de ça. Pourtant, je l'aimais bien, la pauvre, et l'aider m'a rendue meilleure. Je ne savais pas plus qu'elle que nous vivions au bord d'un gouffre : cinq ans de loyers impayés, les impôts, des notes chez les fournisseurs du quartier, un compte en banque dans le rouge depuis des années, des agios. Un jour ça doit s'arrêter. Le pauvre Peter suffisait à peine au superflu. Le mari – si l'on peut dire – réglera la maison de repos. Il ne s'engage pas beaucoup. Ça m'étonnerait qu'elle survive longtemps hors de son nid. Mais moi, MOI je veux vivre.

– Et Saïd ?

– Le Willy s'en occupe. Il a toujours rêvé d'un Indien qui lui servira le thé et l'appellera Sahib. Pas de regrets pour Saïd. Il s'adaptera en regrettant peut-être de ne plus me poursuivre dans le couloir en brandissant sa queue toute noire comme un bout de réglisse en bec-de-cane.

– Tu ne t'es jamais plainte.

Elle haussa les épaules. Elle était femme à se défendre sans appeler la gendarmerie au secours. Du couloir, parvint une voix inquiète :

– Lucie... Lucie, tu es là ?

Gaston fut seul un instant dans la chambre vide. A côté du sac à main, elle avait laissé son passeport. Sur la photo d'identité, elle coiffait ses cheveux en macarons cachant les oreilles. On lui donnait seize ans à peine. Dans l'enveloppe glissée entre les pages, un billet de train : gare de Lyon, départ vingt et une heures ; arrivée à Florence neuf heures du matin. Et un ticket de wagon-lit. Georges apparut avec elle, se contenta d'un « hello » très américain, remplit l'ascenseur avec les paquets et embrassa Lucie sur la joue.

Peu après, vers sept heures du soir, deux infirmiers se présentèrent, une ordonnance à la main. Ils venaient prendre possession du colis. Madame Rose les accueillit martialement.

– Un whisky ou un coup de rouge comme des militaires ?

Ils refusèrent gaiement. Lucie avait préparé une valise avec l'essentiel. Madame Rose se laissa porter de son lit sur la civière.

– Idéal, absolument idéal. Où allons-nous dans cet équipage ?
– A Saint-Cloud, Mémé.
– Mémé ! Ah ! c'était le rêve de ma vie ! Hélas ! mon corps n'a pas voulu. Ça n'est pourtant pas faute d'avoir essayé. Tant pis ! Cela dit, j'adore Saint-Cloud. Vous en profiterez pour passer par la place des Vosges.
– C'est pas tout à fait le chemin.
– Aucune importance, je ne suis pas pressée.
La descente par l'escalier l'enchanta. A chaque virage, il fallait incliner la civière. Elle chantonna :
– C'est la fête à Neu-Neu... c'est la fête sur la grand'roue...
Lucie et Gaston suivirent jusqu'à l'ambulance dans laquelle on engouffra un peu rudement Madame Rose et sa valise. Elle eut encore le temps de dire :
– Ma chérie, vous avez les yeux tout brillants. Soignez-vous. Dans le placard à pharmacie, vous trouverez mon collyre. Deux gouttes dans chaque œil avant de vous coucher et le matin au réveil. Croyez-moi... Une seconde, Messieurs, ne fermez pas la porte... Lucie, ma chérie, ne comptez pas sur Peter ce soir pour vous promener dans Paris. Figurez-vous qu'il me volait comme dans un bois depuis cinquante ans. Qui l'aurait jamais cru ? On l'a mis en prison. Il y a quand même une Justice !
Puis, au chauffeur qui prenait place au volant :
– Puisque nous avons tout le temps, vous m'arrêterez au Palais-Royal. Nous ferons un tour sous les arcades. Excellent pour la santé.
L'ambulance démarra, enclencha son avertisseur et

sa lumière bleue clignotante. Etait-ce si urgent que ça ?

– Ils sont bien pressés, dit Lucie la voix blanche. C'est trop triste. Remontons.

La nuit tombait, plongeant le salon dans l'ombre. Lucie poussa le fauteuil vide dans la salle à manger et ferma la porte.

– C'est mieux comme ça, sans les portraits, sans rien d'elle pour nous regarder.

Elle retira sa veste de tailleur, laissa tomber sa jupe à ses pieds, passa par-dessus la tête la combinaison blanche. Elle tournait le dos à la baie. Dans la lumière déclinante, il ne voyait d'elle qu'une silhouette à contre-jour, les contours du plus parfait des corps. De tièdes mains emprisonnèrent ses joues, dénouèrent sa cravate, le débarrassèrent de son veston et déboutonnèrent sa chemise.

– Tu feras attention. Je ne veux pas d'enfant.

Genoux à terre, ils s'enlacèrent, poitrine contre poitrine, souffles mêlés. Quand elle s'allongea sur le dos et déplia ses jambes, il la parcourut lentement des mains comme un aveugle découvre les douceurs du monde. Les vitres tremblèrent au passage de la voiture des pompiers venant de la rue du Vieux-Colombier. Dans le silence retombé, leur plaisir explosa.

– C'est trop beau, dit-il.

– C'est tout ce que j'avais à te donner. Après... après, plus rien n'aura d'importance.

A tâtons, elle retrouva sa combinaison, sa jupe, la veste et se rhabilla. Son beau corps blanc qui éclairait comme une luciole le salon atrocement vide s'effaça dans l'ombre.

– Le taxi doit être là. Accompagne-moi.

En bas de l'escalier, la chaise roulante de Madame Rose encombrait la sortie. Il voulut la repousser.

– Avec le pied... ne la touche pas.

De la crotte maculait les poignées et le siège.

– Charmants enfants, dit Lucie. Je ne les regretterai pas.

Le chauffeur quitta son siège, balança la valise dans le coffre. Lucie se raidit quand Gaston voulut la prendre dans ses bras.

– Nous nous sommes tout dit.

Le feu rouge de la rue de Vaugirard arrêta le taxi. La lumière d'un réverbère éclairait la lunette arrière où se dessinaient les épaules, le fier cou, la nuque de Lucie. Elle ne se retourna pas. Au feu vert, le taxi s'engouffra rue Bonaparte.

– La page est tournée. Cette gentille infirmière a eu bien de la patience.

Derrière Gaston, Willy leva la main en adieu.

– Infirmière n'est pas le mot, dit Gaston. C'était, je le sais, une affectueuse compagnie.

– Tout de même... le bain, les petits besoins... qui supporterait ça au seul nom de l'amitié ? Vous n'aviez que le meilleur de notre chère Rose. Saïd est toujours là-haut ?

– Je suppose. Réfugié dans sa cuisine.

– Ça vous ennuie de monter avec moi ? Seul, j'aurai peut-être du mal à le convaincre de me suivre. C'est un grand bouleversement dans sa vie.

Derrière lui se tenait un jeune garçon en jeans et veste de cuir, la tête rasée, un anneau d'or à l'oreille gauche.

– Mon fils... Robert... enfin, il préfère qu'on lui dise Bob.

Bob jonglait avec un trousseau de clés, jambes écartées. Gaston dut le gratifier d'un regard si peu dupe que Willy se disculpa lâchement.

– Adoptif... fils adoptif ! Nous montons ?

Quoi ? Craignait-il les fantômes ?

– Si la ligne n'est pas coupée, dit Gaston, j'en profiterai pour téléphoner.

– Bien sûr.

Sur le combiné resté par terre dans le vestibule, il composa le numéro, tomba sur la secrétaire.

– Non, Monsieur, le professeur Duval vient de partir pour le congrès d'obstétrique de Florence. Est-ce urgent ? Je peux vous donner le numéro de son remplaçant.

– C'est lui que je veux personnellement. Je suis un ami.

Elle parut hésiter mais la voix la mit en confiance :

– En ce cas, appelez-le sur son portable. Il doit être arrivé gare de Lyon. Vous le joindrez avant que son train s'ébranle pour Florence...

S'ébranle ? Voilà comment le petit personnel s'exprimait maintenant. Il raccrocha. Que ressent-on quand, les mains liées à un poteau, on reçoit une balle en plein cœur ?

Du fond du couloir parvint un cri d'horreur : « Gaston, venez ! »

Un escabeau renversé sous ses pieds nus aux doigts écartelés, Saïd pendait, accroché au plafond. Le ventilateur tournait sur la table de la cuisine. A chaque passage en direction de Saïd, son souffle soulevait la blouse blanche, découvrant le ventre creux surmonté d'une hernie ombilicale, petite saucisse rose posée comme une cerise sur la peau cuivrée. De la bouche ouverte dans un dernier effort pour lutter contre l'asphyxie pointait une rangée chaotique de dents noires et pointues comme des clous.

– Ça alors, répétait Bob sur un ton qui pouvait passer pour de l'émerveillement, j'ai 'core jamais vu !

Willy se cachait le visage dans les mains.

– Faites quelque chose, hurlait-il.

– Vous voyez bien qu'il est mort, dit Gaston.

– Peut-être pas. Appelons le S.A.M.U. ! Tout de suite !

Il était au bord de la crise d'hystérie, livide, les lèvres tremblantes.

– Allons, Papa, t'énerve pas ! Appelle plutôt les flics.

– Il n'est pas mort ! Il n'a pas fait exprès ! hurla Willy sans que l'on sût s'il le souhaitait vraiment ou, au contraire, l'accusait d'abuser de la situation et de gâcher une si belle journée par une plaisanterie de mauvais goût.

Bob sauta sur la table et déboucla la ceinture si brusquement que Gaston qui tenait les jambes de Saïd manqua le laisser s'écraser sur le carrelage. Willy s'écarta avec un cri d'effroi et se tourna vers le mur pour ne pas voir.

Allongé sur la longue table de cuisine dans son élégant costume indien, les yeux ouverts – assez glauques, il faut le dire –, la mâchoire de travers, pas encore raide mais déjà gourd, le pauvre Saïd semblait très surpris de ce qui lui arrivait. Sa culotte serrée aux chevilles et bouffante à la taille bâillait, découvrant un sexe qui répondait à la brève description de Lucie, bien que, contrairement à la légende, il parût dépourvu d'intentions arrogantes. Le cœur ne battait plus. Des taches violettes autour du cou gagnaient le visage crispé dans un dernier rictus.

– Le S.A.M.U., le S.A.M.U. ! hurlait Willy.

– Le téléphone est dans le vestibule. Bob a raison, nous avons besoin de la police. C'est trop tard.

Il est près de minuit. Dans le couloir de droite de l'autoroute de l'Ouest, un homme à moto roule à petite vitesse. Le casque rouge à pois noirs a perdu sa visière en mica. Le vent tire des larmes des yeux de l'homme, brouille les lettres des panneaux indicateurs. La moto est japonaise. Une pression de la main droite sur la manette des gaz suffirait à la cabrer et la lancer à deux cents kilomètres-heure, humiliant la file des voitures hurlantes qui la dépassent, mais ce serait là une vanité dont l'homme se moque. Il n'a besoin ni de cette tension qu'exige la vitesse ni du danger qui est un leurre. Voilà qu'en hautes majuscules lumineuses apparaît le nom de Mantes. Mantes ne l'intéresse pas et, par l'échangeur, il revient vers Paris. Dans ce sens, les voitures sont plus rares bien que tout aussi pressées. Par jeu, pour plaire à la japonaise qui ne montre pourtant aucun signe d'ennui et d'impatience, il accélère : 100, 120, 140, 180 au compteur, et redescend à 50. Le miaulement du moteur a déchiré la nuit et le doux ronron qui suit est un chant à bouche fermée. De sa main nue, il essuie les larmes au moment où s'approche un panneau indicateur : Pontchartrain. Après la scie des pneus sur le ciment de l'autoroute, l'asphalte est aussi doux que du gazon. A gauche, par des éclaircies dans la muraille des arbres, se devine une douce vallée, parfois le miroitement sous la lune d'un étang ou d'une rivière silencieuse. Le phare de la moto fouille une vibrante voûte de feuillage d'un vert pâle et doré, capte les yeux d'un chat puis d'un renard qui traverse au petit trot. La nuit, c'est la liberté, les pensées s'envolent, parcourent des distances infinies, retrouvent dans le fouillis du monde et son absurde grouillement des objets, des êtres que l'on croyait perdus, qu'on se résignait à ne plus jamais revoir. A cette heure, un train passe la frontière suisse à Vallorbe, longe le bord du Léman endormi et s'engage entre les hautes montagnes du Valais, franchira le Simplon vers quatre heures du matin et, au lever du jour, ralentira au bord du lac Majeur que couvre une nappe de velours moiré usé, très usé. Dans un compartiment du wagon-lit, il y a une jeune fille – ou plutôt, maintenant, une jeune femme – qui s'appelle peut-être Lucie bien que ce ne soit plus du tout sûr tant changer de vie change jusqu'au nom des êtres, il y a cette jeune femme que le soleil levant filtré par le store baissé réveillera. Elle repoussera la mince couverture et le drap, tirera ses cheveux en arrière pour leur passer une bague, et, pieds nus, en chemise, elle remontera le store. C'est l'Italie. A première vue, dans le jour indécis, l'Italie est décevante avec ses villas défraîchies, ses palmiers étiques, parfois un jardin sans doute beau mais que cache un haut mur crêté de tuiles rondes. Rien de commun avec l'approche de Québec, la courbe hautaine du Saint-Laurent au pied de la ville et, au-delà, dans l'air glacé, les forêts de sapins et de trembles, immenses, si profondes que, quand on s'y aventure, on ne sait jamais si on en sortira vivant. Ce n'est pas encore l'heure pour elle puisqu'il est à peine minuit, mais voilà ce qui attend la voyageuse et ce dont, dans son sommeil, elle n'a pas idée. Son sommeil ? Comment imaginer qu'elle puisse dormir après ce qui s'est passé dans les dernières minutes avant de quitter la rue Guynemer pour toujours ? Le compartiment voisin abrite l'individu qu'elle a suivi, auquel elle a fermé sa porte dès le départ parce qu'il est impensable qu'elle lui cède si peu d'heures après avoir été aimée et avoir aimé dans le salon dévasté avec vue imprenable sur les jardins du Luxembourg. Sa chemise de nuit est très décolletée dans le dos et, tandis qu'elle se tient debout, le front collé à la vitre, on voit deux longues éraflures roses qui fuient vers les reins, les marques des lattes du parquet. L'individu a interprété le report de leur intimité à un jour ultérieur (peut-être à plusieurs jours) comme le signe qu'il ne s'est pas trompé, que cette jeune fille est telle qu'il la rêvait, encore un ange dans un monde où la facilité est devenue si courante qu'elle écœure. Il est bien placé pour connaître les secrets des femmes, même si ces secrets sont totalement étrangers aux caractères qu'elles affichent ou qu'on leur prête. Après un virage, l'homme à la moto doit éviter une voiture garée sur la droite et seulement éclairée de l'intérieur. Il a le temps, au passage, d'apercevoir les dossiers des fauteuils rabattus et une femme dépoitraillée à cheval sur ce que Madame Rose appellerait son cavalier et qui est, en fait, plutôt sa monture. L'amour dans l'inconfort d'une voiture est toujours une opération gâchée par sa maladresse et risible de l'extérieur, mais c'est aussi pour celui qui vient de vivre une scène guère plus confortable bien qu'illuminée par la beauté d'un corps révélé sans honte, c'est aussi un rappel brutal et douloureux. L'homme serre le réservoir de sa moto entre ses jambes et crispe ses mains sur les poignées dans cette position qui ressemble tellement à un viol. Le moteur râle brièvement et se calme dès les premières maisons de Pontchartrain, la silhouette du château, la Grand'rue d'autant plus morte que l'éclairent des lampadaires qui diffusent une lumière couleur d'ambre clair. Des chats, un chien debout fouillant une poubelle, c'est toute la vie de ce bourg qu'on pourrait croire abandonné par ses âmes à la suite de quelque terreur médiévale, non sans avoir barricadé les boutiques et cloué les volets. Il y a toutefois une lumière au premier étage du pavillon occupé par Nastasia, mais, quand le motocycliste s'apprête à sonner pour demander à Nastasia si Mademoiselle Céline est seule cette nuit chez elle, la lumière s'éteint et il craint trop le bruit, l'agitation et la réponse pour insister. La route de Versailles laisse à droite l'allée des peupliers. Au passage, il distingue, à travers le feuillage, la veilleuse du perron. Céline est là, pas encore couchée, probablement dans le petit salon regardant pour la dixième fois au moins un des films dont elle a une armoire pleine, films qui sont rarement du goût de son jeune amant. La convention qui régit leurs rapports interdit de venir sans avoir prévenu et l'homme à la moto enrage, accélère si brutalement que sa moto se cabre sur sa roue arrière et qu'il manque tomber, se rétablit et fonce dans la nuit, aveuglé par le vent plus frais que sur l'autoroute. Le doigt de Dieu lui évite, au millimètre près, de se planter dans l'arrière d'un camion sans feux de position. Cœur battant la chamade, il décélère. Des larmes ruissellent sur son visage et il ne voit devant lui qu'une route floue comme à travers un aquarium bordé de grands arbres. La peine que seules la scène atroce du pendu, la panique de Willy, l'irruption de la police qui a cru à un cambriolage ont pu écarter au début de la soirée, la peine est revenue et lui agrippe la gorge, écrase sa poitrine et le brûle plus bas, là où il a connu un bonheur fulgurant avec celle qui s'appelait encore Lucie et, à cette heure, dort ou souffre d'une juste insomnie sur la couchette du wagon-lit, bercée par le monotone tangage du train en route vers le tunnel du Simplon. Même des messages confiés aux différentes gares du parcours jusqu'à Florence ne la rappelleront pas. Le choix est fait pour la vie. La leçon de Madame Rose a été entendue et comprise. Rasé de frais, légèrement parfumé, en costume sévère de congressiste mais avec une touche d'insolence : pochette voyante, chemise rose à col blanc, l'individu veillera, dès le petit déjeuner au wagon-restaurant (nous sommes dans la plaine lombarde plutôt plate mais élégamment jardinée), à ce que Lucie soit coupée du monde et toute à lui. La stratégie des salons de thé, des bars discrets, des petits cadeaux qui en annoncent de grands, a réussi au-delà de ses espérances. Les vrais problèmes sont pour dans une semaine, au retour à

Paris. Cette aventure est une folie mais qui n'a pas vécu une folie n'a rien vécu. Les dés sont jetés. L'homme à la moto opère un demi-tour. A hauteur de la maison de Céline, il hésite encore avant de s'engager dans l'allée des peupliers tant de fois parcourue la joie au cœur qu'il retrouve aussitôt son calme. L'étau se desserre. Là, au moins, il y a l'espoir d'un abri. La moto garée devant le perron, il monte les marches deux à deux. La porte est fermée, il sonne, entend le claquement des mules sur les dalles du vestibule. Elle ouvre en robe de chambre, le front ceint d'un ruban noir qui rassemble sa belle crinière grise et frisée, dégage les oreilles. Du petit salon parviennent des voix d'hommes coupées par le cri strident d'une femme.

– Je pense que ça devait arriver, dit Céline. Entre. Nous regardons un film de Buñuel : *Le Charme discret de la bourgeoisie.* Pose ton casque.

Dans le petit salon, un divan à deux places fait face à l'écran de télévision. De l'homme qui est assis là et regarde le film on ne voit que la nuque massive, les larges épaules. Sans se retourner, il appuie sur la commande effaçant le beau visage de Delphine Seyrig. Il dit la même chose que Céline :

– Je pense que ça devait arriver.

Puis, se tournant vers Gaston :

– Et c'est mieux comme ça.

Sur la tablette devant lui, il y a une théière et des tasses à demi remplies d'une tisane à la menthe dont le parfum embaume la pièce.

– Tu préfères peut-être un alcool ?

– Non, merci.

– Alors, Céline aura la bonté de nous servir une menthe plus fraîche. Assieds-toi à côté de moi. Les occasions de se parler sont rares. Nous n'allons pas manquer celle-là.

Il est en veston d'intérieur, chaussons brodés à son chiffre, un foulard de soie bleu a remplacé la cravate sans fantaisie de l'homme politique. Céline sortie avec le plateau, ils sont seuls et Gaston s'est laissé tomber sur le divan à côté de son père.

– Tu as les yeux bien rouges, mon garçon.

– Le vent. J'ai perdu la visière de mon casque, mais je vous empêche de voir la fin ?

– Je la connais. Ça m'amusait de revoir ce film après le déjeuner d'aujourd'hui avec les amis de ta mère. Buñuel est resté très en deçà de la réalité.

Le petit salon, appelé plutôt boudoir dans les temps anciens, est une pièce que Céline n'a pas cherché à embellir. Derrière l'écran, le cône de lumière d'une lampe éclaire un agrandissement du ballet de Dorothea Putnam pendant une pause en salle de répétition. On reconnaît Céline, au premier plan, assise, les jambes croisées. De tous les visages, le sien est le plus clair. Deux couettes lui donnent un air enfantin.

– Je l'ai connue à cette époque-là, dit le ministre saisissant le regard de Gaston qui croit voir la photo pour la première fois comme si c'était à lui et non au photographe que souriait la mince créature en collant noir, le buste cambré pris dans un maillot de jersey blanc qui souligne son peu de poitrine.

– Il y a vingt ans déjà. Tu étais encore un bébé. Vous avez forci l'un et l'autre, mais avec l'âge l'œil accommode différemment et la sauterelle du ballet me laisserait froid aujourd'hui.

Céline dépose la nouvelle théière de menthe devant eux.

– Laissez infuser deux minutes. Je t'ai entendu : tu veux dire que je suis trop grosse !

– Oh non ! Je constate que tu es heureusement étoffée, que ta beauté de femme est plus glorieuse qu'une grâce d'elfe.

– Je vous laisse entre vous.

Elle se penche vers eux et pose un baiser sur le front de chacun.

– Tu ne pars pas de très bonne heure demain ? demande-t-elle avant de sortir.

– Non. Pas avant le déjeuner. Si tu te réveilles assez tôt nous irons une heure en forêt de Rambouillet. J'ai besoin de marcher. Bonne nuit, bien-aimée.

Céline partie, il y a un silence. Il faut s'habituer à son absence qui rend plus graves les propos à venir et pourrait même les empêcher si le ministre ne trouvait le geste qui les tire tous deux d'embarras.

– Tu fumes ?

– Parfois.

– Tu n'es pas « accro » ?

De qui tenait-il ces mots si peu en accord avec son personnage ?

– Non, j'aime un cigare de temps à autre.

– Ça tombe bien. Il y a trois mois, j'ai rapporté des Cohiba de La Havane.

Il se dirige vers un coffret d'acajou et choisit deux cigares qu'il passe délicatement sous son nez avant d'ôter la bague, de les couper et d'en tendre un à son fils.

– Je vous ai entendu à la télévision participer à une campagne antitabac. Vous étiez même véhément.

– Si on n'affecte pas de se rallier aux clichés les plus imbéciles d'une époque, on passe pour un triste réactionnaire. Ne tire pas trop fort au début. Les premières bouffées doivent être lentes, méditées. Elles donnent au cigare sa température optimale. Après, il se consume sans qu'on ait besoin de tirer comme une cheminée.

Il prend place à côté de Gaston, goûte à la menthe fraîche.

– Pouah ! Céline n'est pas là, profitons-en.

D'un placard encastré dans le mur, il rapporte un carafon d'armagnac et deux verres.

– Du propriétaire ! Pas d'étiquette, comme tu vois. Résultat d'une courte mission dans le Gers l'an dernier.

Gaston est encore trop tendu pour oser une réflexion sur les voyages ministériels qui permettent de remonter à la source des luxes de ce monde et d'échapper au vulgaire. A la maison, ces voyages sont toujours présentés avec un accablement qui en masque les charmes. La mise en scène ressemble à beaucoup de débuts de romans anglais. Con-Gourd en dresserait exactement le pourcentage : le conteur se carre dans un fauteuil confortable, allume pipe ou cigare, se verse un fond de brandy (le carafon reste à portée de main) et commence un récit admirablement construit où il sera toutes les voix : le planteur et sa femme, une métisse malaise, le boy qui rôde ; ou, mieux encore, à bord du *Girl of Malawi*, le commandant, un taciturne, son épouse qui le suit en mer, le second qui tombe amoureux d'elle et le bosco à l'accent de Liverpool.

– J'ai toujours feint de croire que tu es mon fils, persuadé qu'étant donné les traditions de la famille, nous nous maintiendrions à une distance respectueuse qui épargnerait ma vie très privée que tu découvres ce soir. Je me suis trouvé bien de la raideur de mon père dont tu as dû entendre cent fois qu'il embrassait seulement les enfants de ses électeurs.

– On me l'a dit. Madame Rose m'a aussi raconté l'affaire.

– Cette version me dérange parce qu'elle m'apitoie sur lui. Si on m'en parle, je répète que c'est une machination politico-policière et il reste sur son piédestal un peu fêlé, un piédestal quand même, comme j'ai tenté de rester sur le mien jusqu'à ce soir où une raison que j'ignore t'a poussé à venir sans en avertir Céline malgré, je crois, vos conventions. Cette raison, tu la diras ou ne la diras pas...

Il s'arrête, passe sa main sur son visage, geste de fatigue ou de soudaine pudeur après en avoir tant dit, lui qui, d'ordinaire, se livre si peu et dissimule tant.

– Non, j'ai tort... Changeons nos rapports... parle-moi comme un jeune homme à un ami plus âgé. Je ne suis pas ton père, et je sais que tu es le fils de mon excellent ami Hippolyte. Voilà qui doit te mettre à l'aise. Mais, d'abord, que penses-tu de cet armagnac ? Qu'est-ce que tu as ? Tu n'es pas bien ?

Oh non ! Gaston n'est pas bien. Il raconte tout à trac les dernières vingt-quatre heures : le train qui approche du Simplon ; Madame Rose arrachée à ses souvenirs et abrutie de somnifères, qui dort dans la chambre sans âme d'un mouroir de luxe ; la mort de Saïd ; Peter qui est en prison ; Willy qui rafle les restes d'une vie glorieuse et fortunée pour entretenir un voyou avec un anneau dans l'oreille ; Germain Duval qui s'apprête à consommer Lucie ; Odile si drôlement déconcertante ; Madame mère qui a vécu à l'aise dans le mensonge. Et voilà que son père se révèle tout d'un coup un être humain. Comment font-ils tous pour vivre en marge de leur vérité ? Passé l'enfance, ont-ils jamais eu une vérité ?

– Ne laisse pas s'éteindre ton cigare... Tout cela doit te sembler déconcertant. J'aime que tu ne reproches rien à Céline. Tu connaissais la situation. Elle mérite un éclaircissement. J'ai rencontré Céline il y a vingt ans. Elle a été mon jardin secret. Nous avons tous besoin d'un jardin secret. Auprès d'elle, les masques que je suis condamné à porter tombent. Imagine un homme qui joue la comédie vingt-quatre heures sur vingt-quatre et découvre qu'il joue faux, qu'il n'est pas fait pour ça, qu'il est un autre et n'est cet autre que grâce à une femme. J'ai toujours envie d'appeler Céline *La Paix des profondeurs*, piètre traduction d'un titre de roman anglais : *Eyeless in Gaza*. Tu ne connais pas ? Ta génération ne lit plus Aldous Huxley. Oui, elle est la paix des profondeurs. Le mal n'a pas de prise sur elle. Ce ne sera jamais le cas de cette belle Lucie que tu viens de perdre bêtement, mais on ne perd jamais rien intelligemment. Ni le cas de la gentille Odile encore que, là, j'aie des doutes. Il est fort probable qu'une fille qui fout la pagaille dans ta salle de bains, couche dans ton lit sans se soucier de t'inviter à la rejoindre, soit plus appropriée au genre de vie que tu aimeras mener. Est-ce que je me trompe ?

Non, il ne se trompait pas. Il était même exaspérant de lucidité. Mais Céline ?

– Pour Céline, rien de plus simple, je te rassure tout de suite : il y a quatre ans, peu avant que tu la rencontres, j'étais à Beijing... La politique n'est pas ce que l'on croit, un ministre est un représentant de commerce, il vend des avions, des chars, des ordinateurs. Là, nous vendions un métro. Le lendemain de mon arrivée, j'ai cru mourir : une fièvre d'enfer, incapable d'avaler une goutte d'eau, hélicoptère, hôpital, toute la science médicale chinoise autour de moi. Un ministre français mourant d'un virus inconnu à Beijing, ça fait mauvaise impression. Cinq jours entre la vie et la mort. Et puis... miracle ! Debout, prêt à reprendre les discussions. On n'a jamais su ce que c'était. J'ai seulement constaté les conséquences à mon retour. Plus de bonhomme. En mon absence Céline t'avait rencontré dans ce club où tu vas souvent, je crois, où tu as retrouvé Odile hier soir comme tu l'as drôlement raconté à ta mère après le déjeuner. Céline m'a parlé de toi en des termes tels que même si je ne lui ai pas dit : « Mets-le dans ton lit », elle a compris que je n'en souffrirais pas. Elle a aussi compris que je voyais là un signe de la vie. Elle me garde la situation privilégiée que j'occupe et dont j'espère que tu ne me délogeras pas. Les femmes sont plus facilement polyandres que les hommes polygames. Va expliquer... La même différence d'âge nous sépare d'elle :

plus âgée que toi, moins âgée que moi. Un triangle isocèle dont elle est l'angle parfait. Encore un peu d'armagnac ?

– Je repars à moto.

– Tu as toujours été raisonnable. Tu nous avais demandé, à ta mère et à moi, une année sabbatique. Je me souviens que tu as dit : « Il faut que je me cherche. » Rien de plus sensé. J'aurais dû en faire autant à ton âge.

– Mon année sabbatique tire à sa fin. Je ne suis pas plus fixé.

– Est-ce que ça t'amuserait d'écrire les discours et les interventions d'un homme politique ?

– De vous ?

– Non, sûrement pas. Nous allons perdre les prochaines élections. Les Français adorent changer de marionnettes. Dans trois mois, je ne serai plus ministre. Je pense plutôt pour toi à quelqu'un comme Chambaud de la Moselle.

– Je le trouve insipide.

– Alors, tu es son nègre idéal. Je te vois déjà plaçant des lieux communs dans la bouche de cet imbécile. C'est ce que, depuis l'Antiquité, font au théâtre des auteurs comme Aristophane, Molière ou Feydeau. Farces et vaudevilles. Seulement, c'est du vivant. Attention à ta cendre bien que j'apprécie la façon dont tu la conserves sans secouer le cigare. Nous ferons quelque chose de toi.

– Je ne tiens pas du tout à ce qu'on fasse quelque chose de moi.

– Je me suis mal exprimé. Pardonne-moi. J'ai quand même un conseil à te donner : apprends à dissimuler. La dissimulation est un art de vivre. Elle nous protège. Protège-toi. Il est tard. Céline dort déjà et il est entendu que nous ne cohabiterons jamais dans cette maison. Roule prudemment dans la nuit. La moto est un engin grisant mais dangereux. Il serait peut-être temps de t'acheter une voiture. Je sais... je sais... tu retardes autant que tu peux d'entrer dans le Système, mais il faut bien y consentir un jour. Et pas trop tard. Embrassons-nous. Il y a longtemps que ça ne nous est pas arrivé.

L'ascenseur s'arrête à l'étage de Gaston au moment où la lumière s'éteint. A tâtons, cherchant le bouton de la minuterie, il bute sur un corps recroquevillé et manque tomber.

– Tu peux pas faire attention !

Elle est là dans l'encoignure de la porte, jambes repliées dans ses bras, sa tête coiffée d'une casquette de base-ball marquée Chicago Rangers, en jeans, chaussée d'énormes bottines lacées qui lui font des pieds éléphantesques.

– C'est une heure pour rentrer ?

Elle lève des yeux clignotants.

– Avec ton casque rouge à pois noirs tu as tout de la *Coccinella septempunctata.*

– Chère Odile, personne n'est parfait.

– Je tombe de sommeil. Qu'est-ce que tu proposes pour dormir ?

Il met la clé dans la serrure et lui tend la main pour l'aider à se relever.

– *La Création du monde* de Darius Milhaud. Ça te va ?

– Cent pour cent.

– Si tu fous encore le bordel dans ma salle de bains, je te vire.

– Grand idiot, je l'ai fait exprès.

A huit heures du matin, la soignante tire les rideaux de la chambre où dort Madame Rose, pose le plateau sur une table roulante qu'elle approche du lit.

– Votre thé.

Madame Rose ne répond pas. La perruque a glissé sur le côté, découvrant les poils gris d'un crâne squameux. Dans son sac on trouve une carte d'identité grossièrement falsifiée qui lui donne soixante-dix ans, et, roulé en boule, un acte de naissance qui lui donne quatre-vingt-dix-neuf ans, onze mois, vingt-neuf jours et vingt-trois heures. Un centenariat raté de bien peu.

A neuf heures du matin, le train entre en gare de Florence. Le professeur Duval descend le premier et tend la main à Lucie. Elle porte le même tailleur léger que la veille. Un *facchino* s'est emparé des valises. Sur le quai, armés d'une pancarte, deux organisateurs du congrès scrutent les voyageurs, reconnaissent Duval, s'avancent vers lui, se présentent, un peu raides du buste mais le visage éclairé par l'immense honneur que leur fait le praticien français.

– Madame Duval, je suppose ? dit le premier.

Duval s'aperçoit tard qu'il n'a rien prévu tant sa

victoire a été rapide et inattendue. Il hésite, bafouille et il y a une brève gêne. Lucie reste de glace, à mille lieues d'eux.

– Mon assistante, Mademoiselle Lafleur, finit-il par lâcher comme on se jette à la mer.

Et devant le peu de crédibilité de la chose, il ajoute, beaucoup plus calme et comme si tout allait s'expliquer :

– Elle est canadienne.

– Alors deux chambres à l'Excelsior ? dit le second Italien. Plusieurs congressistes sont déjà arrivés avec leurs *assistances*.

La confusion ne fait pas sourire Duval :

– Oui, deux chambres mais proches si possible. Nous aurons à travailler après la réunion.

– Avec porte communicante, ce sera facile, *no problem*, répond le premier qui a tout de suite compris.

– Oui, une porte communicante.

Lucie regarde autour d'elle : le quai, la verrière crasseuse, une gare comme les autres, peut-être un peu plus triste que la moyenne. Son visage exprime sa déception, déjà son ennui. Duval panique :

– Ce n'est que la gare. Le train ne peut pas s'arrêter place de la Seigneurie.

– C'est regrettable, dit Lucie. Pourquoi ne tient-on pas des congrès aux Seychelles ?

Descendant d'un wagon de seconde à l'arrière du train, passe devant eux un grand jeune homme en jeans et chandail, aux longs cheveux blonds, porteur d'un sac à dos. Le nom des Seychelles l'a fait sourire et il adresse un signe de tête à Lucie qui répond de même.

– Vous le connaissez ? demande Duval surpris par la désinvolture du jeune homme qui, avant de s'éloigner, s'est retourné et a soufflé sur le dos de sa main un baiser en direction de Lucie.

– Si je vous disais que c'est mon frère, le croiriez-vous ?

Un gouffre s'ouvre sous les pieds du professeur, mais déjà on les embarque, la voiture est là, les bagages dans le coffre. Le chauffeur tient la porte ouverte. En route pour l'Excelsior. Chambres avec vue sur l'Arno.

A dix heures du matin, une pluie fine tombe sur l'ouest de l'Île-de-France. Ils ont renoncé à une marche en forêt de Rambouillet. Céline en blouse tachée de peinture, coiffée d'un béret landais, s'est installée à sa table de travail, face à un lapin blanc dans une cage en osier que Nastasia lui a rapporté du marché. Elle a commencé une série de boîtes avec des lapins. Le modèle la foudroie de son œil rouge. Assis dans un large fauteuil en rotin, le ministre lit une *Histoire de la Révolution française.*

– Savais-tu, dit-il, que le 24 septembre 1791 l'Assemblée constituante avait privé de leurs droits civiques les juifs non réputés français, les Noirs et les mulâtres ?

– Non, je ne savais pas. Ne parle pas trop fort. Tu fais sursauter le lapin.

A midi, Odile sort de la salle de bains où elle s'est pudiquement enfermée. Gaston a préparé du thé, du pain grillé.

– Tu peux vérifier, dit-elle.

Il jette un coup d'œil à la salle de bains. Odile a dû s'asperger de monoï.

– Oui, c'est parfait.

– Alors, donne-toi un coup de peigne et reviens. On va se parler. Comme ça, dans ta robe de chambre beige à rayures, tes ailes dans les poches et tes cheveux hirsutes, tu as l'air d'un *Galerida cristata.*

– On me l'a souvent dit.

Elle rit si fort qu'il la prend dans ses bras et rit éperdument avec elle.

DU MÊME AUTEUR

Aux Éditions Gallimard

JE NE VEUX JAMAIS L'OUBLIER, *roman* (Folio).
UN PARFUM DE JASMIN, *nouvelles.*
LES PONEYS SAUVAGES, *roman* (Prix Interallié).
UN TAXI MAUVE, *roman*
(Grand Prix du roman de l'Académie française).
LE JEUNE HOMME VERT, *roman.*
THOMAS ET L'INFINI, illustré par Étienne Delessert.
LES VINGT ANS DU JEUNE HOMME VERT, *roman.*
DISCOURS DE RÉCEPTION DE MICHEL DÉON
À L'ACADÉMIE FRANÇAISE ET RÉPONSE DE FÉLICIEN MARCEAU.
UN DÉJEUNER DE SOLEIL, *roman.*
« JE VOUS ÉCRIS D'ITALIE... », *roman.*
MA VIE N'EST PLUS UN ROMAN, *théâtre.*
LA MONTÉE DU SOIR, *roman.*
DISCOURS DE RÉCEPTION DE JACQUES LAURENT
À L'ACADÉMIE FRANÇAISE ET RÉPONSE DE MICHEL DÉON.
UN SOUVENIR, *roman.*
LES TROMPEUSES ESPÉRANCES, *roman.*
LOUIS XIV, PAR LUI-MÊME (Folio).
LE PRIX DE L'AMOUR, *nouvelles.*
ARIANE OU L'OUBLI, *théâtre.*
PARLONS-EN..., avec Alice Déon, *conversation.*
PAGES GRECQUES, *récits.*

Aux Éditions de la Table ronde

LA CORRIDA, *roman* (Folio).
LES GENS DE LA NUIT, *roman* (Folio).
MÉGALONOSE, *pamphlet.*
TOUT L'AMOUR DU MONDE, *récits* (Folio).
MES ARCHES DE NOÉ, *récits* (Folio).
LA CAROTTE ET LE BÂTON, *roman* (Folio).
BAGAGES POUR VANCOUVER, *récits* (Folio).
JE ME SUIS BEAUCOUP PROMENÉ..., *miscellanées.*
UNE LONGUE AMITIÉ, *lettres.*

Aux Éditions Fasquelle

LETTRE À UN JEUNE RASTIGNAC, *libelle.*
FLEUR DE COLCHIQUE, avec des eaux-fortes de Jean-Paul Vroom.

À la Librairie Nicaise

HISTOIRE DE MINNIE, eaux-fortes de Baltazar.
BALINBADOUR, eaux-fortes de Baltazar.
LE BARBARE AU PARADIS, eaux-fortes de Baltazar.

Aux Éditions Cristiani

OUEST-EST, illustré par Jean Cortot.

Aux Éditions Matarasso

TURBULENCES, eaux-fortes de Baltazar.
UNIVERS LABYRINTHIQUE, illustré par B. Dorny.
HU-TU-FU, eaux-fortes de Baltazar.

Aux Éditions La Palatine

UNE JEUNE PARQUE, eaux-fortes de Mathieux-Marie.

Chez Alain Piroir

SONGES, eaux-fortes de Baltazar.

Chez André Biren

LETTRE OUVERTE À ZEUS, gravures de Fassianos.
LES CHOSES, gravures de Maud Gruder.
G., gravures de George Ball.

À l'Imprimerie nationale

DERNIÈRES NOUVELLES DE SOCRATE, gravures de Jean Cortot.

Aux Éditions Laffont

LE FLÂNEUR DE LONDRES.

Aux Éditions Séguier

ORPHÉE AIMAIT-IL EURYDICE ?

Aux Presses Typographiques

DE NAZARE..., bois gravés de George Ball.

Au Cheval Ailé

JASON, gravures de George Ball.

La composition de cet ouvrage
a été réalisée par Floch
l'impression et le brochage ont été effectués
sur presse Cameron
dans les ateliers de ***Bussière Camedan Imprimeries***
à Saint-Amand-Montrond (Cher),
pour le compte des Éditions Albin Michel.

Achevé d'imprimer en avril 1998.
N° d'édition : 17404. N° d'impression : 982131/4.
Dépôt légal : avril 1998.